5
クラスで
2番目に可愛い
女の子と
友だちになった
たかた [イラスト]日向あずり

「いや、ただ単に寝つきがものすごく良くなるだけだから……」
「真樹は私が傍にいないと眠れない甘えん坊さんだから……ね？」
✦朝凪海 —— あさなぎ うみ
成績優秀で人当たりもよく、
男子からは『クラスで2番目に
可愛い女の子』と呼ばれている。
✦前原真樹 —— まえはら まき
転校続きで友だちの作り方を知らぬまま
高校生になるも、趣味が合う海と意気投合。
晴れて恋人同士になった。

「……は？」
「もう、りっくんってばニブチンさんやねえ」
✦清水雫——しみず　しずく
陸の幼馴染で、温泉旅館『しみず』の一人娘。
✦朝凪陸——あさなぎ りく
歳の離れた海の兄。
無理がたたって仕事を辞め、現在無職。

「久しぶりに冒険してみたけど……
どう？　似合う、かな？」
「まあ、それはもちろん、うん」

海が最後に試着したのは、完全なビキニタイプ。
露出度で言うと、店の中にある中では
標準的なものだけれど……
しかし、スタイルのいい海が着ていると、
やはり色々と強調される部分はあって。
……正直、目のやり場に困る。

「真樹、どう？　私の浴衣姿。
ドキドキする？」

「真樹、なんでそんな端っこにいるの？
遠慮せずに、もっとこっちにおいでよ」
「……う、うん」

Asanagi

まーきっ

Maehara

はい、なんでしょう

今日は私たち、ふたりっきりだね？

そりゃまあ、ここは普段皆とやり取りしてるトコじゃないし

わかってるけど、もうちょっと乗ってくれてもいいじゃん

まきのけち、もうきらい

普段から清貧の精神を心がけておりますので

……お金に関しては、今度の休みにぱーっと使うつもりだけど

もうだいすき

変わり身の早さが凄いことに

えへへ

でも、それだけ楽しみにしてるってことだよ？

真樹と初めての旅行……二人きりじゃないのだけが不満だけど

そこはしょうがないよ。でも、楽しみだな

うん。一緒にお風呂に入ったり、同じ布団で抱き合って寝たりね？

それは、えっと……どうだろう

クラスで2番目に可愛い女の子と友だちになった5

たかた

角川スニーカー文庫

23874

CONTENTS

I became friends
with the second cutest girl
in the class.

目次

プロローグ　004

1. 我慢のゴールデンウィーク　011

2. 『朝凪』の故郷へ　063

3. 幼馴染の十年　172

4. 陸と雫　218

5. これから、ゆっくりと　261

エピローグ1
延長戦　317

エピローグ2
アンタはそれでいいの？　330

あとがき　346

design work ✦ AFTERGLOW

illustration ✦ 日向あずり

CONTENTS

プロローグ

新学期が始まって、一か月。

新しい環境にようやく慣れ始めた俺たちに、束の間《つかのま》の休息が訪れた。

四月の月末から五月の頭にかけて続くGW――カレンダーの都合上、途中に平日を二、三日挟むことにはなるが、気分的に楽になることは変わらない。

そして今日は、そんなGW前半の月末の連休を明日に控えた放課後。

明日のことを考える必要がない、まさに無敵の時間だ。

「――海《うみ》、どう？　どれ食べるか決まった？」

「真樹《まき》――えっと、二つまでは絞ったんだけど、どっちにするかまだ少し悩んでて」

「そっか。でも、それならいっそのことどっちも買っちゃえばいいんじゃない？　別に予算を決めてるわけでもないし」

「む、ダメダメ。そんなことしたら二つどっちも食べなきゃなんないじゃん。あ、それとも真樹は連休明けにぷくぷくに太った私を晒《さら》し者にする趣味でもあるの？」

「そんな特殊な趣味はありませんけど……」

自宅近くのコンビニで、俺と海は、直前にレンタル店で借りた映画のお供につまむためのおやつを選定中だった。ポテトチップスか、もしくはチョコのたっぷりかかったプレッツェルか……確かにどちらもそれなりの高カロリーではあるけれど、それならある程度食べる量をセーブすれば――とは、なんとなく言える雰囲気ではないような気がする。

まあ、本人が言っている通り、仮に彼女がぷくぷくと太ったとしても、それはそれで可愛《かわい》いかなと思ったり。

「ところで真樹のほうはもう決まったの？　さっき飲み物担当大臣に任命したばかりだけども」

「うん。これ」

「クラフトコーラかあ、また絶妙なトコを……まあ、ごくたまにすごく飲みたい時あるから、チョイス自体に文句はないけど。じゃあ、組み合わせも考えて、お菓子のほうはやっぱりポテチにしよっかな。まったく、こんなフリーダムな彼氏に付き合ってあげるなんて、私はなんて素晴らしい彼女なんだ。ね？　真樹？」

「……それ、絶対に同意しないといけないヤツじゃん」

とはいえ、海が俺にとっていい彼女であることに疑いの余地はない。

食べ物の趣味が合い、ものの考え方が似通っていて、一緒にいて居心地がよくて。

そして、ものすごく可愛い。

付き合い始めの時はそれほど実感しなかったけれど、二人で一緒に過ごす時間が積み重なっていけばいくほど、海と恋人同士になれたことがどれだけ幸運だったかがわかる。

周りを見渡しても、海みたいな女の子は、なかなか見つけられない。

そんなことを考えていると、海とくっついていたい欲が急にむくむくと湧いてきて。

今は店内だが、俺たち以外にお客さんはいない。ちょっとぐらいなら別にいいはずだ。

「……あのさ、海」

「？　なに？」

「その、手、つないでもいいかなって」

「……」

俺の言葉に、海は一瞬きょとんとした顔をするものの、すぐに意味を理解したのか、徐々に口角が上がっていく。

「……んふふ～」

「な、なんだよ。いいだろ別に。恋人同士なんだから」

「うん、いいよ？　でも、今日は随分甘えん坊さんだな～って。あ、せっかくだしよしよしもしてあげよっか？」

「それは……いらないけど」

「ふふ、遠慮なんかしなくていいのに」

悪戯《いたずら》っぽい笑みを浮かべる海は、そう言って、俺に密着するように腕に抱き着いてきた。

制服越しだが、海の柔らかい膨らみはしっかりと伝わってきて、ちょっとドキリとする。

「……俺は手を繋《つな》げればそれでよかったんだけど」

「そう？　でも、真樹はこっちのほうが絶対喜ぶかなって。嫌ならやめるけど？」

「別にこのままでもいいですけど」

店員さんが近くにいることに今さらながら気づいたけれど、一度こうなってしまうと、俺も海もじゃれ合うのをやめることができない。

遠くから若い店員さんのため息と舌打ちが聞こえてきた気がして、俺は心の中で申し訳ない気持ちになる。

……バカップルで本当にすいません、と思った。


一通りいちゃついて満足した後、会計を済ませた俺たちは、そのままいつもの遊び場所である前原《まえはら》家のリビングへ。

先日のクラスマッチで約束を交わした通り、連休中の俺の空いた時間はすべて海のためにささげる予定だ。海がいつものように俺の自宅でゴロゴロダラダラしたいのであれば付き合うし、二人で出来る限りのお洒落《しゃれ》をして街でデートをしたいというのであれば、海が満足するまで色々なところを見て回ろうと思っている。

今日はそのための詳細を二人で話し合うための時間でもあった。

「なあ海、連休中だけど、他の人との予定は大丈夫なの？　天海《あまみ》さんとか新田《にった》さんとの予定もそうだし、そっちの家の用事とかもありそうだけど」

「問題ないよ。訊《き》いてみたけど、夕《ゆう》はお婆《ばあ》ちゃんの家に行くみたい。途中の平日も学校は欠席するんだって。夕がそんな感じだから、新奈《にな》も他の子と遊ぶんだとか」

「そうなんだ。天海さんのお婆ちゃんって、もしかして海外の……」

「そ、母方のほうね。行くこと自体は去年の時点で決まってたみたいよ。夕も楽しみにしてた。多分、今ごろは荷物の準備で忙しくしてるんじゃないかな？」

海外と聞くとコミュニケーションに難がある俺には不安要素の塊でしかないが、天海さんならきっとボディランゲージなどで乗り切ってしまうのだろう。

海外なんて俺には縁もゆかりもない場所ではあるが、今後、何かのタイミングで行く機会が訪れたりするのだろうか。

将来就いた仕事の関係で出張するとか、あるいは、海との新こ……いや、それはさすがに考えすぎか。

「でも、そっか。連休だから、そういうこともあるよな」

「あ……ごめんね、真樹。ヘンなこと、思い出させちゃったね」

「気にしないで。両親のことで中々機会がないだけで、嫌われてるわけじゃないから。……そういう海のほうも、あんまりそういう話は聞かないけど」

「あ～……うん。真樹には言うけど、ウチのほうはあんまり良好ってわけじゃないんだよね。真樹もちょっとは話聞いたと思うんだけど、ほら、ウチの両親って、結婚するのすごく早かったじゃない？　そういうのもあってさ」

「ああ……そういえば、確かに」

俺の記憶している限りだと、かなり早いタイミング（おそらく学生時代？）で大地《だいち》さんは結婚（＋空《そら》さんは陸《りく》さんを妊娠・出産）を経験しているはずなので、原因はその辺にあるのだろう。

そういえば、たまに空さんから姑《しゅうとめ》関係の愚痴を耳にしていたような気が。

「ってことで、お父さんは相変わらず仕事だし、お母さんからは何も聞いてないから、連休中は私もずっとフリーだよ。真樹、可愛い彼女とずっと一緒で嬉《うれ》しい？　嬉しいよね？ってか嬉しくなかったらぶっ飛ばすぞこのヤロウ」

「セリフ後半から急に物騒になったな……」

俺が思ったのは『海を独り占めにして他の人に申し訳ないかも……』というだけなので、そこがクリアになれば何も問題はない。

二年生になってクラスが別々になった分、他のところできっちりと埋め合わせしなければば。

連休中はアルバイト先が忙しくなることもあり、多少シフトに入る必要はあるが、それ以外は出来る限り海と二人きりの時間にしたいと思う。

「ふむ、とりあえず今のところ二人ともGWの予定は問題なし……と。ってことは、後残ってるのは『アレ』だけ……」

「だな。むしろ、それが一番の壁のような気もするけど」

内容はともかく、春の大型連休の予定は海一色で確定となったが、俺と海にはまだ決めなければならない予定が残っている。

映画やゲームのお供にと買い揃《かそろ》えたお菓子やジュースの入ったビニール袋に入っていた一冊の旅行雑誌を、俺はおもむろに取り出して、テーブルの上に置く。

誰の邪魔も入らない、二人きりでの旅行。

およそ一か月前のクラス替えの際、俺とクラスが別になって落ち込む海を元気づけるために思い付きで約束したことだが、そちらのほうも着々と準備は進んでいた。

1. 我慢のゴールデンウィーク

初めのうちは海《うみ》のほうが乗り気だった旅行計画だったが、少しずつ話を進めていくうち、俺の方も『絶対に行きたい』と思うようになっていた。

テーマパーク、温泉、有名な観光地など——予算の都合上、それほど遠くへ行くことはできないけれど、一泊二日ぐらいであれば、今のバイト代を丸ごとつぎ込めばなんとかなるはずだ。

希望の日程として、二人での協議の結果、今から約二か月後の六月末で準備を進めていくことになっている。ちょうどその時期に高校の創立記念日（学校は休み）があり、土日を含めて三連休をとることができるので、ちょっとした旅行には最適だと考えたのだ。

「本当だったら夏休みの時期に予定を立てるのがいいんだろうけど……ねえ？」

「それな。ウチのガッコ、夏休みは忙しいからねえ。今年は特に、体育祭だし」

文化祭と体育祭が隔年で開催されるというのがウチの高校のやり方だが、体育祭については、秋開催の文化祭と違い、夏休み明けすぐの九月頭に（なぜか）開催されるのが通例となっている。

夏休みは一か月半ほどあるけれど、八月のお盆休み明け以降は、そのほとんどを体育祭に向けての準備や種目別の練習に費やすことになる。ちなみにこれは一般生徒の場合で、体育祭の実行委員や生徒会役員など、運営に直接関わる生徒たちになると、お盆休みの数日以外は、ほぼ毎日学校に駆り出されることになる。

ウチの高校、夏休みに何か恨みでもあったりするのだろうか。

まあ、すでに決まっていることに対してグチグチと言っても仕方がないので、出来る範囲で都合をつけていくしかない。

ということで、夏休みは先述の通り。

そして、秋以降は来年以降の受験勉強も考え始めなければならないから……俺たち二人にとってはまさしく『ここしかない』というタイミングなのだ。

「……ねえ真樹《まき》、旅行の件だけど、真咲《まさき》おばさんには話した？」

「まだ。今日は早めに帰ってくるみたいだから、その時にお願いしようと思ってるんだけど……その感じだと、海も空《そら》さんには？」

「……えへへ」

どうやら海のほうもまだお願いは出来ていないらしい。

恋人同士で旅行に行く、と言えばごくごくありふれたものだとは思うけれど、俺たちはまだ高校二年生の学生……つまりはまだ子供だ。当たり前のように持っているスマホの購入や、アルバイト代の振込先である銀行口座の開設など、何をするにも保護者の許可や同意が必要になってくる。

旅行については特にそういった取り決めはないし、人によっては『若いんだから行っちゃえ行っちゃえ。あ、ついでにアッチのほうも』なんて言う大人（注：泳未《えみ》先輩）も中にはいるけれど、普通に考えれば、やはり何かあった時のこともあるし、しっかりと親の許可を取る必要はあるだろう。

近場の繁華街や遊園地などで遊ぶのとはわけが違う。

「旅行の計画についてはなるべく早いうちに打ち明けるとして……探ってみた感じ、どう？　空さん、許可してくれそう？」

「……正直に言うと、ちょっときつそう。そっちは？」

「多分、ウチも」

二人きりで旅行に行きたい、とはっきりとしたお願いは俺も海もしていないけれど、それとなく探りは入れている。

入れているのだが、やはり、俺の母さん（そしておそらくは空さんと大地《だいち》さん）の反応はあまり芳しくない。卒業旅行やその後のことについては『ご自由にどうぞ』というスタンスではあるのだろうが……親の立場から考えると、やはり色々と心配なのだろう。

だが、親の気持ちも理解できるとはいえ、俺と海に残された自由時間は意外にも少ない。人生一度きりの高校生活も、すでに残り二年を切っている。俺と海の関係は卒業してもずっと続く（と思いたい）けれど、今のこの時期だからこそ思い出になることだってきっとあるはずだ。

ダメ元でもなんでも、気持ちだけはしっかりと伝えなければならない。

「海、今日の帰りだけど、送るついでにちょっとそっちにお邪魔してもいい？　俺の口からも、空さんにお願いしたいなって」

「いいの？　真樹が一緒にいてくれるなら私も説得しやすいけど……じゃあ、お母さんに連絡入れておくね。あ、せっかくだし晩御飯も一緒に食べよ」

ということで、空さんの快諾もあって急遽《きゅうきょ》設定された久しぶりの食事会だけれど……とりあえず、今からきついお説教ぐらいは覚悟しておかなければならないか。

二人きりでの旅行となると、やはりそこには旅行以外の意味も含まれているわけで。

これは俺個人だけの悩みになるのかもしれないが、海との旅行計画のほか、俺の頭にはもう一つ、考えていることがあった。

それも、海との交際に関して。

交際に関して、と前置きしたものの、何か問題があるわけではない。俺と海の恋人付き合いは順調そのものだ。

クリスマス、お正月、バレンタインにホワイトデー、そして彼氏彼女の関係になって初めての彼女の誕生日に、先日のクラスマッチ——イベントがあるごとに、俺と海のお互いを想《おも》い合う気持ちはどんどんと高まっていき、今や周りの友人や家族から呆《あき》れられるほどのバカップルにまで成長（？）している。

恋人になってからも、いや、むしろ恋人になって以降のほうがますます海に対しての愛情は深くなっている。

……さらに、もっと、海と仲良くなりたいと思うほどに。

六月末の旅行が無事に実現したとすると、その時点で、ちょうど俺と海は交際して半年を迎える。

付き合い始めて半年……そろそろ、俺たち二人も【もう一歩踏み込んだ関係】になっていいのではないか、と。

「真樹、晩御飯までまだ全然時間あるし、オヤツ食べながら借りてきたヤツ観《み》よ。ほらこっち、私の隣においで？」

「あ、うん。じゃあ失礼して」

先程コンビニで買ったお菓子とジュースをテーブルに置いてから、俺は海の座っているソファへ。

三人掛け用なので、二人であればもっとゆったりとしたスペースをとれるはずなのだが、俺たちはその中央で身を寄せ合うようにして座っている。

くっついて、お互いの腕を絡ませ合い、そしてさらに手だってしっかりと繋《つな》ぐ。

これが、俺たちのいつものスタイルだ。

「ふ〜、少し前までは寒い日もちょこちょこあったけど、もうすぐ五月となるとさすがに暑くなってきたね。真樹、ちょっとはしたないけど、ブレザー脱いでもいい？」

「うん。カーテンレールのとこにハンガーかかってるから、それ使って」

「ん、サンキュ」

いつもはきっちりと制服を着こなしている海だが、ここにいる時は少々だらしない。

ブレザーを脱ぎ、リボンタイを外してブラウスの第一、第二ボタンを外すと、そこから普段隠されている海の白い素肌がちらりと見えて、俺は思わず彼女から視線を外した。

「……んふふ、真樹、どうかしたの？　顔、すごく赤いよ？」

「いや、別になんでも……ほら、今日、暑いから」

「ふ〜ん？　まあ、それなら別にいいけど〜？」

そう言って、小悪魔モードになった海は自らの胸を押し付けるようにして、俺の腕に絡みついてきた。

海の言動から察するにバレバレなのだろうが、ここ最近、どうしても海のことをいやら

しい目つきで見てしまうことが多くなっている。

ブラウスの隙間からのぞく谷間だったり、制服のスカートだけでは隠しきれない太ももだったり。

正直、付き合い始めの頃はそこまで日常的に意識はしていなかった。ただ自分の隣にいるだけで、肌と肌が触れ合っているだけで満たされていたのだが、順調に交際を重ね、恋人付き合いにも多少の余裕が生まれたことで、もっときわどい所を見たり、触ってみたいという欲望が急に湧き出してきたのだ。

普段、学校では大人しく過ごしている俺でも、皮一枚剝《は》いでしまえば、性的なことに興味津々な、ごくごく当たり前の男子高校生の一人だ。

目の前に、こんなに可愛《かわい》くて、スタイルも良くて、俺のことを堂々と『大好き』と言ってくれる女の子がいるのだから、率直に言わせてもらえば。

……それはもう、したいに決まっているわけで。

「おっ、このシーンはなかなか迫力あるんじゃない？　全編にわたってこのクオリティが続けば悪くないんだけど、ねえ？」

「う、うん。……まあ、大人の事情ってやつなんだろうけど」

二人でこうしてあーだこーだとおしゃべりしつつの映画鑑賞はとても楽しいけれど、今俺が置かれている状況だと、半分も集中できていない。

浅瀬から砂浜に打ち上げられても人々に襲いかかるサメ。

腕に感じる海のやわらかい感触。

すべすべの白い肌。

丸のみにされるチョイ役の男性。

鼻をくすぐる、汗混じりの海の甘い香り。

時折耳にかかる、かすかな海の息遣い。


……半分、というか、七割〜八割がた海のことばかり意識している。

寒い冬の季節を越えて暖かくなってきた気候の影響もあるのだろうが、俺の頭の中は、今日もこうして暴走気味だったり。

二人きりでじゃれ合いながら過ごす幸せな時間だが、今はちょっとだけ、ほんのちょっとだけ早く過ぎてくれないかと思う。

こういう時に限って、珍しく本編の時間が長く感じる。

そしてさらに……

「……真樹、隙ありっ」

「ぅ……っ、海、いきなり脇腹つっつくなって。慣れてきたとはいえ、まだ急にされるのは敏感なんだから」

「えへへ。真樹があまりにもぼけっとした顔してるから、つい」

「こ、これがいつもの俺の視聴スタイルだから」

「え〜？　ホントかな〜？　うりうり」

「いひゃ……だ、だからくすぐるのやめてって……」

……海のスキンシップがいつもより多く感じてしまうのも。

その後も視覚や触覚に嗅覚と、色々な意味で刺激的な情報に翻弄されつつも、なんとか映画一本分の時間を平常心で乗り切った。

「……ん〜、最初はどうかなって思ったけど、終わってみたら結構面白かったね。真樹、なかなかいいチョイスだった。褒めて遣わす」

「それはどうも」

本編が終わり、撮影中のNGシーンとともにエンドロールが流れるタイミングで、海がぐっと体を弓のように反らせて伸びをする。

伸びをした瞬間、無意識的に俺の視線が、伸びをしてパツパツになっている海のブラウスへと向……こうとしたところで、何とか思いとどまる。

自分がかなりのむっつりであることは自覚しているけれど、あーだこーだと余計なことを考えてしまったせいか、今日はいつにもまして彼女に興味津々の状態だ。

「あ、母さんから連絡きてた。……えっと、なになに？　『今日は奮発してお寿司《すし》とったから、早めに真樹君連れてらっしゃい』だって。真樹、多分、今日はご馳走《ちそう》だよ」

「毎回悪いなあ……とはいえ、ありがとうございます」

約束の時間より少し早いけれど、せっかくの料理を待たせるのも悪い。すぐさま支度をして、俺と海は前原《まえはら》家の自宅を出た。

頭の中が煩悩まみれなのでつい忘れてしまいそうだが、今日の目的はあくまで旅行の許可取りである。空さんの許可が取れさえすれば、残るウチの母さんの説得は上手《うま》くいくはずなので、なんとかお願いして認めてもらえればと思う。

どうやって空さんのことを説得するかを二人で相談しつつ、すでにお馴染《なじ》みとなった朝《あさ》凪《なぎ》家へ。

空さんが趣味でやっているガーデニングや家庭菜園のせいか、玄関に入るとすぐ、花の爽やかな香りが俺のことを出迎えてくれる。

俺と海がまだ友人関係だったころに呼び出された時は緊張でおかしくなりそうだったが、月一～二回ペースでご飯をご馳走になったり、病気療養のために数日お泊りさせてもらったりということが続けば、さすがにもう慣れたものだ。

海の帰宅に気付いた空さんのパタパタとした足音が、リビングのほうから近づいてくる。

「お母さん、ただいま。真樹、連れてきたよ」

「お邪魔します、空さん」

「ふふ、お帰り二人とも。お寿司もう届いてるから、早くいらっしゃい。あ、ちゃんと先に手を洗ってからね」

最近はこうして、空さんも俺が家に来る時は『お帰り』と言ってくれる。朝凪家の子ではないのでなんだかむずがゆいけれど、悪い気分はしない。

俺にとって、ここはもう第二の家みたいなものだ。もちろん、失礼になりすぎないよう礼儀は弁《わきま》えている。

海と二人仲良く洗面所で手洗いうがいをしてリビングに入ると、テーブルにはいつものように美味《おい》しそうな料理が並んでいた。テーブルの中央には出前でとった寿司桶《おけ》があり、その脇には色とりどりの野菜が盛られたサラダやフルーツの盛り合わせ、鶏《とり》の手羽元の唐揚げ、牛肉が沢山入った肉じゃが、出来立てで湯気の立っている具沢山のお味噌汁《みそしる》など、和食を中心に、置き場所に困るほどの品数が並んでいる。

「張り切って作り過ぎちゃったから、真樹君、残った分はタッパーに詰めて持って帰ってね。この前真咲さんからもちらっと愚痴……じゃなくて連絡もらったんだけど、この連休中も忙しいんだって？」

「まあ……世間は連休ですけど、ウチのほうは特に変わらず」

親子共々、朝凪家には本当にお世話になりっぱなしだ。特に母さんは空さんという同年代のママ友（でいいと思う）が出来たことで、少しずつ、家族三人で暮らしていた時の明るさを取り戻しつつあるので、そういう面でも助かっている。

とにかく今日も楽しい食卓でなによりだが、今日はさらに、珍しい人が同席していて。

「――よう」

「あ、陸《りく》さん……ど、どうも、お邪魔しています」

「げ、アニキ……」

隣で微妙に嫌そうな表情を浮かべている海のことはひとまずいいとして、今日は海のお兄さんである陸さんも夕食を共にしてくれるようだ。

年末年始、バレンタイン、海の誕生日その他と、海と恋人同士になってからも頻繁に朝凪家にはお世話になっている俺だが、こうして陸さんとまともに顔を合わせて食事をするのは久しぶりのことだ。

俺がお邪魔している時だけなのかもしれないが、この時間の陸さんは大体二階の自室に引っ込んでいることが多く、たまにお手洗いに行くところが視界の端に映っているぐらいのレベルだ。

しかも、今日はいつものスウェット姿ではなく、春物のシャツにジーンズと、きちんとした私服姿でソファに腰かけている。

……正直なところ、ほんの一瞬、誰だかわからなかった。

「なんでここにアニキがいるの？　今日の天気は雪じゃないよ？」

「そりゃここの人間なんだからいるだろ。アホか。十年以上人生の先輩を異常気象呼ばわりして……毎日変わらず脳内お花畑、彼氏大好き恋愛脳のお前に言われたくない」

「は？　毎日ジメジメと引きこもって頭の中コケだらけの誰かさんよりマシだし」

「あ？」

「なによ」

海と陸さんの朝凪兄妹《きょうだい》、仲は決して悪くないはずなのだが、俺がいる時は大体こんな感じで、常に軽い口喧嘩《くちげんか》をしている。

個人的には海の肩を持ちたいところだけど、今回先に吹っ掛けたのは海のほうなので、そう考えるとなんとなく庇《かば》いづらく。

「こーらっ、二人ともやめな。顔馴染みの真樹君とはいえ、お客さんの前でしょ。恥ずかしいことしない」

「づっ……」

「いひゃっ……！」

二人の間に割って入った空さんが二人の額へそれぞれデコピンを放つと、ヒートアップしつつあった二人の勢いが、あっという間に沈んでいく。

「ごめんなさいね、真樹君。せっかくのご飯なのに、ウチのおバカたちが美味しくなくなるような空気にしちゃって」

「あ、いえ。僕のことはお気になさらず……」

それなりに成長した海と完全に大人の陸さんが思わず額を押さえてうずくまるぐらいだから、相当強めのやつをもらってしまったのだろう……今日の説得次第では、下手すれば俺も食らってしまう可能性があるのが怖い。

空さんの一喝（一撃？）のおかげでなんとか元の穏やかな空気に戻り、気を取り直して久々の食事会が始まった。

出前のお寿司は当然ながら、やはり空さんの作ってくれた料理が俺には一番美味しく感じる。俺と海、陸さんの若い三人の口に合うよう、少し濃いめに味付けされた唐揚げや肉じゃがを口にすると、お寿司を食べているのにもかかわらず、つい炊き立ての白いご飯を体が欲してしまう。

「ん？　あ、真樹ったらまたお肉ばっかり食べて……ちゃんと野菜も食べないとすぐに不健康な体に逆戻りだよ。ほら、とってあげるから、取り皿渡して」

「……はい、すいません」

「もう、私が見てあげないとすぐだらしなくなるんだから……はい、どうぞ」

「うん。ありがとう、海」

「まあ、私だってこのぐらいは……で何、母さん？　そんなにジロジロにやにや私たちの

ろお料理のほうもちゃんと覚えないとね？」

「ふふっ。だって、ちょっと私が見ていない間に、もう真樹君のお嫁さん気取りみたいになってるんだもん。でも、そんなに大事な彼氏さんの栄養管理までしたいのなら、そろそろお料理のほうもちゃんと覚えないとね？」

「そ、それはまあ、努力しますけど……」

バレンタインデー以降、チョコづくり以外にも海は頑張っているらしい。

この前のガトーショコラだってきちんと出来たのだから、コツさえつかめば普通の料理だって、頑張り屋の海ならきっとできるはずだ。

いつの話になるかはわからないけれど、海の手料理や手作りのお弁当などをご馳走になることを期待していよう。

……もちろん、途中の失敗作でも、海が作ってくれたものなら喜んでいただく覚悟だ。

それがたとえ木炭（という名のクッキー）とかだったとしても。

「ところでアニキ、聞いてなかったけど、今日はどうしてそんな格好してんの？　コンビニ行くにしてはいくらなんでも気合入り過ぎじゃない？」

「そのことなんだけど、ねえ聞いて海。陸ってば、今日は珍しくやる気があって――」

「っ……母さん、いちいちコイツに言わなくてもいいから」

「あら、いいじゃない。この子だって、妹なりにお兄ちゃんのこと心配してるんだから。

ね、海？」

「え？　いや、私は高校卒業したら家出るつもりだからアニキのことは別にそこまで……」

「心　配　よ　ね？」

「あ、はい。そうですね」

　親の見せる『圧』に思わずたじろいでしまった海だが、陸さんのことについては、それほど関係の深くない俺でも、多少は気になっている。

　海や空さん、それに大地さんのことはこれまでの話の中である程度は知っているけれど、陸さんのことについては、その機会がないこともあってか、俺もそこまで詳しいことは知らない。

　すでにアラサーと言っても差し支えない年齢で、今のところ働いておらず、一日家でゆっくりと日々過ごしている（と思われる）状態……事情があることはなんとなく察せられるが、陸さん個人の中で、何らかの心境の変化があったのだろうか。

　まあ、今日、陸さんがどこで何をしていたのかは、ある程度の予想はつくけれど。

「あの、陸さん……こんなこと俺が訊《き》くのもなんですけど、もしかして、俺たちがここに来る少し前まで、職業安定所とかに行ってました？　その、さっき俺たちが来た時、ちらっとそれっぽい資料を隠してたのが見えて」

「え？　マジ？　アニキ、ハロワ行ってたの？」

「……そうだけど、悪いか」

「いや、全然悪くない、っていうかむしろ喜ばしいことなんだけど。でも、なんで？」

「そうね。それはお母さんも思った。ねえ陸、どうしちゃったの？」

「母娘《おやこ》でそこまで長男のこと攻めるかよ……まあ、確かに急なタイミングだったのは認めるけどさ」

どうやら俺の予想は当たっていたらしく、俺と海がサメ映画を鑑賞しつつじゃれ合っている間、陸さんは心機一転、勇気をもって新しい一歩を踏み出そうと頑張り始めたようだ。

空さんも大地さんも心配していたのは、俺も隣で話を聞いていてわかっていたから、空さんが嬉《うれ》しそうにしているのもわかる。

きっかけがどうあれ、自発的に行動を起こしたことはいいことに違いない。

ただ、それにしては陸さんの顔が微妙に浮かないところが気になるが。

久しぶりの職探しで疲れてしまったのだろうか。これだけの料理を前に、あまり箸のほうも進んでいないように見える。

「とにかく、俺のことはもういいだろ。ハロワに行ったのはそうだけど、特にこれといった成果はなかったし」

「バイトとかしないの？　真樹のとこのピザ屋さんとか、まだ募集してるよ。ねえ？」

「うん。確か配達の人がやめちゃったとかで、運転免許持ってる人ならすぐにでも欲しいとは店長言ってたかも……」

　募集はしているが、あまりいい条件では雇えないと言っていたので、俺のような学生やパートさんならともかく、働き盛りの年齢である陸さんにはあまり勧められない。

「それより真樹、俺のことより、お前のほうも何か話があるんじゃないか？　お返しと言ってはなんだが、お前も今日、トートバッグに珍しいもの入れてきてるだろ。雑誌か何か」

「は？　見たの？　人の彼氏のもの盗み見るとか、マジサイテーなんですけど」

「まあまあ海……先にやったのは俺の方だから」

　普段手ぶらの俺が珍しくバッグを手に持ってきたのだから、そこは陸さんだけでなく、きっと空さんも不思議に思っただろう。

　旅行計画を認めてもらうための説明資料として、俺と海の二人で、予《あらかじ》め旅行雑誌などを用意していたのだ。

「ふむふむ……まあ、三人の話はわかったから、とりあえず続きはご飯を食べてからにしましょうね。明日からお休みだから、多少遅くなっても問題ないわけだし。真樹君、せっかくだし、今日はもうウチに泊まっていきなさい。着替えはこの前使ったやつがあるから」

「はい。では、お言葉に甘えて」

　さて、上手《うま》くいくにしろダメに終わるにしろ、今日の夜はもう少しだけ長くなりそうだ。

用意してもらった料理をできるだけお腹《なか》に入れ、唐揚げや肉じゃがなど、それでも残ってしまった分を全てタッパーに詰めてもらってから、俺と海、そして空さんの三人で客間のほうへと場所を移す。

すでに馴染《なじ》みとなった、畳から香るい草の匂い。普段俺が寝泊りする際に使わせてもらっている部屋ではあるけれど、こうしてテーブルに向かい合った先に空さんが座っていると、いつもとは違う空気が漂っているような。

「それで、お二人さん。今日はいったいどんなお話かしら？　まさか、勢い余ってやらかしちゃったとか……」

「そ、そんなことあるわけないでしょ。そういうのはまだ……」

「ん？　まだ？」

「なにも言ってないからっ。もう、お母さんのバカっ」

「でも、そうは言ってもあなたたち、すっごく仲いいから……今だって、ずっと二人くっついてるし」

「それは……だって、別にいいじゃん。恋人同士なんだし」

頬《ほお》を赤らめて恥ずかしがりつつも、海は俺の側《そば》にぴったりとくっついて離れようとはしない。

とりあえず、話は俺の方から切り出すことにしよう。

「空さん、俺たちの高校って、六月の末に創立記念日があるのはご存じですか？　カレンダーで言うと、第四月曜日に」

「ええ。ちょうど土日休みとくっつく形になるから、あなたたちにとっては三連休になるっていう……デートするのなら自由にしてもらっていいけど？」

「……母さん、わかっててわざと言ってるでしょ。ただ日帰りでデートするのに、今さら私たちがこんなふうにかしこまった空気出すわけがないじゃん」

「そうね。でも、確実にそうと決まったわけじゃないし。なら、ちゃんと自分たちの口ではっきりと用件を伝えなきゃね？　そっちはお願いする立場で、逆にこっちはお願い『される』立場。そこのところ、ちゃんと理解してる？」

「むむぅ……」

空さんのペースに完全にハマっている海が、むくれた様子で俺の脇腹をこっそりとつねってくる。

普段教室では完璧な振る舞いの彼女の人間らしい一面はとても愛らしいけれど、それと引き換えにわき腹が毎回赤くなるのは勘弁してほしいところだ。

お母さんのバカ、と空さんから完全にそっぽを向いてしまった海の頭を撫《な》でて宥《なだ》めつつ、俺は気を取り直し本題へと戻った。

「あの、空さん。単刀直入にお願いがあります。その三連休の間、海さんと一緒に旅行に行きたいと思っているんです」

「……それはもちろん、二人きりで、ってことよね？」

「「はい」」

シンクロするように、俺と海は頷《うなず》く。

このままの勢いで喋《しゃべ》ってしまいたいところだが、資料などあれこれテーブルに広げるのは、今はまだ早い気がする。

まずは空さんの反応を見てからだが……真剣な眼差《まなざ》しで見つめる俺と海に対して、空さんは意外にもあっけらかんと次の言葉を口にした。

「ん～……いいわよ？」

「え？」

「……へ？」

予想外の答えに、俺も海もきょとんとした返ししかできなかった。

いいのだろうか。そんな簡単に許可をもらってしまって。

「どうしたの？　私、そんなにおかしなこと言ったかしら？」

「いえ、そんなことは……でも、ねえ？」

「う、うん」

あまりにもすんなりとお願いが通ってしまったようで、俺も海もはっきり言って戸惑ってしまっている。

お願いの際、まず難色を示されるのがスタート地点だと思っていたから、そのために二人であれこれと準備していたので、なんだか拍子抜けした気分だ。

「そりゃねえ……四月になってから、ずっと海が一人でぶつぶつ文句言ってるのを聞いてたら、そのぐらいは認めてあげたほうがいいかなって気持ちにもなるわよ。私も若い頃は似たようなものだったし、それに、偉そうに言える立場でもないしね」

クラス替え直後の海の不満度具合は相当だったから、直接愚痴ることは無いにしてもきちんと伝わっていたのだろう。

「それで、二人はどこまで予定を立ててるの？　真樹君も海も真面目だから、わりときっちり考えてあるんでしょ？」

「あ、はい。これなんですが……」

海さんが促してくれたタイミングで、俺はトートバッグの中にしのばせていた旅行雑誌や、Ｗｅｂページをプリントアウトした資料を空さんの前に出す。

候補として挙げている旅行先や宿泊場所、交通手段にそれらを含めた予算など、出来る範囲で計算をしている。

まるで商談でもしているかのようだが、これが俺と海のコンビなので仕方がない。

バカみたいに真面目で、しかし、お互いのことが好きすぎるあまり、こんなふうに、たまに斜め上の行動に出ることもある。

……そんな、周囲も思わず呆《あき》れるほどの（バ）カップル。

「なるほどね。そんなに遠方ってわけでもないし、時期的に人出もぎりぎり少ないから、トラブルになる可能性は少ないと」

「はい。もし何かあった時は、必ず連絡を取るようにします。あと、交通の便も良いので、最悪日帰りになっても大丈夫なはずです」

「じゃあ『やっぱり泊りはダメ、帰ってきなさい』って心変わりしても大丈夫？」

「……うん。そうなったら私も多少はゴネるかもだけど、お父さんとお母さんがどうしても心配なら」

日帰りであれば、形としては『旅行』というより少し遠くへの『お出かけ』となるので、それなら許可も出しやすいだろう。泊りでなくなるのは残念ではあるが、そのぐらいでないと譲歩とは言えない。

「ふむ、二人なりに、意外と考えてきたのね。確かにこれなら、私からお父さんにも話しやすくはあるか……」

「はい。そんな感じで、なんとか認めていただけると嬉しいというか」

「お母さん、お願い。先のことを考えると、このタイミングしかチャンスがないの」

気持ちは伝えたので、後の決定は空さんに委ねるばかりだ。

先程『(旅行しても) いいわよ?』と言ってくれたように、空さんとしても頭ごなしに否定する気はさらさらないようだが、空さんの一存で決めることが難しいのは、俺も海もきちんと理解している。

俺の母さんと、後は海の父親である大地さんを説得するにあたり、空さんをこちらの味方につけることが出来るか。

今回の話は、そこにかかっている。

俺たちの資料に目を落として考えこむような仕草を見せている空さんの反応を待っていると、襖《ふすま》の向こうから、プルプルと朝凪家の電話の受信音が響く。

「? あら、誰かしらこんな時間に……二人とも、ちょっと外すわね」

鳴《な》り止《や》まない電話に対応するため空さんが客間から出ていくと、緊張していた空気がわずかに緩まった。

「……真樹、とりあえず、なんとかなりそうだね」

「うん。まあ、ダメならその分卒業旅行とかに予算を回せばいいだけだし」

「その時はもっとパーッとやらないとね。夕《ゆう》とか新奈《にな》……も一緒にさ」

「そこは望《のぞむ》もきちんと入れてあげようよ。卒業したら会う機会なんて滅多《めった》になくなるし」

まだ先の話なので天海《あまみ》さんたちには話していないけれど、卒業旅行は今仲良くしている恋人の海の次に大事な三人の友人たちだが、今のような付き合いができるのは、おそらくあと二年弱。

　今までひとりぼっちでそういうイベントを素通りしてきたツケがここにきて一気に押し寄せて慌ただしいが、寂しがり屋の俺には、きっとこのぐらいがちょうどいい。

「――お待たせ二人とも。さ、お話の続きしましょうか」

　束《つか》の間《ま》の雑談がちょうど切れたタイミングで、電話を終えた空さんが戻ってくる。

　時間にして数分ほどだったが、部屋を出た時と較《くら》べて心なしか表情が疲れている……というか、空さんにしては珍しく機嫌が悪そうにむくれているというか。

　様子が海にそっくりなので、すぐにわかった。

「お母さん、電話って誰から？」

「お義母《かあ》さまから」

「おかあさま……つまり、みぞれお婆《ばあ》ちゃん？」

「ええ。用件だけ一方的に言われて、私が色々言う前に切られちゃったけど」

「……相変わらずだねえ、二人とも。いい加減仲直りしたら？」

「海、いつも言ってるけど、私はできるだけ仲良くしたいと思っているのよ？　ただ、あちら様があまりにも頑《かたく》なだから」

「なるほど。雪解けにはまだまだ時間がかかりそうだね」

話を聞く限り、どうやら大地さんのご実家からの電話だったらしい。

「海、その、みぞれお婆ちゃんって……」

「うん。お父さんのお母さん……私にとっては父方の祖母ってやつね。私が生まれる前は、そこで一緒に住んでたこともあるらしいんだけど、どうしてこう仲が悪いのか……」

「海ぃ？　真樹君にあんまりあることないこと吹き込んじゃダメよぉ？」

「私的にはありのままを伝えてるつもりなんですケド……」

あまり仲が良くないことは海から聞いて知っていたが……これについては俺から触れるのはやめたほうがよさそうだ。

いつもはニコニコ優しい空さんを、たった数分でここまで疲れさせるとは……結構気難しい人だったりするのだろうか。

まあ、その話はともかく、今は旅行の件の続きだ。

「さっきも言ったけど、私個人としては、まあ、行かせてあげてもいいかなとは思ってる。お金のこととか、何かあった時のこととか……二人なりにきちんと話し合ったんだなっていうのもわかったし」

「じゃあ、真樹と二人で旅行に行っても問題ないのね？　やった」

「こら、勢いに任せて強引に話をまとめようとしない。もう、どうしてこういう所ばっかりあの人に似て……いや、それは今どうでもいいんだけど」

「……空さん個人の意見としては『ＯＫ』だけど、今のところ認めることはできない……って感じですか？　やっぱり」

「……ええ。申し訳ないけど、真樹君の言う通りかしらね」

困ったように笑って、空さんは俺たちの用意した資料を手元に差し戻した。

初めの『いいわよ』だけはさすがに意外だったけれど、結論としては概《おおむ》ね予想通りの返答だった。

「まず最初に、二人のことはちゃんと信頼してる。海からは毎日話は聞かせてもらっているし、真樹君も、こうして家に来てくれるときはちゃんと報告もしてくれるし、私だけじゃなく夫や陸にも礼儀正しいしね。ベタベタしすぎなのが気になるけど、きちんと節度をもった交際を続けてるようだから……一泊二日の旅行ぐらいだったら、真樹君に娘を預けてもいいかなって。多分、夫も話せば認めてくれると思うわ」

「……それでも、娘の私に何かあったら困るからって、そういうこと？」

「そういうこと。もちろん、それは真樹君に対してだって同じ」

おそらく俺の母さんも、結局はその答えに行きつくはずだ。

自宅から外に出る以上、学校へ行ったり、放課後に最寄りの繁華街で遊んだりするだけでも面倒事に巻き込まれる可能性は全くのゼロではないけれど、泊りの旅行となると話が違ってくる。

生活圏からそれなりに離れた土地で、高校生とはいえまだまだ『子供』の二人だけ――過剰に心配しすぎという意見もあるだろうが、子を持つ親としては、やはり慎重にならざるを得ない事情がある。

「あなたたち二人も普段の生活で感じてると思うけど、やっぱり『建前』っていうのは大事なのよ。二人の気持ちを考えれば行かせてあげたい。でも、もし何かあった時に、色々なところに迷惑がかかっちゃう。あなたたちがまだ付き合う前の朝帰りの件、覚えてる？正直、あと数分、真咲さんからの連絡が遅かったら、私、警察に連絡しようかと思ってたんだから」

「「…………」」

そこを引き合いに出されると、さすがに痛い。

当時は俺の母さんがいち早く対応してくれたおかげで事なきを得たが、それがなければそれなりの騒ぎになっていただろう。そのせいで朝凪家が近所で好奇の目に晒《さら》される可能性だってあったかもしれない。

他人《ひと》の目を常に気にしなければならないのは窮屈だけれど、きっと、そのおかげで今、自分たちが安全な生活を過ごしていられるのだろう……と俺は思っている。

「ということで、結論。今の条件では、ちょっとまだ認められません。どうしても行きたいんだったら、まずはきちんと大学受験に合格して、高校を卒業してからにしてください」

「……その感じだと、日帰りでもダメな感じだね」

「そこは悩んだけど、それでもやっぱり誰か一人でも大人がいて欲しいかな。それがあると大分話は違ってくるんだけど」

つまり引率（というか監視？）役を一人つけろということだが、現状、お互いの家族以外にそういう人は少ない。俺がぱっと思いつく限りだと泳未先輩あたりが相談に乗ってくれそうだが、シフトもあるし、あまり迷惑をかけることもできない。

……あと、海が泳未先輩のことをそこまで快く思っていないのもある。

「む〜……せっかく真樹と二人で色々考えたのに……母さんのイジワル」

「でも、空さんの気持ちもわかるから仕方ないよ。全くダメってわけじゃないし、今は出直そう」

「そうよ、海。今はダメだけど、もしかしたら状況が変わることだってあるかもしれないし」

「そんな都合のいいことあるかなあ……まあ、真樹の言う通り、今日のところはここで引き下がるけど」

「ふふ。やっぱり隣に真樹君がいると説得が楽でいいわね。普段は一度決めたら頑として意見を曲げない頑固者なのに」

「は、はあっ⁉　私はいつだってマシュマロみたいな柔らか頭……真樹、今ちょっと吹き出したでしょ？　ちゃんと見てんだからねっ」

後でお仕置きだと言わんばかりに、海が俺の脇腹をぎゅっとつねってくる。ぷりぷりとむくれる海は何度見ても可愛《かわい》いが、先程赤くなったところを的確に狙ってくるのはさすがにやめて欲しい。

ともかく改めて、俺と海の二人がかりでも、交渉で空さんを上回るのは難しいことを思い知った。終始険悪な雰囲気にせず、俺たち二人の我儘《わがまま》を受け止めつつも、最終的にはこちらが説得されてしまった。

清々《すがすが》しいくらいの完敗である。

「さて、良い感じにお話が終わってちょうどいい時間だし、二人ともお風呂に入っちゃいなさい。あ、もちろん二人別々にね？」

「……お母さん、あんまり揶揄《からか》ったら、いくら真樹の前でも私怒るよ？」

「あら怖い。真樹くぅん、ウチの娘が私のことをいじめてくるんだけど、助けて？」

「え～っと……そこは親子間の話し合いで解決ということに……」

お客さんということで一番風呂をいただくことになった俺は、そのまま逃げるようにして、賑《にぎ》やかな母娘《おやこ》のいる客間を後にした。

ゆっくりと湯船に浸《つ》かって今日一日の疲れを癒《いや》した俺は、予《あらかじ》め空さんが用意してくれていた寝間着に袖を通して脱衣所を出る。身長の高い陸さんのお下がりなのでサイズは大きいけれど、このぐらいのぶかぶかは家でもたまに着ているのでむしろちょうどいい。

リビングに戻ると、海が俺のことを出迎えてくれた。『話し合い』のほうはもう終わったらしい。

「真樹、お湯加減どうだった？　はい、これキンキンに冷えた麦茶」

「ありがとう、海。ごめん、食事もそうだし、お泊りの許可まで」

「良いの。何度も言ってるけど、私たちがしたいだけだから。真樹は気にせずお世話されてなさい。……えへへ、真樹からウチのシャンプーの匂いがする」

嬉《うれ》しそうな表情を浮かべつつ、海は甘えるように俺の胸に顔を埋《うず》めて、すんすんと匂いを嗅いでくる。

現在は空さんが入浴中なのもあってリビングは二人きりの状態だが、こうして海といちゃついていると、隠れているつもりでも、どことなく誰かに見られそうで落ち着かない。

そういうこともあり、今のところは冷静な頭でいられている。

「ふぁ……こうしてると、なんか眠くなってきたかも。だらしないけど、今日はもうこのまま寝ちゃおっかな。真樹と一緒に」

「ダメだよ。空さんにも言われたけど、今日は自分の部屋でしょ」

「む〜、この前真樹のこと看病した時は大丈夫だったのに……」

海の気持ちもわかるが、あの時はあくまで『特別』であって、その日以降は別々の部屋で就寝するよう空さんからは言われている。

前例があるとはいえ、俺も海も、今回はお互いに健康で元気な状態だ。

恋人同士で、時を重ねるごとに仲良くなっていく二人が、同じ部屋で一夜を共にする。

以前は風邪でそれどころではなかっただけで、今回も我慢できるとは限らない。

想像してみる。

真っ暗になった静かな部屋で、俺か海のどちらかが、相手の布団の中に潜り込んで、限りなく密着した状態で寝て。

二人の世界に入り込んだ状態で、海が『……いいよ』なんて許可してくれたりしたら。

……間違いが起こらないよう、空さんも考えているのだ。

海は、俺との『付き合い』について、今のところどう思っているのだろう。

デリケートな問題だが、交際している以上はきちんと話しておきたい。

彼女の家で話すようなことではない気がするが、タイミングを逸してなあなあになってしまうのも良くない。

「海……ちょっと話、いい？」

「……うん、なに？」

話をする前に、一旦、周りに俺たち以外誰もいないことを確認する。

陸さんは自室、空さんは浴室からまだ出てくる気配はない……今なら大丈夫だ。

念のため客間に場所を移してから、俺は改めて話を切り出した。

「面と向かって話すの、正直かなり恥ずかしいんだけど……その、——について、なんだけどさ」

「っ……う、うんっ」

俺の雰囲気で海もなんとなく察していたとは思うが、俺がその言葉を口にした瞬間、海は顔を俯《うつむ》かせて、白い頰《ほお》をぽっと赤くする。

俺と同様恥ずかしがってはいるようだが、話はしてくれそうだ。

「わかってたよ、ちゃんと。今週あたり特にだけど、真樹ってば、私のことかなりエッチな目で見てたよね。言っとくけど、全部把握済みですから」

「……本当、すいません」

「もう。……まあ、私もある程度わかった上での行動だったから、怒ったりはしないけど。真樹の優しさにつけこんで試すようなことしちゃって、逆にごめんなさい」

今日の海のスキンシップについては意図的なものだったようだが、つい欲望に負けて海を押し倒さなかったのは正解だったらしい。

……まあ、海は優しいし、俺に対してはとことん甘いところがあるから、もしそうなっても許してはくれそうだけれど。

「真樹、私からも一応訊《き》いておくけど……その、私と……したい？」

「……うん」

「今回の旅行も、本当の目的はそれでしょ？」

「泊りなので、まあ、良い雰囲気になればあわよくば……みたいなのは、はい」

「正直だなあ。真樹のばか。えっち。すけべ」

「はい」

学生の内は健全なお付き合いをするべき——それは頭では理解しているけれど、海の魅力を目の前にしてはどうにも抗《あらが》いがたい。

もちろんお互いのタイミングだったり、心の準備が万全だったりという前提はあるけれど、もしここが俺の自室で、『する』にあたって何の障害もなければ、気持ち的には、今すぐにでも。

「こういうのって、他の人たちはどうしてるんだろ？　俺、全部が初めてだから、どうしたらいいかわかんなくて」

「それは私もだよ？　……まあ、当人同士によるとしか言えないんじゃない？　新奈みたいに付き合ってすぐの人もいれば、卒業までは我慢っていう人もいるみたいだし」

「だよね。……って、今さらりとすごい事言わなかった？」

「新奈のこと？　あの子、その場のノリで結構話盛ったりするから本当かどうかは疑問だけど、割とマジっぽい雰囲気だったかな。本人的にはあまりいい思い出じゃなかったみたいだけど」

新田《にった》さんに元カレがいたのは以前のファミレスの件で知っていたが、人によっては失敗としてカウントされる過去にもなりかねないのが難しい。

その場では良くても、後になって取り返しのつかないことが起こったり、当人以外にも迷惑がかかってしまったり——新田さんの件は初耳だが、空さん大地さん夫婦については以前から聞いていた通りだ。

「多分お母さんは、私たちがそういうことをするのをダメって言ってるわけじゃないと思う。ちゃんと時と場合を弁《わきま》えて、後は、その……ね？　ちゃんと対策、っていうか。そういうのしてれば」

「ああ……まあ、だろうね」

空さんも、また俺の母さんも『常識の範囲内で』としか言わないけれど、間違いが起きないようきちんとしていれば、二人きりでこっそりやる分には黙認してくれるのだと思う。

なので、一歩踏み出すかはタイミング次第だ。

もし旅行が実現したら、区切りもいいし、個人的にはいいタイミングかなと期待していたりもしたが。

可能性はまだ残っているけれど、今のところはもうしばらく我慢しなければならないような気がしている。

「ひとまず、今の俺の正直な気持ちはこんな感じだから。煩悩まみれで申し訳ないけど、でも、それだけ海のことが大好きでしょうがないっていうか……それだけわかってくれると嬉しいです」

「了解。……えっと、流れ的に今の私の気持ちも言ったほうがいいかな？　せっかく真樹が恥を承知で正直に話してくれたわけだし、そっちのほうがフェアかなと思うけど」

「話してくれると嬉しいのは確かだけど……それはまあ、我慢しておきます」

「……いいの？」

「うん。彼女にそういう話させるのって、なんだか卑怯《ひきょう》な気もするし」

お互いイーブンな関係でいようと決めている俺と海だけれど、デリケートな話題に関しては俺が恥をかくだけでいい。

海はいつも通り、意地悪な笑顔で思わせぶりな態度やボディタッチをしてくれれば。

そして、キリの良い所まで話が進んだところで、ちょうどお風呂上がりの空さんが襖《ふすま》の隙間から顔をのぞかせる。

「あら、二人とも私の目が無いのをいいことにコソコソ内緒話なんて。お母さんも交ぜて交ぜて」

「お母さんにはまったく関係ない話ですから。……真樹、私もお風呂に入ってくるから待ってて。……この前みたいに、先にぐうすか寝てたら怒るよ？」

「うん。今回だけは大丈夫……きっと」

「心配だなあ……まあ、もし湯上がり姿の彼女を前にして寝てたりしたら全力で額を真っ二つに割りにいきますけど」

「そこは『デコピンするから』でよくないですかね……」

バレンタインのお泊りの時、入浴時間の長い海のことを待ちきれずに爆睡し、翌朝、むくれる海のことをたくさん甘やかして宥《なだ》めたことを思い出す。

というか、よくよく考えると、俺はなんて貴重なチャンスを逃していたのだろう。海のお風呂上がり＋パジャマ姿なんて、付き合っていても滅多《めった》にお目にかかることはできないのに。

まったく興味がない時もあれば、今のように海にしか目がいかない時もあって……わかっていたことだが、俺も俺で結構な変わり者である。

こんな自分のことでも、愛想を尽かすことなく面倒を見てくれる俺の彼女――この幸運、絶対に手放すことはできない。

お風呂上がり後も眠くなるまで海と二人でお喋《しゃべ》りすることを約束して、俺はいつものように寝床の準備にとりかかる。

以前までは勝手がわからないこともあって空さんに寝床の準備してもらっていたが、布団の場所や畳み方など、お泊りさせてもらう回数が増えていくにつれ、朝凪家のやり方もわかるようになってきた。

いつもの癖で、海の分も含めて二人分の布団をつい押し入れから出してしまったが、そこはご愛敬《あいきょう》ということで。

六畳ある客間の左側に一人分の寝床を用意し終えたところで、リビングでくつろいでいる空さんが俺のことを手招きで呼んでいる。

「――真樹君、ちょっとこっち、いいかしら？」

「？　空さん……はい、なんでしょう」

先程の海との話し合いは聞かれていないはずだし、お説教をされるような雰囲気も特には感じないが……海を交えずに空さんと一対一で話すのは年末年始以来なので、やはり少しだけ緊張してしまう。

「ふふ。もう、そんな緊張しなくても、痛いことはしないから安心して？」

「それだと痛いこと以外はするっていう可能性は残る気がして怖いんですけど……」

「大丈夫大丈夫。さ、遠慮せずにおばさんの隣にいらっしゃい」

そう言って、空さんは自分の座っているソファの隣をぽんぽんと叩《たた》く。

空さんの指示なのでもちろん従うのだが、海も含めて、何か話をするときにすぐ隣に呼び寄せるのは朝凪家のやり方なのだろうか。

空さんが俺のことを家族のように可愛《かわい》がってくれるのはありがたいのだが……信用している人に対して距離感が近いのは、海にそっくりだ。

遠慮してソファの端のほうに座ると、空さんが俺のほうへと顔を近づけてきた。

「……うん。こうしてしっかり真樹君のお顔を見るのは久しぶりだけど、最初会った時と較《くら》べて随分頼もしくなってきたみたい。顔全体は真咲さん似だけど、目のほうはお父さま譲りって感じなのかしら」

「どうですかね……父のことは、もしかして母から？」

「ええ。二人で話すときって大抵お酒がかなり入ってるから、まあ、当時のお話とか愚痴とか、色々とね。そう考えると、今の真樹君がモテモテなのもわかる気がするかも。海が言ってたけど、真樹君の知り合いって、今のところほとんど女の子なんですってね」

全く意図したわけではないが、二年生以降、中村《なかむら》さんや荒江《あらえ》さんなど、新たに交友関係や顔見知りとして加わったのは、確かに女の子しかいない。

男友達関係で頼りにできるのは望だが、毎日部活で忙しくしているし、天海さん目当てで近寄ってくる人たちはシャットアウトしているようなので、男子との交友関係を広げたいのなら、自分で頑張って動くしかない。

進級して以降、クラスメイトと全く話さないといったことはないので、中には俺と仲良くなってもいいと思ってくれる人がいる可能性もあるけれど……海や天海さん、新田さんに望、さらに最近になると中村さんたち11組の面々など、学年内でも色々な意味で目立つ人たちが周りに多いので、遠慮されている空気を感じることもあったり。

先輩でも後輩でも、そういうのを気にしない人がいると、俺もすごくありがたいのだが。

「ところで、空さんのお話ってなんですか？　空さんから褒めていただけるのはありがたいことですけど、わざわざ隣に座らせて話すようなことでもないですし」

「あら、私はそんなこと思わないわよ？　私から見ても真樹君は可愛いと思うし、ウチの子たちと違ってこうしてお喋りに付き合ってもくれるし。まあ、その話はまた今度ゆっくりするとして……さっき、夫に今日のこと、色々と報告させてもらったんだけど」

「……すいません、俺ちょっと急用を思い出したので、今日はこのへんでお暇《いとま》させていただきたく――」

「こーらっ、逃がさないわよ～？」

夫（つまり大地さん）が話に出た瞬間、その場を離れようとしたものの、襟首をがっちりと摑《つか》まれてしまった。

痛いことは確かにされていないが、大地さんの名前を出されるとプレッシャーがすごい。

クリスマスの時のお礼もまだだし、一度きちんと会って報告したいところではあるが、心の準備がまだ足りていない。

「だから、そんなに怖がらないの。今日のお泊りの許可はちゃんともらってるし、旅行の件も理解はしてくれたから。そうじゃなくて、私が真樹君にしたいのは、ちょっとした『提案』なんだけどね」

「……?」

詳しいことは海がお風呂から上がってきた時に話すということだったが、空さんの口ぶりから察するに、どうやら俺や海にとっても悪い話ではないらしく。

GWは静かに過ごすつもりではあったけれど、もう少しだけ慌ただしいことになりそうな予感がしていた。


GW前半戦の連休が明け、後半戦の連休を前にした中日の平日。祖母の家に行っているためにに学校をお休みしている天海さんを除いた俺たち四人は、いつものように集まり、学食で昼食を共にしていた。

ムードメーカーの天海さんがいないので盛り上がりや明るさに欠けることはあるけれど、たまにはこういう落ち着いた雰囲気も悪くない。

「あ～、飛び石連休だる～。私も夕ちんみたいに海外に飛び出して授業のこととか勉強とか忘れてみたいな〜、ねえ委員長連れてって〜」

「そこは自分でお金貯《た》めて行ってください……まあ、毎日のように写真が送られてくるから、気持ちはわからなくもないけど」

この場にはいない天海さんだが、俺たち五人のコミュニティに毎日のように写真付きでメッセージが送られてくる。

俺は詳しく知らないのでどこの国かはわからないけれど、ファンタジーの世界を旅しているのかとでも思うようなお城や風景、美味《おい》しそうな食事や街並みなど、一緒に画角に収まっている天海さんの顔や、写真とともに添えられているメッセージを見る限りは、久しぶりの滞在を楽しんでいるのだろう。

「おや、この写真、夕ちんと写ってる女の子誰だろ？　夕ちんに負けず劣らずの美少女って感じだけど、朝凪、この子誰だか知ってる？」

「ん？　ん〜……いや、私も知らない。多分親戚の子か何かだとは思うんだけど……すごい綺麗《きれい》な銀髪だね。顔も夕にどことなく似てるような」

送られてきたいくつかの写真の中で一枚だけ、天海さんと肩を並べて写っている、綺麗なショートカットの銀色の髪の女の子。

元気いっぱいの笑みを浮かべている天海さんの隣で無表情のまま佇《たたず》んでいるが、頰《ほお》どうしをくっつけたり、天海さんと同じピースサインで写真に収まっているのを見る限り、嫌がっているというわけでもなさそうだ。

メッセージによると『モニカちゃん』というそうだ。あっさりと友達になったらしい。最大限休日を楽しんでいるようで、友人としては何よりといったところか。

「……で、そんな中、残る我が四人のリーダーである委員長殿は、隣の可愛い可愛い彼女ちゃんの父親直々のお呼び出しを直前に控えてド緊張している、と。いや〜、せっかくの心休まる連休にもかかわらず、マジお疲れっす」

「新田さん、他人事《ひとごと》だからって、なんて楽しそうに……」

少し言い返したいところではあるけれど、正直なところものすごく緊張していることは事実なので、今はその余裕もあまりない。

まさか、GW後半戦の始めから、こんなイベントが用意されているとは。

「もう、真樹ってば相変わらずお父さんに対してビビりなんだから……まあ、今回は食事以外にもお話ししたいことがあるみたいだから、私も気になってはいるけど」

先日朝凪家にお泊りした際に空さんからあった話だが、ちょうど五月の祝日に合わせて休みがとれたらしく、よければ俺も交えて食事でもどうかというお誘いがあったのだ。

二人きりでの旅行の件も含めて、大地さんから俺と海に話があるらしいのだが……詳しいことは顔を合わせた時に、とのことだったので、お泊りした日から、ずっと気になっていたのだ。

「まあ、真樹も朝凪も悪いことしたわけじゃないんなら、どんと構えておけばいいんじゃねえか？　二人ともお説教される覚えは、何もないんだろ？」

「おいおい、そのニブチン発言マジかよ関《せき》くぅん。何もないのに、委員長がここまでビビってるってことは……ね、朝凪ちゃん？」

「……新奈、あんまり調子乗ってるとぶっ飛ばすよ」

望の言う通り、まだ責められるようなことはしていないけれど、それに類することを密《ひそ》かに計画していたこともあり、１００％否定できないところが辛《つら》い。

「とにかく、明日の夕方六時、朝凪家に集合ってことで。……真樹、アルバイト先にはちゃんと言ってるんだよね？」

「うん。でも、仕事の込み具合によっては遅れるかもしれないから、その時は早めに連絡入れるようにするよ」

「よろしく。お父さん、そこらへんも気になってるみたいだから」

大地さんと話すのは約五か月ぶりなので緊張するが、今こうして充実した日々を送れているのは、親のことで悩んでいる時に大地さんから授けられたアドバイスのおかげでもある。

なので、以前とは変わった姿をきちんと見せて、俺のことを心配してくれているだろう大地さんを少しでも安心させなければ。

そう考えると、明日が少しだけ楽しみになってきた。


翌日。

予定通り、約束の時間の一時間前にアルバイトを終えて自宅に戻った俺は、心の準備と身だしなみを整えて朝凪家へと向かった。

海からのメッセージによると大地さんも少し前に帰宅したらしく、今は空さんの料理がテーブルに並ぶのと俺の到着を待っている状態とのこと。なので、少し早めに来てもらっても問題ないそうだ。

時刻は午後六時の少し前……いつものようにゆっくりとインターホンを押すと、いつもの空さんではなく、低く、若干くぐもった威厳のある声がマイク越しに聞こえてきた。

『――はい』

「前原です。……あの、大地さん、お久しぶりです」

『真樹君か、待ってたよ。鍵は海に開けさせるから、早く入ってきなさい』

「わかりました」

玄関で海に出迎えてもらい、二人で一緒にリビングの中へ。

「……海、それじゃあ、よろしく」

「う、うん」

大地さんの前でもいつも通り振る舞うかは悩んだところだが、空さんから俺たちの様子は逐一報告をもらっているようなので、いつものようにお互いにくっついた状態のまま、大地さんの前へ。

仲睦《むつ》まじい様子の俺たちをちらりと見て、大地さんは小さくため息をついた。

「……海、真樹君のことが大事なのはわかるが、それはさすがに甘えすぎじゃないか？」

「い、いいでしょ。これが私たちのいつもなんだから、娘のやり方にいちいち文句言わないで。ね、真樹？」

「それはまあ……改めて、お久しぶりです」

「久しぶり。とりあえず、そこに座って。……海、真樹君と二人で話したいから、ひとまず席を外してくれ」

「はーい」

大地さんに言われた通り、向かい合うようにして一人がけ用のソファへ。

説教されるわけではないはずだが、真面目で几帳面《きちようめん》な大地さんの性格上、どうしても緊張した空気になってしまう。

「去年のクリスマスの話、空や海から聞かせてもらったよ。……君なりに、納得した答えを出せたようでよかった」

「はい。海や空さん、後は友達とか……色んな人たちの助けは借りちゃいましたけど、きちんと吹っ切れてよかったです。……あの、これ、去年のクリスマスに撮った時の写真なんですけど」

スマホを取り出して、今も大事に記録として残している家族写真を、大地さんに見せる。

大地さんに手渡した瞬間に、海と二人でとったプリクラを貼ったままにしていたことに気付いたが、そこについては特に突っ込まれなかったので、ひとまずほっとする。

そして、海の頬にキスしている瞬間のものを貼っておかなくて、本当によかった。

「……いいんじゃないかな。とりあえず、今後も頑張りなさい」

「はい」

「うん」

キッチンのほうから様子を見ている海や空さんから呆《あき》れ声がもれるほどのお堅い雰囲気だが、これはこれで不器用な大地さんらしい。

二人もそれをわかっているようで、じっと俺たちのことを見守ってくれているようだ。

「真樹君、それで……旅行の件についてだが」

「は、はい。なんていうか……その、急に変なお願いをしてしまって、すいませんでした」

「ああいや、別にそのことを責めようとは思わないよ。こんな偉そうな顔をしておいて、私も若い頃は……そういう時代もないわけではなかったし」

「あら？　ねえあなた、『そういう』っていうのは、具体的に『どういう』？」

「……母さん、その話、今は勘弁してくれ」

大地さんの若気の至りもいずれは訊《き》いてみたいが、ひとまず今は話の続きだ。

計画していた海との二人きりでの旅行は現状却下されている状態だが、条件次第ではまだ可能性が残されている。

それが、今日俺が朝凪家に呼び出された本当の理由だ。

「ひとまずどこから話すべきか……真樹君は、今日私が家に帰ってきている理由は知っているね？」

「はい、ここに来る前に海から……仕事の関係で急遽《きゅうきょ》休みが変わったとかで」

大地さんの休日の予定が変更になったのは、先日の食事会の夜、空さんが俺たちのことについて報告を入れた時らしい。

当初の予定だと、大地さんの休暇は来月となっていたものの、ちょうど同僚の冠婚葬祭の都合でずらさなければならなくなり、それで急遽、GW休暇ということで勤務先から戻ってきた、とのことだ。

そこまでは、会社で働いていればたまにあることと思う。

だが、朝凪家の場合、それによって多少面倒なことが起こったらしく。

「大したことじゃないんだが、実は来月、ウチの実家のほうでちょっとした用事があってね。母親からも『たまには孫の顔を見せろ』としつこくお願いされていたし、まあ、それに合わせて休みを取らせてもらったわけだが」

「そうそう。ほら真樹君、先週末の夜、私たち三人でお話ししてた時に電話がかかってきたじゃない？　あの件のこと」

「ああ……」

空さんにとっては天敵（おそらく）の『朝凪みぞれ』さんのことだが、どうやらそこと話が繋《つな》がってくるらしい。

「あの、大地さん。ちなみになんですけど、本来のお休みの予定は？」

「六月末……カレンダーでいうと、第四土曜日と日曜日になるかな」

「なるほど……海はこのことって知ってた？」

「ううん。ちゃんと決まってから話すつもりだったたって」

ということで、なんとなく話が見えてきた気がする。

「で、そのことをすぐにお義母《かあ》さまに連絡したんだけど……『それなら孫の顔さえ見せてくれればいい』って……要するにお父さん抜きでもいいってことね。ねえ真樹君、第三者の目線から見て、コレどう思う？　準備はもう始めてるから変更できないって、私が反論する前に電話ガチャ切りよ？　横暴すぎない？」

「母さん、気持ちはわかるが真樹君も困っているから……」

一見して平和で穏やかな朝凪家でも、それなりにいざこざはあるようだ。

家族や親戚間ですらこうなのだから、円滑な人間関係を築くのはとても難しい。

とまあ、そういう事情がありつつ、ここで話が俺たちの『旅行計画』と絡んでくるのだろう。

二人きりの旅行は難しいけれど、その代わりになる『何か』があれば——。

「真樹君、ウチの実家の辺りも、実は小さな温泉街として多少知られていてね。……旅行の代わりと言ってはなんだが、海と一緒に行ってくれる気はないかな？」

良いのか悪いのかは今のところわからないけれど、このタイミングで二つの話が重なったということは、きっと何かしらの縁があってのものかもしれない。

どうするかはこの後、海とじっくり話して決めるつもりだが……もしかしたら、そこまで悪い話でもないかも。

2.『朝凪』の故郷へ

「――へえ～、それじゃあ、来月末の三連休は、真樹《まき》君と一緒に里帰りなんだ。いいな～いいな～、海《うみ》のお婆《ばあ》ちゃんの家、私も遊びにいってみたい～」

「夕《ゆう》は一昨日《おととい》まで海外でたくさん遊んだでしょ。我慢しな」

「ぶ～、いいもん。それなら私はニナちと渚《なぎさ》ちゃんの三人でいっぱい遊んでやるんだから。ニナち、三連休はいっぱい楽しいことしようね？」

「別にいいけど、荒江《あらえ》っちと一緒なのはちょっと遠慮したいかなあ……最近やたら性格が丸くなってるから、まあ、問題ないとは思うけどさ」

短すぎる連休があっという間に過ぎて、いつもの月曜日。

数日ぶりに旅行先から帰ってきた天海《あまみ》さんを加えて、俺たち五人は連休中にあったことについて軽く雑談をしていた。

話の中心は、もちろん海外旅行へ行った天海さんの土産話と、あとは旅行先で購入してきたというお菓子などのお土産。チョコレートやビスケットなど、そう珍しいものではなかったけれど、いつも口にしているお菓子とはまた違った風味が感じられて、これはこれでいいのではと思う。

「しっかし、朝凪《あさなぎ》の家でお泊りの次は、そのさらに祖母の家へご訪問かよ。付き合い始めてまだ半年経《た》ってないのに、あまりにも猛スピードで階段駆けあがってないか？　真樹、お前来年あたり結婚したりすんの？」

「いや、それはないけど……まあ、偶然に偶然が重なった結果といいますか」

残りの連休中に海と二人で話し合った結果、来月の訪問には、俺もご一緒させていただくことが決まった。その旨についてはすでに大地《だいち》さんから先方に連絡しており、意外にも二つ返事で許可をいただいたそうで。

大地さんとみぞれさんの間でどんな話があったのかまでは知らないけれど……そんなに簡単に許可を出して、果たしていいのだろうか。

「さっきスマホで調べてみたけど、朝凪のお婆ちゃんの家がある村って、小さな温泉街があるんだね。結構山奥みたいだし、交通の便も良くないから人は多くないって」

「うん。でも、わりといい所だよ。自然に囲まれてて空気は美味《おい》しいし、綺麗《きれい》な水が流れてる滝があって川遊びなんかもできるし。小さいころに行ったっきりだけど、結構楽しかった記憶はあるかな」

海にとっても、祖母の家への訪問は久しぶりだそうだ。

二人きりの旅行については変わらず許可が下りなかったのが残念だけれど、それはそれとして海も楽しみにしている様子で、俺としてはほっと一安心である。

もちろん、これで旅行の件をチャラにするつもりはないみたいだが。

「だから、来月すぐ辺りに、その時に着ていく服とか色々買いにいかなきゃって思ってて。真樹、夏用の服一着も持ってないし」

「いや、Tシャツとハーフパンツ、あとはサンダルぐらいならちゃんと家に……」

「余所行《よそゆ》きの、ってこと。近所で遊ぶならそれでもいいけど、今回はお婆ちゃん家《ち》に行くんだから。印象がいいよう、上から下まで私がきっちり選んであげないと」

夏なんて涼しい格好であればなんでもいいのではと思ってしまうのだが、あまりよれよれになった服装なのも良くないので、誕生日以降、旅行のためにとせっせと節約していたアルバイト代を解放するべき時だろう。

余所行きなので多少お金はかかるかもしれないが、海に任せておけば安心だ。予算内で、しっかりとしたコーディネイトをしてくれるだろう。

……これだとなんだかバイト代まで海に管理されているような気がするが、俺が自由に使ってしまうとくだらないものに散財しそうなので、まあ、いいだろう。

「夏で思い出したけど、朝凪と夕ちんは、今年の水着はどうする？　私は体型変わってないから去年のやつでもいいけど、二人はその……ねえ？」

「えへへ～、もうニナちってば、そんなに私たちの体ジロジロ見て、いったい何が言いたいのかな？　ね、海？」

「にな、おまえしにたいらしいな」

「い、いやいやちょっとしたジョークではないですかお二人さんや。ほら、二人とも相変わらずスタイルいいから、今年の新作水着も期待してますよってことで。ねえ、男子たちもそうでしょ？」

「……ノーコメント」

「俺は……ほら、季節関係なく部活で忙しいから」

天海さんのことはよくわからないけれど、海とは毎日のように触れ合っているので、去年との違いが手に取るようにわかる。

俺と付き合い始めてからだが、海はほんの少しだけ体つきが変わっている。

皆の前で言うつもりはないけれど、ここだけの話、主に胸のほうが明らかに豊かになっているというか。

その分の体重増ではあるけれど、女性にとっては気になるところだろう。

後、俺も望《のぞむ》も、あまりこの場でバカ正直に『水着姿に興味あります』とも言えないし。

口からぽろりとこぼれた失言によって、海からお仕置きのアイアンクローを食らっている新田《にった》さんを横目に、俺たち男性陣は無言を貫いた。

いくらくだけた雰囲気の友人間でも、うかつに口を滑らせてはいけないことも、きっといくつかあるのだ。

「もうニナちってばしょうがないんだから……あ、でも水着は近いうちに三人で可愛《かわい》いの選ぼうね。去年は天気が悪くてあんまり行けなかったから、今年の夏こそいっぱい楽しまなきゃ。海行ったり、プール行ったり、花火にお祭り……来年はそれどころじゃないから、目いっぱい楽しまないと」

「だね。ついでにイケメンとの素敵な出会いも。今年こそ必ずいい人をゲットしてみせるんだから」

「新奈《にな》は本当それればっかりだね。まあ、アンタらしいけど」

本格的な夏の到来はまだ少し先だが、太陽の日差しが強く、気温も高くなってくるにつれて気分も高まってくる。

気の置けない人たちと過ごすことになるだろう初めての夏——何をするかはまだ全く決めてないけれど、そちらも楽しみだ。

その後、これからのテストの話やＳＮＳで流行《はや》っている動画などで他愛《たわい》のない雑談をしていると、俺の脇腹をこっそりとつついてくる人が。

まあ、視線を合わせる必要もなく俺の彼女の仕業なのだが、何かこっそり話したいことでもあるのだろうか。

（……海、どした？）

（まき、スマホ）

（？）

耳元で指示されるまま、何気なくポケットからスマホを取り出すと、俺が他の皆と喋《しゃべ》っている時にこっそり打ち込んでいたのか、とあるメッセージが送られてきていて。


『（朝凪）ね、真樹』

『（朝凪）今度のお買い物、楽しみにしててね』

『（朝凪）誰よりも早く、真樹に見せてあげるから』


（……なにをですか？）

（な～いしょっ）

えへへ、といつもの小悪魔な笑みを浮かべた海は、機嫌良さげに天海さんと新田さんの会話の中に再び入っていく。

これまでの話の流れからして、海がいったい何を俺に見せたいのかはわかるような気もするけれど。

「……真樹、また朝凪とコソコソなんかやってたっぽいけど、何の話だ？　またいつものヤツか？」

「うん。……まあ、そんな感じです」

夏はまだまだ先だが、俺の心はすでに海の手によって惑わされっぱなしだ。


連休を終え、休み気分が抜けない体になんとか鞭打《むちう》って、勉学にバイトにと、なんとか五月を乗り切り、六月。当初の約束通り、買い物デートということで、先月ぶりに街へと繰り出した。外でのデートはＧＷ中に一日だけ機会を取ったものの、連休真《ま》っ只中《ただなか》の繁華街の人出に俺が酔ってしまい楽しめなかったので、いつもの姿を取り戻した街を見て、俺はほっと胸を撫《な》でおろす。

「なあ海、買い物だけど、どっちから済ませる？」

「私はどっちでもいいけど……ちなみに真樹は、好きな食べ物は先に食べるタイプ？　後に取っておくタイプ？」

「いきなり質問？　……まあ、どっちかというと先かな。楽しみを後にしておくのも悪くはないけど、温かくても冷たくても、時間を置いたらどっちも温《ぬる》くなっちゃうし」

「ふむ、真樹は好きなものを前にすると我慢できなくなるほどがっついてしまう、と。まったくしょうがないんだから」

「言い方。じゃあ、海の買い物を先にするってことで」

「了解。じゃ、早速水着売り場だね」

「もう隠しすらしなくなったよこの人」

俺にとって（多分、海にとっても）、今回の買い物のメインである水着を選ぶため、駅ビルの中に入っている店の中へ。さすがにこの時期になると、どこも店先の目立つところに並べているのは夏物がほとんどだ。爽やかで涼し気なデザインの服を着たマネキンが、真っ先に目に留まる。

「あ、ちょうど今日からセールやってるみたい。ほら、真樹、恥ずかしがってないでこっちこっち」

「っと……わ、わかってるからそんなに引っ張らなくても……」

女性向けの水着売り場に関してはすでに特設コーナーもできているようで、それを見た海は俺の腕をがっちりとホールドしたままぐいぐいと中へ。

「いらっしゃいませ。今日は何をお探しですか？」

「少し早いですけど、夏に着る予定の水着をいくつか見たくて。新しく出たヤツで可愛いのとかありますか？」

「もちろん。あと、早めに買っておいた方が色々と準備もできるのでお勧めです。あ、もしかしてお隣の男の子は彼氏さん？　遠慮せず、ゆっくり見ていってくださいね」

「あ、いえ、お気遣いなく……」

コーナー内にいるお客さんの数はまばらだが、今のところ俺以外は女性ばかりである。隅のほうには男性用の水着も置かれているので、商品を見て回ること自体は問題ないはずなのだが……この表現しにくい謎のプレッシャーはなんだろう。

新作水着が並んでいる棚に案内してくれた店員さんにお礼を言って、あとは海が納得するものを選ぶまでじっと待ち、時にはきちんと感想を述べる役割を果たさなければ。

「真樹はどういう水着が好き？　部屋の本棚奥にあった『雑誌』とか見る限りだと、露出度のかな〜り高いヤツだったけど」

「あの、さらっとガサ入れ完了済みなのやめてくれません？」

それはあくまで『雑誌』の好みであって、彼女に着て欲しい水着になってくると、そこはまた全然違ってくる、気がする。

可愛くてスタイルも良い海なら、それが水着だったとしても、何を着てもきっと似合うに違いない。

水着のデザインや個人の体型に合う合わないなどもあるので、例年の通り、海が一番気に入ったものを選んでくれればいいのだが、今回以降は、海の性格上そうもいかないだろう。

きっと、俺の意見を出来るだけ参考にして決めるはずだ。

「真樹、正直に言っていいよ？　露出度を抑えて可愛さ主体のものか、そうじゃなくてもいいか。どうせ見せるのは真樹にだけだし」

「え？　俺にだけって……今年着る用のやつを選ぶんじゃなかったの？」

「ううん。今日はあくまでお婆ちゃん家に行く時に持っていくだけで、夕たちとはまた後日別に選ぶつもりだから。お金はかかっちゃうけど、今回は特別」

「へえ、そう、なんだ……」

今日選んだもので今シーズンの夏を乗り切るものとばかり思っていたが。

俺に見せるためだけ、か。

そう思うと、なんだか急に嬉《うれ》しいような、恥ずかしいような気分になってくる。

「これだけ数が多いと真樹も迷っちゃうだろうから、いくつか私がいいなって思ったやつの中から決めて。それなら選びやすいでしょ？」

「わかった。じゃあ、俺はあっちの休憩スペースで待機してるから、候補選びが終わったら呼んで――」

「だめで～す」

ということで、もうしばらくはこの空気に耐えなければならない。

レジ前から俺たちのことを微笑《ほほえ》ましい表情で見ている店員さんの気配を感じつつ、俺は海と一緒に水着選びをスタートさせた。

女性用の水着だが、目立つところに陳列されているものだけみても色々な種類があることに気付く。グラビア雑誌で見るような露出度の高いものもあるが、それはあくまで一部で、中には服のように見えるファッション性の高いものや、体のラインがあまり目立たないよう設計された（と思われる）ものが今は人気を集めているらしい。

とりあえず柄物のハーフパンツを置いてみました、と言わんばかりの雑な男性用のコーナーとは訳が違っていた。

「そういえば、海の好みはどんなの？　去年までは自分で選んでたわけでしょ？」

「そりゃね。えっと……去年は一応、こういうのだったかな。フリルがついてて、そんなに派手じゃないやつ。露出はないわけじゃないけど、泳ぐ時以外は上着を羽織ってたから、心配しなくても平気だよ？」

「いや、別に去年の時点まで独占欲発揮するつもりはないから……」

海が手に取ったのは、上が丈の短いキャミソールになっているもの。これだとおへそはしっかりと見えてしまうが、水着だし、そのぐらいは許容範囲なのだろう。

そんな感じで俺の意見を逐一聞きながら、三つの候補に絞られる。

ここまでは海の好みが反映されているが、ここからどれか一つを選ぶのが俺の仕事になる。

試着した海の姿を見て、俺が最も好みだと思ったものを買うらしい。

海がそれでいいと言うなら問題ないが、果たして、女性用水着のことを今まで雑誌以外でほとんど知らなかった俺が自分の感覚で選んでしまっていいのだろうか。

なんにせよ、責任重大である。

「じゃあ、今度こそ俺は売り場の外に出てるから、試着が終わったら呼んでもらって……」

「よ～し、それじゃあ試着室へゴー」

「……あの、なんでがっちり腰をホールドしてるんですかね？」

恋人同士とはいえ、さすがに試着室まで一緒したらマズいだろう……と思ったが、店員さんによると、男性のお連れ様がいる人用に、きちんとスペースで区切られた部屋も用意されているという。さすがに一緒に中に入るのは遠慮してもらうけれど、部屋の側《そば》で待ってもらって構わないらしい。

……社会には、俺の知らないことがまだまだあるようで。

「それじゃ、着替えたら呼ぶからね。あ、よければ真樹も一緒に入ってみる？」

「…………」

「ふふ、ごめんごめん。でも、正直な意見はちゃんと聞かせてね？　周りの視線がどうとか、そういうのは気にせずに」

「……了解です」

ようやく俺を解放して試着室のカーテンの向こうに消えた海のことを、近くに置いてあった椅子に腰かけて、犬のようにじっと待つ。

静かにしていると海の着替えの際の衣擦《きぬず》れの音が聞こえ……と思ったが、フロア内に流れるＢＧＭのおかげで、ひとまず心穏やかに時間を潰せそうだ。

なるべく心を無にして石像のようにしていると、一つ目の試着が終わったのか、海がカーテンの隙間から顔だけひょこっと出した。

「真樹、入ってきていいよ」

「うん……でも、店員さんは中に入るのまではなるべく遠慮してほしいって」

「周りの目が気になるのなら、少しの間だけなら彼氏さんを入れてもいいって。融通が利く、いいお店だよね」

「そうなんだ。……俺はその話聞いてなかったけど」

ともかく問題ないのは本当らしいので、海の手招きに応じて試着室の中へ。

カーテンをくぐると、大きな鏡の前に、恥ずかしそうに頬《ほお》を赤らめた水着姿の海がいた。

「あの……どう、かな？」

「あ、えっと……」

可愛《かわい》い。

……思わず先に感情が出てしまったが、一着目は、海が去年買ったというキャミソールタイプの水着だった。試着する前から似合うことは想像してわかっていたけれど、普段は大人っぽい中にも、時折無邪気な子供っぽさや元気さを残す海に合っていると思う。

去年、早いうちに友達になっていれば、この姿をこの目で見ることもできていたのでは、と思ってしまうほどに。

まずはそのことを、しっかりと海に伝える。

「ふむ、なるほど。去年と似た系統だけど、反応は上々みたいだね。では、その調子で二着目に行きます」

「個人的には即決でもいいと思うけどね……その方が早く終わるし」

再び試着室の外に出された俺は、先程と同様、ただじっと美術品のように俯《うつむ》いた状態をキープして彼女からの呼び出しを待つ。

傍《はた》から見ると落ち着いた様子に見えるだろうが、内心はドキドキしっぱなしである。

「……真樹、おいで」

続いて二着目。次は一着目と較《くら》べてお腹《なか》までしっかりと隠れているタイプで、海で泳ぐには向かないにしても、水際で遊んだりする分には、日焼け対策的な意味も踏まえて十分だと思う。体のラインも強調されにくいので、目線のやり場に困るであろう俺的にも助かる。

「それで、こちらの感触は？」

「まず、露出度が少ないのがありがたいです。あとは、川遊び程度ならこれでも十分だと思うし、お腹も冷えにくいと思うから、機能的にもおすすめかと」

「お、出たね～真樹のいつもの論調。まあ、私もこれが一番無難かと思うけど。じゃ、次の三着目でラストね」

「ラスト……うん。えっと、準備がちゃんと出来たら、呼んで」

「う、うんっ」

最後の水着を前にお互いほんのりと気まずい空気を醸し出してしまったが、タイプの違う候補三つをそれぞれ考えると、こうなってしまうのも無理はない。

一つ目は去年と同系統のもので、二つ目は露出度を控えた無難な路線。

となると、残る三つ目は、それなりに冒険したものになるわけで。

――えっと……だ、大丈夫、だよね？　うん、どこも変なところは見えてない。うん、平気平気っ。

……時折、そんな海のつぶやきが耳に入ってきてしまうが、俺は何も聞いていない。うん、大丈夫。何も問題はない。

「ま、真樹っ」

「う、うん」

人目を避けるように素早く中に入って、ゆっくりと海のいるほうへ視線を向ける。

「え、えへへ……選んだ時は大丈夫だと思ったけど、改めて試着してみると、やっぱりそこそこ恥ずかしいね。真樹にこれだけ素肌を晒《さら》すのも、何気に初めてだし」

「そっか。そういえば、確かに」

普段、ことあるごとに抱き合ったりじゃれ合ったりしてバカップルぶりを周囲に見せつけている俺と海だが、一緒にお風呂に入ったり、着替えを誤って覗《のぞ》いて裸を見てしまったりというようなハプニング的なことは、お互いにない。

一度、年末に俺が体調を崩した時、海に体を拭いてもらうために上半身裸になったことはあるけれど、本当にそれだけだ。

そしてもちろん、その逆はない。

「久しぶりに冒険してみたけど……どう？　似合う、かな？」

「まあ、それはもちろん、うん」

海が最後に試着したのは、完全なビキニタイプ。露出度で言うと、店の中にある中では標準的なものだけれど……しかし、スタイルのいい海が着ていると、やはり色々と強調される部分はあって。

……正直、目のやり場に困る。

「真樹、せっかくこうして着たんだから、ちゃんと感想言ってよ。ちょっとぐらいだったら、ジロジロ見ても怒ったりしないから」

「海がそう言ってくれるなら……じゃあ、失礼して」

頬がどんどんと熱を帯びるのを自覚しつつ、俺はゆっくりと視界の真ん中に、水着姿の彼女を捉える。

「えっと、一回転とかしたほうがいい？」

「それはまあ、ご自由に」

「そ？　で、ではちょっとだけ」

俺の前で律儀にくるりと回ってくれる海のことを、じっくりと見る。

ひとまず露出度のことはこれまで散々触れたのでいいとして、先程までの二つと比較すると、一転して雰囲気が大人っぽくなっている。フリルなどはなく、ダークな色合いで落ち着いた雰囲気を与えるような青系統の素材で、上下とも紐《ひも》で結んで着けるもの。

「……はい、わかりました。わざわざありがとうございます」

「ん。で、どう？」

「ものすごく個人的な意見になっちゃうけど、いい？」

「もちろん。真樹の好みでいいって、始めから言ってるし」

絶対に後で『えっち』だなんだと言われるし、何ならこの後もしばらく突っつかれるネタになりそうだが、ここで変に気を使うのも、勇気を出して冒険してくれた海に悪い。

「まず結論として、俺はこれが、一番海が綺麗《きれい》に見えるヤツだと思う……かな。海はすごくスタイルがいいから、堂々と外に出したとしても恥ずかしいことなんて一つもないし」

「そ、そう？　まあ、普段から食事にも運動にも気を付けて頑張ってるわけだし、それは当然かもだけど。真樹がこれを一番だって言うなら、私はこれ持ってレジに行ってもいいけど……まだ感想の続きがありそうだね」

「……やっぱりわかりますか」

「当然。もう何年真樹の彼女やってると思ってるの？」

「まだ半年も経《た》ってないけど……ともかく感想の続きだけど、三つの中では一番海に選んで欲しくないものだとも思ってる」

着てもらったら嬉《うれ》しいけれど、でも、それと同時に嬉しくない気持ちもある。

矛盾したような複雑な感情だが、海に前置きした通り、これが俺の正直な感想だ。

察して欲しいと勝手なことを言うつもりはないので、きちんと言葉にして説明する。

「その……それを着た海はすごく大人っぽくて綺麗で、試着してくれただけで俺としてはすごく嬉しいんだけど、他の人には見せたくないなって、そっちもすぐに思って。一般的に考えて、水着って海とかプール……つまり公共の場で着るようなものだから」

今日選ぶものはあくまで今度のお出かけ用で、着るのも俺の前でだけという条件ではあるけれど、外であるという時点で他人の目に晒される可能性はゼロではないわけで。

「俺が見るのはいいけれど、他の人はダメ……簡単に言うと、そんなところです」

「そういうことね。まあ、知ってたけど。友だちになってからわかったことだけど、真樹って独占欲かなり強めだよね。去年の文化祭の時とかもそうだけど、なるべく一緒にいてあげないと、すぐに寂しがるし」

「それは……海に似たんだよ、きっと」

ひとりぼっちだった時、自分は孤独に耐性がある人間だと思っていた。

しかし、海が、大好きな女の子が側にいてくれる時の心地良さに触れた今では、すっかり寂しがり屋である。

「ってことで、三着目の感想は以上です。総合的に考えると、俺は一着目か二着目のどちらかがいいかなと思います」

「そっかあ……真樹が見たいって言うんなら、私は冒険しても全然構わないけど。仮に人目に触れた所に出たとして、そんな私が隣にいたら、真樹だって鼻が高いかもよ？」

「そうかもしれないけど、それでも他の人には見せたくないって気持ちのほうが強いかな。海は俺にとって、自分を良く見せるためのアクセサリじゃなくて、その……」

言う必要のないところまで口走ったような気もするけれど、ここまで出てしまったら、言わないと海が納得してくれない。

「その、何？」

「だ、大事な宝物みたいな存在……だから」

アクセサリはお洒落《しゃれ》のためにあるけれど、宝物は大事にとっておくものだと俺個人は思っているから、やはり結論は変わらない。

それぐらい、俺は海のことを誰よりも大切に想《おも》っている。あまり想い過ぎて束縛しないよう努力はしていくけれど、一度芽生えてしまった嫉妬心や独占欲をコントロールすることは、今の俺にはまだまだ難しい。

海だって、そうなのだから。

「宝物……ね。ふふ、そっかそっか。そこまで言ってくれるんなら、私は真樹の言う通りにしよっかな」

「どうも。ということは、一着目か二着目を買うということで……」

「ううん。これにする」

「……ん？」

これにする、ということはつまり今着ているものを買うということになるが。

「あのぅ、海さん？　俺の話聞いてました？」

「もちろん。真樹はこれが一番好みなんでしょ？　だから、これにする」

「え～っと……」

「ほら、もう服に着替えるから、一旦出た出た。それとも、エッチな真樹君は水着以外のものも見たい感じかな？」

「むむ……理由、ちゃんと聞かせてもらうからな」

「大丈夫、わかってるから」

試着室から押し出された俺は、もやもやした気持ちで海が着替えるのを待つ。

俺の意見を参考にするとはいえ、最終的な決定権があるのは海なので、海に『これにする』と言われてしまえば、それ以上、俺が言うことは何もない。

海も海で考えがあるからこそ、今回この選択をするに至ったのだろうが……とにかく、今は待つしかない。

待つこと数分、元の私服姿に戻った海が試着室から出てきた。水着が決まって満足気な表情で、店員さんへ三着目を買う旨を伝え、そのままレジでお会計を済ませる。

「真樹、お待たせ。それじゃ、次は真樹の服選びだね」

「うん。……一応聞くけど、本当にそれでよかったの？」

「もちろん。今回は持っていけないからもったいない気もするけど、まあ、そっちには去年のやつを持っていけばいいから」

「……とりあえず、歩きながら話す？」

「おう」

自然と指を絡ませるように手を握ってきた海と肩を並べて、上階にあるメンズ服中心のショップが入っているフロアへ。

ちょうどエスカレーターに乗ったところ、海が口を開いた。

「真樹、どうしよう。買っちゃったよ、私」

「うん。海、かなり冒険しちゃったな」

「へへ、ごめんね。でも、さっきも言った通り、コレは真樹と二人きりの時にしか着ないから、そこは安心して。外では絶対着ないようにするから」

「でも、それだと水着としては使えなくない？　それだとちょっともったいないような」

「だね。でも、色々考えて、私も真樹以外の男の人に、自分の肌を余計に晒すのはイヤだなって思ったから。……去年までは、そんなの気にもしなかったのに」

　恋人同士になって俺の内面に変化があったように、海にもこれまでとは違う心境への変化があったようだ。

　俺が海のことを大切に想っているように、海もまた俺のことを大切に想い、それを言葉や行動で示そうとしてくれている。

　俺のことをあれだけ揶揄《からか》った海も、同様に俺のことが好きすぎなようで。

「コレの用途についてはまた後で考えるとして……真樹、私がたくさん勇気だして選んだんだから、他の女の子にだらしない顔しちゃダメだよ？　デレデレして、エッチな目で見ていいのは私に対してだけだよ？　約束。いい？」

「うん。まあ、今はすっかり海に夢中だから、可能性はないと思うけど」

　何の縁か、俺の周りには女の子たちが多いけれど、異性としての魅力を感じるのは、今のところ朝凪海ただ一人だけだ。

天海さんや新田さんなど、可愛《かわい》いと思う人たちはいるけれど……それはあくまで外見的な意味合いであって、やはりあくまで『友人』としてしか思えない。

「あ、でも去年の水着のほうもきちんと期待していいからね。今日買ったヤツに較《くら》べたら無難だけど、それでも可愛いことには変わりないから」

「そっか。そこまで言うなら、楽しみにしている」

「うん。もちろん、『こっち』のほうも、いずれ……ね？」

そうして、また小悪魔モードになった海が、意地悪な笑みと共に、俺の腕にぎゅっと抱き着いてくる。

あまり意識しないように頑張ってはいるが。

……海、やっぱり胸がさらにふくよかになっているような。

新田さんもちらりと言っていたけれど、去年の水着、サイズ的に大丈夫だろうか。

絶対に口には出さないけれど、今のところ、そこだけが心配だった。

今回のデートのメイン（と俺は思っている）海の水着選びも無事終わったところで、次は俺の服選び。

まだ海の服選びは残っているものの、最初に刺激的なイベントをこなしたこともあり、個人的にはもうこの後何があっても問題ない気分だ。

「真樹、今日の分は私が全部選んじゃってもいい？　相変わらず微妙に不健康な顔のほうはしょうがないとして、服のほうだけでも清潔感出しておかないと」

「一応、〇時回る前にはベッドに入ってるんだけどね……予算も伝えてるし、とりあえずお任せいたします」

不規則な生活サイクルにならないよう、毎日同じ時間に寝るようにはしているのだが、日によって寝付くまでの時間にかなり差があり、二時間以上ベッドの上で最適な入眠体勢を探っている時もある。

海が側《そば》にいてくれると、五分とかからずあっという間にすやすやと眠りにつくことが出来るのだが……それはあまりに甘ったれなので、もっと運動時間を増やすなどの工夫をしなければ。

「ふふ、さあて、どれにしよっかな～。変にお洒落しなくてもいいんだろうけど、たまには違う雰囲気の真樹も見てみたいから……真樹、ちょっとコレとコレ、合わせてもらっていい？　あ、あとそこにある帽子も」

完全に趣味を反映したものでいいこともあり、海は嬉しそうな顔で、俺に似合うコーディネイトをあれこれと悩んでいる。

似合っているかどうかは俺のずれたファッションセンスではなんとも言えないけれど、

時折、無意識に海の口から漏れる『うん、かっこいい』という呟《つぶや》きを聞いていると、自分でも満更ではないのではと思ってしまう。

大好きな彼女に褒められるのは、やはりとてもいい。

そこからおよそ一時間。メンズ売り場のほぼ全ての棚をチェックする海の気合の入りようもあって少し時間がかかってしまったが、上から下まで、ようやく海の満足するセットが揃《そろ》った。

「……うん。もうちょっと見栄《みば》え良くできそうな気もするけど、それだと一日かかっちゃいそうだし、今日はこの辺で妥協しちゃいますか。真樹、ざっと見て、どう?」

「すごくいいと思うよ。これなら海のお婆《ばあ》さんの前でも大丈夫そうだ」

上はシンプルなデザインのサマーニットと下はデニムのハーフパンツだが、そこがシンプルな分、手首につけるアクセサリや帽子などで全体的に調整しているようなイメージだろうか。

アロハシャツのような派手な柄物やタンクトップのような肌が多く出る服が苦手なので、そういう所もきちんと考慮に入れてくれた所なども、海の気遣いを感じる。

その他の候補についても数多く試着したので想定していた以上に疲れてしまったが、俺も海も納得のチョイスになったので、良かったと思う。

……予算はほんの少しオーバーしてしまったが、そこは後の昼食代などを節約すればいい。ファッションには時に我慢が必要だとどこかで耳にしたことがあるが、これはきっとそういうことなのだろう。多分。

「よしっ。水着買った、真樹の服も揃えた、順調だね。ってことで、一段落したところでどこかで休憩しよっか。私が振り回しちゃったせいで、結構疲れちゃったでしょ？」

「まあ、正直、少しね。小腹も空《す》いたし、甘いものでも食べようか」

「いいね。ごちそうさまです」

「ったく、調子いいなあ……まあ、それは別でちゃんと用意してるからいいけど」

「やたっ。それなら、地下のスイーツ食べ放題のとこにしよ。時間制限短めだけど、その分お財布にも優しいし」

彼女と二人で、買い物におやつタイム。今日に限ってはどこにでもいるような学生カップルのような休日を満喫しているが、普段俺の自宅でまったりしている分、時にはこうして過ごすのも、気分転換になって悪くない。

イチャイチャしたいときに人目があるので、そこだけが残念だが……今でも十分バカップルだというツッコミが聞こえてきそうだが、今は天海さんも新田さんもいないので、そう思っておこう。

「〜♪　〜♪♪」

機嫌良く鼻歌を口ずさむ海のことを側で感じつつ、一旦小休止のために売り場を後にする。時間は午後四時を迎えようかというところで、少しずつお客さんの数も減ってきているので、休憩後はもう少しだけ人目を気にせず買い物が出来そうだ。

そんなことをぼーっと考えつつ、施設内の人の流れを見渡していると、ふと、とあるアクセサリーショップの端っこで、居心地悪そうに周りをキョロキョロと見渡しながら、棚の商品とにらめっこしている人を見つける。

「……ん？　あれって……」

キャップを目深にかぶった、ラガーシャツを着た背の高い男性。女性連れで来ている男性と較べても頭一つ身長が高く、体の方もかなりがっしりとしていることがわかる。

なんとなく、馴染《なじ》みのあるシルエットのような。

「？　真樹、どしたの？　なんか見つけた？」

「あ、うん。あそこにいる黒い帽子の……ほら、今あそこでネックレスを手に取ってる」

「ああ、いるね。なんかすっごい挙動不審だけど……万引き？」

「いや、そうじゃなくて……なんか似てない？　望に」

「関《せき》？　……ああ、そう言われてみると、確かに」

私服なのでわかりにくいものの、色素の薄い茶色の髪と、キャップからわずかにのぞく横顔を見るに間違いない。

何かを探しているようで、それを邪魔するのも良くないかと思ったが……一人寂しそうにしている背中を見て、俺と海は声を掛けることにした。

「望」

「よっ、関」

「っ……!? って、なんだよお前らか。急に背後から声かけてくるとか、びっくりするじゃねえか」

「その割には、なんかお仲間見つけてほっとした顔してるようにも見えるけど？ それより関、どうしてこんなとこにいるの？ サボり？」

「んなわけあるか。今日は監督の家の都合で練習は午前中までだったんだよ。ってか、別にいいだろ、俺がどこで何してたって」

「それは望の言う通りなんだけど、さすがに場所がねえ……」

「そういうこと。関は気づいてないと思うけど、わりと不審者だったよ。私が一瞬変な勘違いをするぐらいには」

「うっ……」

ここがスポーツ用品店だったり、先程俺たちがいたメンズファッションフロアならスルーしていたところだが、ここは女性もののアクセサリーショップだ。若い女子たちが多くいる中で、一人ぽつんと商品を選んでいると、やはり目立ってしまうわけで。

「し、しょうがねえだろ。俺だって、こんなところ滅多《めった》に来ないし、何を選んでいいのかも全然わかんねえから。でも、今日買っておかないと、明日以降はずっと夜遅くまで練習だし。そろそろ夏の予選も近いから」

　今は旅行のことで頭がいっぱいな俺だったが、確かに夏といえば部活の季節でもある。そして、ほとんどの最上級生にとっては夏が最後の大会にもなるから、部によっては休日返上で練習することも多い。

「ところで、望はここで何か買うつもりだったの？　さすがに自分用ってわけじゃなさそうだから……もしかして、誰かにプレゼント、とか？」

「……ああ。ほら、来月、天海さんの誕生日だろ？　だからさ、一応俺も友人として最低限何かはしたほうがいいかなと思って」

「……ん？」

　天海さんの、誕生日。

　そういえば、そのことをすっかりと忘れていた。海のことばかり考えていて抜け落ちてしまっていたが、当然、毎年一回、天海さんや新田さん、望、そして、もちろんこの俺にもその日が訪れるわけで。

「真樹、もしかして夕の誕生日覚えてない？　あの子、自己紹介の時にそこらへん全部言ったはずなんだけど」

「あ、あはは……」

「こら、笑って誤魔化《ごまか》さないの。でも、そういえば真樹って去年のトップバッターで大すべりしてそれどころじゃなかったよね。なら仕方ないか」

「イヤなこと思い出した……」

しかし、それが俺と海の馴れ初《なそ》めになるのだから、人生わからないものだ。

「で、天海さんの誕生日っていつ？」

「七月七日。七夕ね。夕って名前も、そこからとったんだって」

「もちろん、それも自己紹介の時にちゃんと言ってたぜ」

「そ、そうだったんすね」

去年からそれなりに親しくさせてもらっている友人の誕生日すら覚えていないとは、俺もまだまだ抜けているところがあるらしい。

ちなみに俺の誕生日は八月六日で、これは他の皆も知っている。

そう考えると、この夏は夏休み以外にも考えておかなければいけないことがいっぱいだ。

「ってことで、俺の方はもうちょっと一人で残って考えることにするわ。お前らにアドバイスもらうのも悪くないんだろうけど、それじゃああんまり気持ちも伝わらないだろうし」

「ふ〜ん。関、アンタ頑張るね」

「いや、別に。これはそんなんじゃねえよ。天海さんのことは……まあ、まだ好きだけど、これはあくまで『友達』としてのプレゼントだから」

それにしてはあまりに真剣な顔をしていたような。

だが、そういうところも、きっと望らしいのだと思う。

わかりやすいツンデレ、というか。

「……そっか。それなら天海さんも喜んで受け取ってくれると思うから、あまり考えすぎないようにね」

「おう、サンキュ。あ、夏の予選は応援よろしくな。組み合わせ次第だけど、今年はいいトコまで行けそうなんだ。俺の背番号は10だけど、エースなのは変わらないし」

「了解。もちろん、俺だけじゃなくて、他の皆もね」

「行けたら行きます」

「おいおい、それ言ったヤツで本当に来たの、経験上今まで一割もいないぞ」

「でも、組み合わせ次第じゃ平日だったりするし。ならおいそれと『行きます』なんて安請け合いしちゃダメじゃん？」

「休日だったら、だよ。……ってか、最近、朝凪が第二の真樹に見えてくるんだよな……」

学校では別クラスだが、毎日一緒にいるのは変わっていないので、多少影響されることもあるだろう。海が俺に影響されるように、俺もまた海に影響されている。

「ああもう、お前らバカップルと話していると気が散るから、俺なんか放っておいてデートの続きでもしてろ。じゃあな」

「はは……じゃあ、また学校で」

「じゃあね。……ちなみに夕はイヤリングとかわりと好きだから」

「……アドバイスどうも」

一通り話し終えて、俺たちは望をその場に残して、予定通り地下のレストラン街行きのエスカレーターへ。

「真樹、どう思う？」

「？　なにが？」

「関のこと。最近は夕もそこまでアイツと距離とってるような感じはしないし……まあ、それとなく助け舟を出してやってもいいかなって」

「う～ん……海がそう言ってくれるのは、望的にもありがたいんだろうけど……」

海のほうからその提案が出たのは意外だが、それだけ望も、海たちから『友人』として認められ始めているということだ。

だが、それはあくまで『友人』としてであって、天海さんの気持ちがそこからどう動くかはわからない。

変にお節介を焼いて、可能性を完全に潰してしまうのは、天海さんはもとより、望にとっては避けたいところだろう。

これが天海さんではなく、常日頃から出会いを求めている新田さんなら、話はまったく違ってくるのだろうが。

「なあ海、天海さんって、どんな人が好きなんだろうね」

「さあ……見てる感じ、今のところ本人もわかってないと思うよ。それとなく聞いてもいいけど、多分真顔で『海みたいな男の子』って言われちゃいそう。わりとマジで」

「それは……ちょっとわかる気がする」

裏表がない性格なのは天海さんの良い所だが、だからといって、天海さんの心の内の全てがわかるわけでもない。

夏休みをきっかけにこれまでの関係性から大きく変化することはままあることだが、果たして、俺たち五人はどうなるか。

本格的な夏の始まりは、もうすぐそこだ。


夏休みは来月からだが、俺と海にとっての始まりは、きっと今日からになるのだろう。

ついにやってきた、六月末の三連休。俺たちの高校に通う生徒たちだけに与えられた土・日・月の三連休の初日。

二泊三日の予定で祖母の家へと訪問する海や空《そら》さんに同行させてもらうことになっている俺は、前日の間にまとめていた荷物の入ったバッグを背負って朝凪家へと向かっていた。

もちろん、当然のように迎えに来てくれた海と一緒に。

　この三連休は基本的に晴天に恵まれる予報で、今日は朝から雲一つない空に浮かぶ太陽が、俺の不健康そうな白い肌へと日差しを浴びせてくる。体感温度だけは、もうすでに夏真っ盛りの状態だ。

「真樹、日焼け止めクリーム塗ったげるから腕出して、ついでに首筋も。あ、もうまた唇がガサガサになってる……朝だからって、あんまりぼーっとしてちゃダメだよ？」

「ごめん、昨日、なんかそわそわしてあんまり寝付けなくてさ。……リップぐらいなら、自分で出来るけど」

「私がやったほうが早く終わるから……はい、良し。私のヤツだから間接キスになっちゃったけど、イヤだった？」

「いや、特には」

　日焼け止め、リップ、制汗スプレーや汗拭きシート、あぶら取り紙。去年までは一切使うことのなかったものが、俺のバッグの中には勢揃《せいぞろ》いしている。

　その他、着替えや替えの下着、タオルに、あちらで遊ぶ予定のゲームなど、思いのほか荷物が多くなってしまった。二泊だが、旅行は旅行なので、このぐらいはきっと必要だろう。海の荷物はすでに車に積み込んでいるそうだが、きっと俺の1・5倍はあるはず。

「それで、真樹？」

「なに？」

「今日の私、どう？」

「それ、さっき家出る前に言ったばかりだけど」

「そうだっけ？　今日は朝から暑くてさすがの私でも頭ぼーっとしてたから、そこだけ聞いてなかったかも」

「都合のいい記憶をしていらっしゃいますね……じゃあ、そんな海さんのためにもう一度言いますけど」

こほん、と一つ咳払《せきばら》いをして、俺は海のことを視界の真ん中に映して、言う。

「今日は特に、めちゃくちゃ可愛《かわい》い……よ。海」

先日の買い物である程度把握はしていたけれど、海もかなり気合を入れていたのだろう。俺の予想を軽く超えてきた。

一応旅行ということもあって、今日の海はいつものラフな格好ではなく、爽やかなパステルカラーのワンピースをチョイスしていた。しみやほくろ一つない白い肩が見えるノースリーブと、足の長さがよくわかる短めのスカート丈。サンダルからのぞく爪にはネイルが施されていて、細かいところまで時間をかけて準備してきたのがわかる。

そして、頭の上にのった麦わら帽子が、夏らしさを感じさせてくれる。ずっと彼女を眺めていると、一足先に夏休みにお邪魔したような気分になる。

なかなか上手に褒め言葉を表現できないのが歯がゆいけれど。

とにかく、今日の海は一段と素晴らしい。それだけだ。

「ふふん、そっかそっか。よかった。お婆《ばあ》ちゃんの家に帰るだけだから、ちょっと張り切り過ぎちゃったし、お母さんからも揶揄《からか》われちゃったけど。でも、やっぱり真樹にそう言ってもらえると、嬉《うれ》しいな。……えへへ」

デートの度に海のことは褒めるし、俺がそう言うとこうして海は頰《ほお》をほんのりと赤らめてはにかんでくれるけれど、今日は普段の五割増しで可愛い、と感じる。

だが、ここで胸がいっぱいになってはいけない。今日はここからまだ先があるのだ。

その後の道中でも同じようなやり取りを何度も繰り返すバカップルムーブを繰り返し、いつもより五割増しに時間をかけて朝凪家に到着する。

「——もう、二人ともようやく来た。どうせまた人目を気にせずイチャイチャしてたんでしょう？　こんな暑いのに、相変わらずベタベタしちゃって。汗かかない？」

「え？　かいてるけど、私は別に気にしないし。……ってこら真樹っ、彼女が嬉しいこと言ってあげたそばから日陰に行こうとしないの」

「いや、でもさすがに暑いし」

海とじゃれ合っているとつい忘れてしまうが、この気温なので熱中症などには十分に気を付けておかなければ。

特に俺は体調を崩しやすいので、余計な迷惑をかけないよう、そこだけは冷静に対処していこう。

出発まではまだ少し時間があるとのことで、家の中で冷たい飲み物などをいただくことに。海に麦茶の入ったコップをもらって、こくりと一口飲む。

空さんは引き続き家の外にいることもあって、今、朝凪家のリビングには俺たちしかいない。

「——ね、真樹」

「なに？」

「……キスしよ」

朝凪家には珍しく静かな空気が流れる中、俺の隣に座っていた海が俺のほうに体を寄せて、そう耳打ちしてきた。

恋人になってからキスなんて何度もしてきたが、このタイミングでそう囁《ささや》かれると、さすがにちょっと焦ってしまう。

「別にいいけど、でも、急にどうしたの？」

「ほら、ここからしばらくは移動とかで、あんまり二人きりになれるタイミングないでしょ？　だから、その前にちょっとしておきたいかなって」

「ああ、確かに……」

今回はあくまで朝凪家の家の用事のためのお出かけであって、今のように二人きりになれるタイミングは少ないかもしれない。

……まあ、仮にそうだったとしても、海なら適当なタイミングで俺を連れ出して、こっそりじゃれ合ったりしそうだが。

そもそも、俺も今、したくないわけではないし。

「じゃあ、その、俺からも、キス、お願いしていい？」

「うん。……こんなふうに隠れてするのって、ちょっとドキドキするね？」

「俺の家ならともかく、今は海の家だしな」

ドキドキはするが、出発まで時間もないので、そこまでしっかりとしたものはできないのがちょっと残念だ。

海が目をつぶって、俺の前に唇をちょんと差し出してくるのに合わせて、俺はいつものようにして、自分のものを海のそれと重ね合わせた。

あくまで自分の感覚だが、こうしていると、周りの音がどんどん遠ざかっていき、海以外のことに対して反応が鈍くなっていく。他のことはどうでもよくなって、とにかく目の前の女の子の存在だけ感じていたいと我儘《わがまま》になってしまう。

旅行じゃなかったら、もっと我儘になってよかったのに……とちょっとだけ後悔してしまったが、旅行でしか得られないものだってきっとある。

なので、名残惜しいが、すぐに離れることに。

「……えへへ、しちゃったね。私たち、しょうがないヤツらだ」

「本当にな。……それで、どうだった？」

「もう十分、って言いたいところだけど……」

そう言いながら、海は首をぐぐっと伸ばして、空さんがいるであろう玄関の外の様子を確認している。

「……もっかい」

「静かになったから、そろそろ俺たちのこと呼びに来そうだけど」

「もっかい」

「わがまま」

しかし、こうして俺の前でだけ我儘になる海のことは可愛くてしょうがない。

だから、結局は彼女のお願いを聞いてしまうのだ。

泊りでのお出かけということで乗り気になっているのか、今日の海はかなり積極的だ。

「それじゃあ、あと一回だけ」

「ん」

頬をほんのりと染めた海が、先程と同じようにして、俺が来るのをじっと待っていてくれる。

そんな風にされると、もし見られてしまう可能性あっても、俺だって止められない。

……と思ったが、その直前。

「――母さん？　俺の方も荷物まとめたけど、車のほうは俺が運――」

「「……え？」」

「――転、を……？」

遠慮のない足音でリビングに入ってきた陸《りく》さんと、俺たちカップル二人の視線が、その瞬間にかち合う。

火照った表情でお互いのことを抱き寄せて、今にも二度目のキスをしようとしている俺たち二人の姿を、陸さんが無言で見つめている。

「あ、あー……」

少しずつ状況を理解していくにつれ、陸さんの唇の形が徐々に『へ』の字に歪《ゆが》んでいく。

面倒なモンを見ちまった――とでも言いたげな表情をしている。

「あ、あの……お、おはようございます、陸さん」

「ああ……おはようさん」

「……○ね、クソアニキ」

「こ、こら海っ……すいません、他人様《ひとさま》の家でこんなこと……わかってたんですけど、その、なんというか俺が抑えきれなくて」

「いや、大方そっちのアホがいつものようにお前に我儘言い出したんだろ？　心配しなくてもちゃんとわかってるさ」

海のことを庇《かば》ったつもりだったのだが、あっさりとバレてしまった。

普段は俺たち（というか海）のことを煙たがっているように見えて、やはり見ているところは見ている。

「こんの無職……ってか、どうしてアニキがこの時間に起きてんの？　てっきりお留守番だと思ったんだけど」

「俺だって昨日まではそう思ってたよ。調子も良くなかったし。でも、今日の早朝になって『お前も帰ってこい』って婆さんがしつこいから」

「ふ〜ん。まあ、お婆ちゃんにとってはアニキだって大切な孫だから、たまにはかろうじて生きてるってとこ見せないとね」

「一言多いんだよアホが。……まあ、そんなわけで今回は俺も同行するから。真樹、すまんがそっちのほうの面倒は任せた」

「あ、はい。よろしくお願いします」

いつものように自室で寝ていると思っていたので驚いてしまったが、陸さんもついてくるとなると、より一層賑《にぎ》やかに……なるかはわからないけれど、頼りになることは間違いない。

特に、車の運転に関しては。今回はかなり遠出になるし、途中で高速道路を走ったりと長時間になるので、若干運転が危なっかしい空さん（※本人はそう思っていない）のストッパーにもなってくれるはずだ。

空さんが以前ちらりと話してくれたことがあるのだが、陸さんの前職は、大地さんと同じ。仕事でよく運転をしていたということなので、慣れているだろう。今もたまに買い物などで運転することもあるらしい。

「——皆、荷物全部積み終わったからそろそろ……三人ともどうしたの？　なんかすごいよそよそしい感じ」

「あ、いえなんでも……」

「う、うん。いきなりアニキが出現したからビックリしただけ」

「あ、ああ。俺もまさか真樹がリビングにいるとは思わなかったから」

「そう？　それにしてはなんかこう……あら、そんなことよりもうこんな時間。早く行かないとお義母《かあ》さまが……さ、とにかく早く車に乗って」

時間的にはまだ朝といっても差し支えないが、ゆっくりし過ぎて到着が遅くなると、俺たちの到着を待っている海のお婆さんにも悪いので、すぐに戸締りをして出発することに。

運転席には陸さんと、その隣の助手席に空さん。後部座席には俺と海の二人だ。

「陸、今日は運転ありがと。帰る時は私が運転するから」

「いや、このぐらいなら俺が全部やるから。母さんは隣でゆっくり寝てろよ」

「そうそう。母さん、今日も朝早くから起きて眠いでしょ？　ここはアニキの言う通り、思う存分こき使ってあげよ」

「あら、二人とも優しいこと……じゃあ、お言葉に甘えてゆっくりさせてもらおうかしら」

俺を病院に連れて行ってくれた時は、特にこれといって運転が荒っぽいようには感じなかったが……まあ、ここらへんは長く一緒にいる家族にしかわからないこともあるか。

「母さん、と後ろの二人、ちゃんとシートベルトを……よし、んじゃ出発するぞ」

そうして、陸さんの運転のもと、俺たちを乗せた車は、目的地である朝凪家祖母の家へ向けて走り出した。

「真樹、車酔いは大丈夫？　一応酔い止めのお薬もってきてるから、ちょっとでもヤバいと思ったら言ってね。エチケット袋もあるから」

「うん。じゃあ、念のため酔い止めだけ今から飲んでおこうかな」

「はい。あ、水筒あるから、これ使って飲んで」

「うん。海、ありがとう」

「どういたしまして」

二人隣同士で座っているとついついいつものように振る舞ってしまうが、前の座席からくすくすと笑いをこらえる声と、呆《あき》れたような大きなため息が聞こえてくる。

「……なあ母さん、これから数時間はこれが続くのか？」

「そうよ？　ついでに言うと、陸は後ろの二人と一緒の部屋に泊まってもらうから。私が用事でいない間は、二人のことよろしくね？」

「はあ？　それマジかよ」

「大マジよ。それとも、私の代わりにお婆《ばあ》ちゃんの家に泊まる？　陸の部屋は完全に物置になってるけど、他はまだ残ってるみたいだから」

「……それは、さすがにちょっと」

嫁姑《よめしゅうとめ》の関係から、空さんがみぞれさんのことを苦手にしているのはわかるが、孫である陸さんも同じような意識を持っているらしい。

幼少期は陸さんもみぞれさんと一緒に住んでいたというから、その時に厳しくされた記憶などが残っているのかも。

「あの、そういえば俺の宿泊場所はどこになるんでしょうか？　お話聞いてる感じだと、別の場所をとっていただいているみたいですが」

「ええ。あちらのほうに部屋がないこともないんだけど、お義母さまったら、使わないからって二階のスペースのほとんどを物置にしちゃったって。ということで、家の近くの旅館にお部屋をとってるから。『しみず』っていう、街にある中では一番大きな温泉旅館」

「え？　じゃあ、宿泊代も後でお支払いしないと……」

「いいのいいの。もともと海と陸はそこに泊めることにしてたから、一人増えたところで大したことないわよ」

とはいえ、利用者が一人増えれば、その分だけお金は発生するわけで。しかも、空さんの性格上、俺の分にかかる費用も全て持ってくれるのだろう。そして、俺がどれだけ代金を払おうとしても、多分受け取ってくれない。

旅行に行きたい、と勝手なことを言ったのは俺なのに……空さんや大地さんには、本当に感謝してもしきれない。

「……ありがとうございます。あの、今度必ずお礼させてもらいますので。母と一緒に」

「あら、いいのに。でも、そこまで言ってくれるなら、楽しみにしてるわね？」

今はこれといって何をすればいいか思い浮かばないが、とりあえず、いいお中元を贈るのは確定だ。

「しみず……しみず、か」

「？　アニキ、なに辛気臭い顔してんの？　真樹乗せてんだから、しっかり前見てちゃんと運転してよ」

「うるせえな、ちゃんと分かってるよ。母さんじゃあるまいし」

「あら？　陸、私がなに？　もう一回言ってくれないかしら？」

「あ、えっと……おい海、俺は運転に忙しいから、代わりに言ってくれ」

「こ、こっちに回すなし……！　ま、真樹、助けてっ」

「ええ……」

「ふふ。海？　こういう時に真樹君を頼るのはダメよ？」

「うっ……あの、お母さま？　どうしてこっちに身を乗り出してくるんですか？　後、顔がめっちゃ怖いです」

「なんてこと言うの？　私はいつも通りニコニコしてるじゃない」

「だ、だから、それが怖いんだってば……」

とまあ、こんな感じで見える地雷を踏み抜かないよう慎重に言葉を選ぶ必要はあるものの、空さんによるひどい惨事（おしおき）が起こるようなことはなく、車内は比較的和やかな雰囲気に包まれている。

他人《ひと》の車だと特に乗り物酔いしやすい俺だが、お喋《しゃべ》り好きな海と空さんのおかげで会話が途切れないので、ここまではいい気分で旅路を楽しめている。

……ただ、それ以降ほとんど口数なく、黙々と運転手役に徹している陸さんを除いては。

朝凪家を出発してから、およそ二時間というところ。途中、休日の渋滞に巻き込まれつつも順調に道を走らせていた朝凪家三人＋一人を乗せた車は、高速道路途中にある大きなＳＡへ立ち寄ることに。

お昼ご飯はみぞれさんの家でも用意されているということだが、今日は朝早めに起きたこともあって、さすがに小腹が空《す》いている。また、今までずっと運転しっぱなしの陸さんもさすがに疲れた顔をしていたので、お手洗いなども兼ねて、三十分ほどここで休憩しようとなったのだ。

「それじゃ、ここで一旦各々自由時間ね。海、真樹君、行っておくけど、二人の時間が楽しいからって、遊びすぎちゃダメよ？」

「わ、わかってるからっ。真樹、行こ？」

「あ、うん。……すいません、では行ってきます」

お手洗いを先に済ませるという陸さん・空さん親子と別れて、俺と海はサービスエリア内の売店へ。

旅行もそうだが、こういう場所に来るのも本当に久しぶりである。土曜日のお昼前ということもあり、それぞれ行楽地へ向かうだろう家族連れなど、店内は人々で賑わっている。お土産店や、地元の食材を使ったレストラン、ネットなどで評判になったお菓子を扱う屋台なども立ち並んでおり、正直、何を見ていくのが正解か悩むほどだ。

「う～ん……私的にはがっつり食べたいところだけど、そうするとお婆ちゃん家《ち》であんまり食べられなくなっちゃうから……真樹、どうしよっか？」

「まあ、基本的には軽食なんだろうけど……あ、海、あれなんかどう？」

店内をざっと見て、俺が注目したのは、数ある中でかなりの注目を浴びている、とある商品サンプルが置いてある店だった。

【当SA人気ナンバーワン、超ロング巻き巻きソフトクリーム】――特別ソフトクリームが好きというわけではないけれど、超ロング、と銘打っているように、一度視界に入ると必ず二度三度と見てしまうほどの長さだった。

普通のサイズのコーンの上に乗っている、30～40センチ以上はありそうな長い巻きをしたソフトクリーム――味のほうもバリエーション豊富で、定番のバニラはもちろん、ストロベリー、チョコ、メロン、ミント他、あまりお目にかかれないフレーバーや、追加料金でクッキーやチョコチップ、果物など、トッピングにも対応してくれるという。

実際、店内にもちらほらと食べている人たちがおり、俺たちぐらいの年代のグループが、スマホを構えて縦に長いソフトクリームを囲んでいる。

「なるほど、二人で食べるにはちょっと多いかもだけど、今日は暑いし、アイスは別腹だから問題もないか。真樹、いつもと違って、たまにはいいチョイスするじゃん」

「俺個人としては常にベストなチョイスを目指してるつもりだけど……じゃあ、味はミントってことで――」

「ごめん、やっぱり前言撤回させてもらいます」

「え？　なんで？　ミント美味《おい》しいのに……」

「わかるよ、うん。でも、さすがに量がね……」

結局、海の一存で定番のバニラ味に決まり、レジでお金を払って待つこと少し。一旦一分とかからない早業で、店員さんが名物のソフトクリームを持ってきてくれる。

お客さんの手に渡ると、その後の被害については一切の責任をとりません、ということなので、床や周りのお客さんたちの服を汚すことのないよう、慎重かつさっさと食べてしまうことに。

まさかソフトクリームを食べるのにここまでハラハラするとは思わなかったが、まあ、これはこれで旅行らしくていいかもしれない。

味も、ミルクの味が濃厚でとても美味しいし。

「んむ……真樹、こっち溶け始めるから食べて。はい、あーん」

「あ……ん」

「どう？　おいしい？」

「そりゃまあ……あ、えっと、食べてさせてくれてありがとう、海」

「んふふ、よろしい。じゃ、お返しに私にも」

「それを言うのは俺からのような……それじゃあ、はいどうぞ」

お互いのスプーンを差し出し合って、ソフトクリームだけでなく、少ないながらもしっかりと二人きりの時間も堪能する。

なんだか周囲から生温かい視線や、『ママ、あの人たち……』『しっ、そっとしておいてあげなきゃ』などというやり取りを感じるものの、どうせ見られても一度きりなので、そこまで気にならない。

俺も海も恥ずかしい気持ちがないわけではないけれど、人の視線ばかり気にしていたら、せっかくの甘い時間を楽しめない。

恥ずかしさでカーっと熱くなる頰《ほお》をアイスでしっかりと冷やしつつ、残ったコーンまで二人で一緒に食べて、貴重な二人での自由時間をしっかりと堪能した。もちろん、本来の目的である小腹もしっかりと満たして。

「ふう、美味しかった。さて、ちょうどいい所で時間になっちゃったし、そろそろお母さんたちのところに戻ろっか。気分的にはもうちょっと色々見て回りたいけど」

「みぞれさんも待ってるだろうしな。俺、念のためお手洗い行ってくるから、海は先に車に戻ってて」

「了解。でも、迷子にならないよう気を付けてね。ウチと似た車、わりと多いし」

「大丈夫、ナンバー覚えてるから」

「ナンバーて。まあ、真樹らしいけど。……ふふっ」

それまでずっと繫《つな》いでいた手を放して、俺は海と別れて施設内の奥にある男性用トイレへ用を済ませに行く。個人的な感覚で言うと、まだ催しているわけではないけれど、冷たいものを食べた後だし、念のため。

と、案内の看板に従ってトイレのある場所へ向かっている途中のこと。

駐車場の隅のスペースにある喫煙所らしきところで、タバコを吸っている陸さんの姿が目に入った。

兄妹《きょうだい》だから、というのもあるが、憂いのようなものを帯びたその横顔は、どことなく、友達関係で悩みを抱えていた、いつかの海の姿に重なったような気がして。

そう思った時、俺の足は、トイレではなく、自然と陸さんの方へと向かっていた。

「——陸さん」

「！　おお、真樹か……どうした、高校生のお前にはまだ煙いだろ、ここは」

「いえ、このぐらいなら母がよく吸ってるので……あの、隣いいですか？」

「いや、ここにお前を立たせておくのは良くないだろうから、少し移動しよう。俺も久しぶりに一本吸いたくなっただけだし」

喫煙所から離れ、自動販売機が立ち並ぶエリアのほうへ。

「——何がいい？　おごってやるよ」

「あ、えっと……ではコーヒーで」

「じゃ、俺もそれにするか。ブラックでいいよな？」

「はい。甘いものはさっきいっぱい食べたので」

陸さんから缶コーヒーを受け取って、その場で一口。

冷たく苦みのあるコーヒーが、ソフトクリームの余韻が残る口の中を、さっと洗い流してくれる。

「あの、今日は運転ありがとうございます。……あとは、俺たちの保護者役も」

「いや、家で毎日ぐうたらばかりしてる以上、たまには親の言うこと聞かないとな。久しぶりに長く運転してるから、ついコイツを買っちまったけど。残りは吸うつもりないのに。あと、ライターも」

陸さんが着ているポロシャツの胸ポケットに入っている白い箱のタバコは、あまり陸さんには似合っていないように感じる。

すでに愛煙家の域に入っている母さんの姿をいつも眺めているのでそう感じたのだが、先程、他の喫煙者に交じってタバコを吸っていた陸さんの姿は、どことなく浮いていたような気がしたのだ。

「……陸さんも吸うんですね、タバコ。朝凪家は皆吸わないって海が言っていたので、喫煙所で姿を見た時、ちょっと驚きました」

「ああ……俺の場合は家に帰ってきたのをきっかけにやめただけで、前の職場では普通に吸ってたよ。吸うきっかけも周りの同僚が全員吸ってたから俺も……って理由だったから、まあ、やめるのにもそんなに苦労はしなかったけど」

「そうなんですね。俺のイメージだと、そういうのって結構厳しいイメージありますけど」

「まあ、身近にいるのがウチの親父《おやじ》じゃな。親父はクソ真面目だからそういうの一切やらないけど、全体で見ると吸う人の割合は多いと思うぜ。娯楽もそう多いわけじゃないし」

あまり他人《ひと》の過去を詮索したくないので、空さんや海から話を聞く以外で、陸さんの以前の仕事について自分からは触れないようにしていたが……話しぶりから察するに、そこまで頑《かたく》なに隠すようなことでもないらしい。

「……意外だったか？　俺が前の仕事のことあれこれ喋《しゃべ》るの」

「えっと……はい。朝凪家でも実は微妙に触れちゃいけないのかもって」

「正直なヤツだな。……色々あったのは確かだけど、本当にダメなら、母さんも海もお前のことホイホイ家に泊めたりなんかしないって。休むのに慣れすぎて、また前みたいに働くのがイヤになってるだけだ。貯金もまだ大分残ってるし」

「…………」

「おい、そこでちょっと引いた感じになるなよ……半分は冗談だから」

ということは、半分は海がよく言っている『クズニート』なわけで……俺の中の陸さん株がちょっとだけ下がった。

そして、普段の家では物静かな陸さんが、今日は妙に明るく俺に接してくれているのも気になる。

これが本来の陸さんであるのなら、こちらの認識を改めればいいだけなのだが。

もしそうでないのだとしたら、やはり、ＧＷ前に何かあったのかもしれない。

お人好《ひとよ》しの俺なので、正直に言えば気になってしまうが……恋人の海ならともかく、陸さんはあくまで『彼女のお兄さん』でしかなく、友達でもなんでもない、言ってしまえば、ただの他人。おいそれと首を突っ込んでいい話題ではない。

「……さて、ちょっと話し過ぎたな。休憩の時間も過ぎてるみたいだし、さっさと戻らないと」

「そうですね」

スマホを見ると、海からも心配する旨のメッセージが送られてきているので、残った缶コーヒーをぐっと飲み干し、空さんと海、二人が待っているであろう車へ。

「……あ」

と、その時、やり残したことに気付く。

「？　どした？　なんか忘れ物でもあったか？」

「あの……こんな時になんですけど、トイレ行って来てもいいですか？」

「……待っててやるから、早く行ってこい」

「ど、どうもすいません」

陸さんのことは気になるけれど、まだまだ子供の俺が、大人の陸さんに偉そうにとやかく言うのは間違っている——海に『ごめんなさい』と謝罪のメッセージを飛ばして、俺は急いでトイレへと駆けこんだ。

俺のトイレ忘れによって当初の予定より十分ほど遅くSAを出た車は、またしばらく高速道路を走る。

車に入っているナビによると、みぞれさんの家までは、高速道路を降りてからさらに一般道をしばらく走ってようやく到着する。高速道路を走っている現在でも、すでに周囲の景色は緑に囲まれているので、自宅からかなり遠くの場所まで来ているのだと実感する。

「そろそろ出口かな……母さん、ここ降りたらコンビニに寄ろうと思ってるんだけど、そこで運転かわってもらっていいか？　余裕だと思ったけど、意外に目が疲れた」

「いいわよ。ついでにあっちで食べる分のおやつとか飲み物とか、買っていきましょうか」

「そうだね。ね、真樹、私たちも行こうよ。旅館にも売店はあるはずだけど、数は少ないだろうし、飲み物とかは割高だろうから」

「わかった。じゃあ、夜はささやかな宴会だな」

高速道路から一般道に降り、そこから近くにあるコンビニエンスストアへ。調べたところ、どうやらここから先はコンビニのような24時間営業のお店はないらしいので、ここで二日分の食料などをたんまりと買い込んでおかなければならない。

体型維持のために、このような夜食は出来るだけ控えたほうがいいのだろうが、旅先でのささやかな宴会も、泊りでの旅行の醍醐《だいご》味《み》の一つだと思う。

田舎のコンビニによくある、店の建物面積よりも三倍～四倍ほどはある広い駐車スペース。そこに車を停《と》めて、買い出しへと向かった。

「俺と母さんは婆《ばあ》さんの家で食べる分を選んでくるから、二人は今日と明日の夜につまむ分を適当に買っておけよ。言ってくれれば、お金は後で出すから」

「わかりました。海、行こうか」

「うん」

二手に分かれて、それぞれカゴに必要なものを入れていく。自分たちの好きなものを選んで大丈夫そうだ。

「あ、ねえ真樹、これってもしかして新作じゃない？　超絶悪魔のニンニク唐辛子ペッパーマヨチーズ……見ただけで胸焼けしそうだけど、めっちゃコーラに合いそう」

「確かに。でも、量もそんなに多くないし二人で食べれば大丈夫じゃないか？」

「だね。それじゃあこれも追加で、っと」

そんな感じで海と話しながら、コーラやポテトチップス、チョコレート菓子に、おつまみ系としても食べられるチーズなど、目についたものを手当たり次第に入れていく……もちろん、海が。二人のポケットマネーから出すときは、その日の気分をもとに、予算やコスパなども考慮に入れて選定するのだが、陸さんが出してくれるのならと、海は最初から遠慮なしだ。

陸さんのほうは、水や麦茶などのペットボトルの他、珍しくストロング系の缶酎ハイと思《おぼ》しきものをカゴに入れている。

さすがに陸さんだって、大人だから嗜《たしな》む程度のお酒は……と思ったが、そういえば空さんもお酒が大好きな人だったことに気付く。月一のペースで空さんと飲みに行くという母さんの話によると、

『——軽くしか飲まないから推測だけど、かなりの酒豪』

との評価なので、五缶、六缶と次々とカゴに入れていくのも、そう驚くようなことではないのかもしれない。

「……母さん、婆さんもいるんだから、ほどほどにしておけよ」

「だから、明日に残らないようほどほどにしてるじゃない？　それに、飲むとしてもお義《か》母《あ》さまが寝てからだから、大丈夫」

「本当かよ……まあ、母さんにも息抜きは必要か」

……あの二人はともかく、今は自分たちの分の買い物を続けよう。

二日間にしては随分多くチョイスしてしまったような気もするが、残った場合は帰った後のオヤツにすればいいだけの話だ。というか、海のほうは、陸さんのおごりであると聞

いたときからそのつもりで動いていたそうで、こういうところもちゃっかりしているし、頼りになる。

「ジュースにお菓子、あとは手を拭くためのウェットティッシュ……まだなんか忘れてる気もするけど、ひとまずこれでいいか」

「うん。足りなくても、そこでなんとかするのも旅行だし。いいんじゃない？」

空さんたちはすでに会計を終えて車で待ってくれているので、俺たちもあまりダラダラとはしていられない。

ひとまずここは一旦俺の方でお金は立て替えておくとして——先に海にレジに並んでいてもらい、財布の中身を確認していると。

……ふと、視界の端に、ある商品が陳列されている棚がちらついた。

健康系のサプリメントや、歯ブラシ、洗浄液、台所用の洗剤に、ゴミ袋などの商品に紛れつつも、一度発見してしまうと、しっかりと存在感を放っているように感じてしまう、小さな箱の割には千円ぐらいする商品。

「う、うす……れ、れいてんれいいち……」

思わず、手に取ってしまった。

コンビニに良くある、特に何の変哲もないコンドームである。薬局でなくても置いてあることは俺でも知っていたし、初めてお目にかかるようなものでもないけれど、今、俺の置かれた現状を鑑みると、思わずドキリとしてしまう。

「い、いやいや、俺は何を考えて……今これは『無い』だろ、どう考えても」

まだ特にお祝いなどをしたわけではないけれど、俺と海が恋人同士になってお付き合いを始めてから半年……だけれど、今は空さんや陸さんとも一緒で、あくまで朝凪家の用事に、ご厚意で特別に付き添わせてもらっている立場だ。

今後、夏休みに入るタイミングでそういった可能性はあるにしても、今買っておかなければならないものでは、確実にない。

頭の中に浮かびあがる煩悩を振り払うようにぶんぶんと首を振って、持っていた商品を元の位置に戻そうと――

「――真樹、なにやってんの？　早くこっちに……」

「うえっ……⁉」

したところで、なかなかやってこない俺のことを心配したのか、レジに並んでいたはずの海が俺の様子を見にやってきてしまった。

驚いた拍子に、他の商品と比較して浮いたデザインのパッケージが、カランと音を立てて、コンビニの床に転がった。

当然、海の視線も、そちらのほうに行ってしまうわけで。

「…………」

「えっと……海さん？　あのですね、これはその、なんというか……」

「じ〜……」

「…………」

ほぼ何も喋ることなく、ただ俺のことをジト目で見つめてくる海の圧力に、俺は思わず縮こまってしまった。

ああもう、またやってしまった。

せっかくここまで楽しい雰囲気でやってきたのに、俺がこんなことばっかり考えてしまうと、海だってきっと意識してしまうわけで。

こんなにむっつりな俺でも、優しい海はいつだって笑って許してくれたけれど、さすがにここは減点対象かもしれない。

「もう。とにかく、早いトコ会計しちゃお。予定よりも大分遅れちゃってるし」

「う、うん」

ひとまずこの場では詳しい追及はないらしく、海は俺の手を取ると、改めて会計待ちの列に並び直す。俺がもたもたしていた間に、ちょうどお客さんが重なったらしく、会計まではもう少しかかりそうだ。

窓の外で俺たちの様子を見ている空さんと陸さんにぺこりと頭を下げて謝り、もう少しだけ待っていてもらうようにジェスチャーでお願いしていると、

「……ないの？」

ふと、俺の隣で、海がそうぼそりと呟《つぶや》いた。

「え？　海、今なんて……」

「だ、だから、その……買わないの？　さっきの、やつ」

「…………」

そっぽを向いているけれど、耳までしっかり真っ赤になっている様子を見て、彼女が何を言わんとしているのかはすぐにわかった。

……これについて、『なにを？』とか『いいの？』とか聞くのは、海の彼氏として、さすがにやってはいけない気がする。

「えっと……じゃ、じゃあ、あくまで俺個人の買い物ってことで、買っておこうかな。何があるかわからないし、それに、もし必要なくても、今持っておいて困るもんでも、その、なさそうだから」

「そ、そう？　真樹がそう思うんだったら、別にいいんじゃない？　個人的な買い物だったら、私だってとやかく言うつもりは……その、ない、わけだし？」

「そっか。じゃあ、やっぱり持ってくるから、ちょっとだけここで待っててくれる？」

「う、うん。もちろん、だいじょぶ、だけど」

今買うべきものでは確実にないけれど、このタイミングで買っておかないと、後々恥ずかしくて買い逃してしまう気がするので、この勢いに乗って、一箱だけ、オヤツ分とは別に会計することに。

「──こちらのお会計は千円です」

「あ、はいっ……ではちょうどで」

何も悪いことはしていないのに、なんだかやけに緊張してしまう。ちらり、と店員さんが俺のことを興味深そうに見た気がして、思わず顔を背けた。

クーラーがガンガンにきいているはずの店内なのに、なんだか汗が止まらない。

俺と、そして、海のほうも。

無事にすべての会計を済ませて車に戻ると、運転席に座ってエンジンをふかしている空さんが、怪訝《けげん》な顔で俺たちのことを出迎えた。

「お帰り、二人とも。顔真っ赤だけど、熱中症とかじゃないわよね？　平気？」

「あ、はい。ちょっと日差しが強いので、それで日焼けしちゃったのかな？　な、海」

「うん。日焼け止めしっかり塗ったはずなんだけど……真樹、車に乗ったら塗りなおしてあげる」

「あ、はい。お願いします」

そうして後部座席にそそくさと乗り込んだ俺たちのことを、陸さんが助手席から眺めているような視線を感じたけれど、そこに気を配れるほど今の俺と海には余裕がなかった。

貴重品入れ用のショルダーバッグの中の、小さなファスナー付きのポケットに、それは大事にしまった。

内容物を考えると大した重量はないはずだが、財布や時計よりもずっと、重たく存在感があるような気がする。


途中で休憩を挟みつつの移動も、コンビニの先に見える山道を一つ越えれば、目的地はもうすぐだ。山間部に位置する小さな温泉街——そこで大地さんは生まれ育ち、その息子である陸さんもまた、そこで幼少期を過ごした。

車内の換気のために窓を開けると、温泉の匂いなのか、それまで感じていた木々や土の匂いとは別の空気がわずかに漂い始めている。

「久しぶりだな、この道も……母さん、後二十分ぐらいで着くけど、真樹のことはどうする？　先に旅館のほうに荷物だけでも置いてくか？」

「いえ、チェックインまではまだ時間があるから、ひとまず車に置いたままにしておきましょう。お義母さまも、真樹君の顔を見ておきたいって言ってたから」

「……ごめん、真樹。お婆ちゃんと電話で話した時に、真樹のこともちょっと喋《しゃべ》っちゃって。あ、でもお婆ちゃんって私には優しいから、邪険に扱われるとかはない……はず？」

「そこはもう少し確信をもってくれると俺も緊張しないんだけど……」

孫娘である海には甘いからといって、海と同程度の扱いになるとは思えない。

大地さんに初めて挨拶した時のように、あくまで失礼のないよう気を配らなければ。

蛇のようにくねった道を走り、山の中腹あたりにあるトンネルをくぐると、ようやく開けた場所に出たのか、思わず目を細めてしまうほどの明るい光が俺たちのことを出迎えてくれた。

「……おお、」

窓の先に広がる街の景色を見た俺の口から、そんな声が漏れる。

陸さんたちの話によれば『辺鄙《へんぴ》な場所の田舎』だと聞いていたので、もっと寂れた雰囲気の、過疎地のような場所を想像していたが、温泉という観光資源があることもあり、規模は小さくても活気はあるように見えた。

山道を下り、住宅地の中に入ると、地中から湧き出ている温泉を利用して作った卵や、お土産屋さん、古民家をリノベーションしたような雰囲気のカフェなど、メインと思しき通りは、それなりに人の往来があるように感じる。

まあ、俺のようにこうして旅行気分で来ているからそう思うだけで、普段からその場所で生活している（もしくはしていた）人たちにしかわからない部分もあるのだろう。

実際、スーパーやコンビニのような生活必需品を主に取り扱う店はないらしく、もしもの時にかかれるような病院の数も少ないそうで、そういう実態を空さんや陸さんから耳にすると、痒《かゆ》い所に手が届かない印象は拭えない。

今回お邪魔することになる朝凪家の祖母の家は、そこから少し外れた、古い民家が立ち並ぶエリアの一角にあった。

朝凪と書かれた表札のある門を通り、広い庭の中の隅に車を駐車すると、『やっと着いた』と四人一様に大きくひと息をついた。

渋滞や休憩を挟みつつではあるものの、車で行くにはかなりの長旅だったように思う。

時計を見ると、すでにお昼時を過ぎようかというところだった。

「陸、私の荷物だけ降ろしてくれる？　私は先にお義母《かあ》さまに挨拶に行ってくるから」

「ああ。俺たちもすぐ行く。海、お前は母さんについていってやれ。お前がいれば、まあ、なんとかなるだろ」

「アニキの癖に私に命令するな……って言いたいところだけど、二人きりにしておくと嫌な予感しかしないから、まあ、了解。真樹、私から紹介するから、一緒に行こ」

「うん」

車から降り、ゆっくりと玄関へ向かう。

年代を感じさせる瓦屋根の木造の家だが、頑丈そうな造りをしている。バスケぐらいなら余裕でできそうな広い庭と、そこに植えられた木に大きな黄色い実がなっているのが視界に入る。微《かす》かに柑橘《かんきつ》の爽やかな匂いが鼻をくすぐった。

「──お義母さま。私です、空です。少し遅くなりましたけど、無事到着いたしました」

「お婆《ばあ》ちゃん、久しぶり。私も来たよ～」

ガラス戸の隣にある『♪』マークのスイッチを押してみるが、壊れているようで反応が無い。

なので、ガラス戸を二人でどんどんと叩《たた》く。すると、ややあって、ドアの向こう側からゆっくりとした足音と、すりガラス越しに小さなシルエットが現れた。

「──はいはい、そんなにうるさくしなくても、ちゃんとわかってるよ」

若干建付けが悪いのか、途中、引っ掛かりながらもガラガラと音を立てて開けられたドアから現れたのは、大地さんの面影をわずかに感じるお婆さん──海にとっては父方の祖母にあたる朝凪みぞれさん、その人である。

「お婆ちゃん、久しぶり。この前来たのって、確か私が初等部を卒業した時だったよね？　ごめんね、中々来れなくて」

「久しぶりだねえ、海。この前来た時からまたさらに美人さんになってるじゃないか。私の若い頃にそっくりだよ。なあ、空さん？」

「……ええ、そうですね。口元なんかは夫によく似てきたかと」

俺からすると、どちらかと言うと海は空さん似のような気がするが……死角で隠れたところで、空さんの手が俺の裾をきゅっ、と握っているので、色々と察した。

……空さん、今の家に引っ越すまでは、この空気の中毎日過ごしていたのか。事情があるとはいえ、ここまで礼儀正しくできるのは、本当に頭が下がる。

ピリピリしつつある空気を感じつつ、俺と海が様子見していると、その空気を読まずに陸さんが俺たちの側《そば》を横切って、ずかずかと家の中に入っていく。

「婆ちゃん、久しぶり。とりあえず腹減ったから飯食わせてくれよ。ここまで車運転しっぱなしでヘトヘトだ」

「……ったく、陸、アンタは相変わらずだね。そういう言葉は、再就職口が決まってからにしな。大地から、ちゃんと話は聞いているからね」

「……それはそれ、これはこれだ。母さん、荷物だけど、いつもの場所でいいよな？」

「え、ええ。お義母さま、部屋はまだ残っていますよね？」

「言われなくても、ちゃんと掃除はしてるよ。……こんなところで立ち話もなんだし、さっさと上がりな。もちろん、そこにいる男の子もね」

「あ、はい。お邪魔します」

おそらくわざとやったのだろう、陸さんのおかげもありその場の空気をなんとか収めると、俺たちはみぞれさんの案内で、大きな畳の部屋に通される。部屋の中央には大きな長机が二つほど置かれていて、来客用の茶菓子が入った大皿や、湯飲みなどがいくつか置かれている。

「お昼ご飯はもうじき来るはずだから、それまで適当につまんで待ってな。……そこのアンタも、何か食べるかい？」

「あ、お構いな……あ、いえ、それでは、お言葉に甘えて」

「あいよ。ちょっと準備してくるから、そこで海と待っていなさい。話のほうはその時に詳しく聞いてあげるから」

　素直に頭を下げると、みぞれさんは台所のほうへと姿を消した。

　初対面ということもあり、どう接するべきかは探り探りの状態ではあるけれど、ひとまず俺のことはお客様として対応してくれている。

　大地さんと同様、表情は硬いままだが、思ったよりは優しい雰囲気を感じる。

「……真樹、どう？　私のお婆ちゃん、意外と優しいでしょ？」

「まあ……大地さんの母親だなって感じはするかな」

　俺で問題ないとなると、空さんとの不仲については、もう持って生まれた相性と言うしかないのかもしれない。

　……とりあえず、みぞれさんがその場から消えた途端、無表情でお茶をすすっている空さんに、大皿からとった甘いお菓子を渡してあげた。

　荷物を置いてこちらにやってきた陸さんと合わせて、三人で空さんにフォローを入れていると、お皿に果物を盛ったみぞれさんが部屋に戻ってくる。

「――はいよ、お待たせ。あんまり大したものは用意できなくて申し訳ないけど」

「いえ、わざわざ用意していただいてありがとうございます。……あの、この果物って、もしかして庭になってたやつですか。多分、夏ミカン……かなと思うんですけど」

「！　おや、若いのによくわかったねえ。そうだよ、亡くなった夫が元気だった時に植えたものなんだけど、この時期になるといい実をつけてね。でも、どうしてわかったんだい？」

「小さい頃なんですけど、ちょうど僕の祖父母の実家にも似たような木があって、帰るたびにおすそ分けでもらってたんです。すっぱいですけど、ちょっとだけ後味が甘くて……僕は結構好きでした」

綺麗《きれい》にカットされた実を頰張《ほお》ると、口の中にじゅわりと柑橘特有の酸味が広がる。

両親の離婚があって、最近は連絡すらまったくできていないが、子供の時に感じた味は、今でも鮮明に記憶に残っている。

お爺《じい》ちゃんとお婆ちゃん、元気にしているだろうか。

「……そうかい、ならよかった。ところで、アンタの名前は？」

「あ、はい。申し遅れましたが、前原《まえはら》真樹といいます。……お忙しいのに急にお邪魔して申し訳ありません」

「前原真樹君、ね。……ふむ、大地から話は聞いていたけれど、なかなか見どころのある良い子じゃないか。孫娘の彼氏だというから、チャラチャラしたヤツなら叩き出してやろうと思っていたけど。海、なかなか見る目があるじゃないか」

「へへ、でしょ～？」

よかったね、と耳元で囁《ささや》いた海が、俺の腕にぴったりとくっついてくる。みぞれさんの家ということで、一応海も空気を読んでくれていたようだが、その家主から認められたのなら遠慮する必要はない。

なんとなく記憶の片隅にあった祖父母との思い出が、まさかこんなところで役に立ってくれるとは思わなかった。

「――母さん、荷物置いてきた……って、うえっ、婆ちゃん、またそれかよ。相変わらず変わらないなあ」

「別にアンタのために剝《む》いてやったわけじゃないよ。ほら、海、前原君、まだたくさんあるからいっぱい食べな」

「……真樹、お前の味覚って、たまにじじむさいとこあるよな」

「まあ、確かに若干ずれている自覚はありますけど」

とはいえ、好きなものは好きなので仕方ない。

昔の記憶を思い起こさせるもの、ケミカルな味のする無果汁のジュースやお菓子、ニンニクやトウガラシの効いた味の濃いジャンクフード。皆、俺の大好きな味だ。

「で、いつになったら出前とやらは届くんだ？　俺たちが来る前には頼んでたんだろ？」

「そうだけど、アンタたちのことだからきっと遅れるだろうと思って——っと、噂《うわさ》をすれば来たみたいだね」

みぞれさんがそう言って立ち上がった直後、玄関のほうから車のエンジン音が聞こえてくる。

それからすぐ、出前の人らしき人の声が家の廊下に響く。

はっきりとした、良く通る女性の声だった。

「——こんちは、『しみず』です～！　お婆ちゃん、ご注文の商品お届けに参りましたよ～！　宴会用のビール瓶一ケースにオレンジジュース、あとは今日のお昼のお寿司《すし》に、デザートのスイカっ」

「ああ、待ってたよ。お金を用意してくるから、その間にちゃっちゃと運びこんできておくれ。広間のほうにテーブルがあるから」

「は～いっ。んしょ……それじゃお邪魔しますね～」

しみず、というと今晩俺や海が宿泊する旅館だが、宿泊客だけでなく、街に住む人たち向けの出前などもやっているのかもしれない。

「お婆ちゃん、ビールケースはいつもの場所でよかかね？」

「ああ。いつもこき使って悪いね」

「い〜え〜、朝凪さんとこは古くからのお得意様やけん、大事にせんと。それよりお婆ちゃん、最近腰は大丈夫ね？　この前他のお客さんからよく効く湿布もらったけん、今度持ってきてあげる」

しみずの従業員さんだろうか、はきはきとした声と明るい笑顔がまず印象に残る。年齢は二十代後半——陸さんと同年代ぐらいだろうが、陸さんと違って、とても健康的に映る。

そして、とても綺麗な女性だった。

「お待たせしました、上寿司五人前です〜。あ、醤油《しょうゆ》とわさびはこっちの袋に別で入れてますので」

「あら、どうもご丁寧にありがとうございま……」

寿司桶《おけ》を抱えて広間に入ってきた女性を見た瞬間、空さんの顔が一瞬固まった。

目を細めて、彼女のことをじーっと見つめること数秒。

「もしかして、雫《しずく》ちゃん？　いや、絶対雫ちゃんよね？」

「……あはは、もしかしたら気付かれないかなと思いましたけど、やっぱりバレちゃったか〜」

「⁇　お母さん、その女の人と知り合い？」

「ええ。清水《しみず》雫ちゃん。『しみず』の一人娘さんで、まだこの家に住んでた時、よく家に遊びに来てくれた女の子よ。今の家に引っ越してからずっと会ってなかったんだけど……

すごく綺麗になったじゃない」

「またまた、おばちゃんってば、またそんな冗談言ってから。とったのは歳《とし》だけで、もうすっかりアラサーのおばちゃんよ、おばちゃん」

二人の話しぶりからもわかる通り、どうやら昔からの知り合いだったようだ。海が生まれたのを機に今の家に引っ越して以来だから、もう十数年以上ぶりの再会ということになる。

「もう、お婆ちゃんってば、どうして空さんが帰ってくるって教えてくれんかったん？知ってたら、もっと綺麗におめかしして来たのに」

「ああ、そういえば忘れてたよ。私ももう歳だから、物忘れがひどくてね」

ご高齢のわりにぴんと背筋を伸ばした姿勢を保っている人の言うセリフではないような。何か言いたげな空さんの唇が、ぴくぴくと動いて引きつっている。

「ってことは……もしかして、あなたが海ちゃん？」

「はい。娘の海です。で、こっちは私の恋人の真樹です」

「前原です。訳あって、同行させていただいています。今日と明日、そちらにお世話になります」

「うん、お母さ……えっと、ウチの女将《おかみ》から話は聞いてるよ。温泉ぐらいしかないけど、自然はいっぱいだし、空気も美味《おい》しいから、大好きな彼女さんとゆっくりくつろいでね。

……あとはもちろん、前原君の後ろにずっと隠れてる、あなたもね？」

「っ……」

雫さんの言葉に、俺の背後で大きな体を精いっぱい小さくしていた陸さんがびくりと震える。

……そう。空さんと雫さんが知り合いということは、当然、同じくここで過ごしていた陸さんとも仲が良かったわけで。

というか、むしろ仲が良かったのは、同年代である雫さんと陸さんだったのだろう。

「久しぶり、りっくん」

「……しぃちゃん」

陸の『りっくん』、そして、雫の『しぃちゃん』。

昔に戻ったように、お互いのことを当時のあだ名で呼び合う二人を見て、俺と海はすぐに気づいた。

二人は幼馴染《おさななじみ》だったのだ。

久しぶりの再会ということもあり、雫さんともう少しお話ししたいという空さんの提案もあり、みぞれさんと合わせて六人でテーブルを囲むことに。

こういう時、いつも会話の中心になっているのは海だが、今回ばかりは俺と一緒に聞き

役に徹している。というか、空さんと雫さんのおしゃべりがすごくて、なかなか間に入りこめない。

「あ、そういえばりっくん、この前どうして連絡くれなかったん？　ＧＷ前にせっかく『八月に同窓会やります！』って案内ハガキ送ったのに。連絡先も書いてたでしょ？」

「ああ……いや、返事はしようとしたんだけど、忙しくて忘れたんだよ。まあ、この歳にもなって同窓会もないかな、って思ったから、それで」

「あら？　この前部屋の掃除した時、パソコンデスクの目立つところに捨てずに大事に置いてあった気がするんだけど」

「！　母さん、また余計なことを……」

「え、おばちゃん、それ本当？　りっくん、出る出ないは個人の判断だから仕方ないけど、せめて出席か欠席かぐらい教えてくれないと。もう出欠は締め切ってるけど、私の権限で特別にねじ込んであげる。で、結局出るの、出ないの？　どっち？」

「あ〜……いや、急にそんな圧で迫られてもな……」

話題の中心（？）となっているのは陸さんのことだが、マシンガンのように言葉を浴びせてくる二人に、陸さんはすっかりタジタジである。

しかし、同窓会か。転校続きの俺にとっては無縁な存在なので考える必要もないが、おそらく小学生ぐらいまではこの街で暮らしていただろう陸さんにとっては、参加するかどうかは悩ましいところだろう。

まだ若いとはいえ、年齢的にはアラサーと言ってもいい年代だ。ほとんどの人は何かしらの職について、毎日汗水流して頑張っていると思う。

陸さんだって前職のことを考えればきっと頑張っていたはずだが、今現在は退職して実家暮らし……そうなると、後ろめたい気分になってしまうのかも。

ウチの母さんも以前は同窓会によく出ていたそうだが、中には心無いことを言う人もおり、たまにそのことでブツブツと文句を呟《つぶや》いていたのを思い出した。

「というか、雫だって、いつの間にこっちに帰ってきてたんだよ。大学進学で上京して、そのまま就職して働いていたんじゃないのか？」

「えっと……う、うん。ちょっと仕事とか、家のこととかで色々あって。戻ってきたのは去年の冬あたりだったかな。で、せっかくだし、両親のお手伝いをしようかと。出前と配送兼、仲居さんみたいな。そういうりっくんだって、私と似たようなもんやんか」

「そう言われるとそうなんだけど……俺はほら、今はこんなだし」

雫さんは陸さんの一つ年下ということだが、並んでいる二人を見ると、陸さんのほうが大分老けて見える。元々の容姿の良さもあるだろうが、表情が明るく生き生きとしている雫さんと、夜更かしなどの日頃の不摂生な生活でやつれて疲れ気味の陸さん。

ほぼ同年代でも、ここまで見た目の雰囲気が違って見えるとは。

……海のおかげで少しずつ日々の生活習慣を改善しつつあるけれど、もしそれが無かったらと思うと、世話焼きな彼女に今まで以上に感謝しなければ。

「ところで雫、呼び止めちゃった手前悪いけど、そろそろ仕事のほうに戻らないといけないんじゃないかい？　仲居の時間はこれからだろ？」

「あ、いけないっ。楽しくてつい話し込んじゃったけど、もうこんな時間。では、私はお仕事に戻りますので、ひとまずこれで。……りっくん、旅館に着いたら仲居姿見せてあげるから、楽しみにしておきなね」

「今さら幼馴染の姿でどうもこうもねえよ。ほら、さっさと持ち場に戻った戻った」

「むう。もう、りっくんってば相変わらず恥ずかしがり屋さんなんだから……お婆ちゃん、空さん、海ちゃん、前原君、それではまた」

「ええ。またいつでも遊びにいらっしゃい。もちろん、今度はこっちの家のほうにもね」

「はい、ありがとうございます」

深くお辞儀をして、雫さんは『しみず』と車体に書かれた軽トラックを運転して、旅館のある方角へと走らせていく。

空さんとみぞれさんの間を流れる不穏な空気もあり、一時はどうしようかと思ったけれど……おかげで何もなく、賑《にぎ》やかな時間を過ごさせてもらった。

嵐のようでもあり、それでいて太陽のような雰囲気も持ち合わせている……容姿はまっ

め息をついた。

たく異なるが、少しだけ天海さんの姿と重なったような気がした。

空になった寿司《すし》桶を片付け、海と二人で食後のお茶をすすっていると陸さんが大きなた
「……ふう、やっと終わった」

「お疲れ様です、陸さん。もう一週間分くらいは喋《しゃべ》ったんじゃないですか？」

「いや、一か月はあるだろ。ったく、雫のヤツ、気持ちはわからないでもないけど、まさかあそこまで昔と同じ感じでこられるとは。幼馴染とはいえ、十年以上ぶりだぞ」

「……アニキ、そういう割には、雫さんに責められて満更でもなさそうな顔してたけど。鼻の下、伸びてたし」

「は？　ねーよ、そんなの。もういい大人のくせに相変わらずりっくんりっくんって……困ったヤツだよ、本当に。まあ、どっちかというと妹って感じしかしないな、雫は」

「……ふーん。ま、アニキの男女関係とか興味ないから、別にどうでもいいけど」

海はそこでさらに突っ込むのを止《や》めたようだが、俺と同じく、察したものはあるはずだ。

幼いころからの幼馴染で、兄のように自分のことを慕ってくれて、それでいて可愛《かわい》くて……妹みたいなヤツ、というのはそうだとしても、その他の感情だって、あってもおかしくないはずだ。

そのぐらい、雫さんと話していた時の陸さんは、自然とにやけているように見えた。

当の本人は、果たしてそのことに気づいていたか。

「……さて、飯も食ったし、俺たちのほうもさっさとチェックイン済ませるか。婆《ばあ》さん、母さん、久々に帰ってきたんだから、あんまり喧嘩《けんか》すんなよ」

「もう、この子ったらなんてこと言うのかしら。私とお義母《かあ》さまが毎日喧嘩してるみたいな言い草……そんなことあるわけないじゃない。ですよね、お義母さま？」

「そうだよ陸。喧嘩じゃなくて、あくまで教育の一環さね。良い歳した息子と娘がいるのに、いつまでも子供みたいにすねる嫁に言い聞かせてるんだ」

「…………」

「…………」

「いや、だからさあ……」

露骨に『わざとやってます』と言わんばかりのニコニコ顔を浮かべる空さんとみぞれさんを見て、陸さんは頭を抱えてしまう。そして、ダメだこりゃ、と呆《あき》れるように海も。

……なんだか、ここまでやっていると、一周回って逆に仲が良いのではと錯覚してしまうが、当人たちはきっと大真面目なのだろう。

二人を置いてこの家を出るのは心配だけれど、他人の俺に口を挟む権利はないし、ついでに勇気もない。

あとのことは陸さんに任せて、俺と海は先に車に乗り込むことにした。

俺と海の一日目は、むしろここからが本番なのだから。

数分後、なんとか二人に喧嘩しないことを（形式上は）約束させた陸さんが車に乗り込んで、改めて『しみず』のほうへと向かう。といっても、朝凪家からすでに見えている場所にあるので、車だと五分程度しかかからないが。

山間《やまあい》を流れる川を横断する形で橋をわたり、そこから坂を上って、山の中腹あたりに建てられた旅館『しみず』へ。

目の前で見ると、思った以上にしっかりと、そして豪華な造りをしているように見える。敷地周辺もしっかりと手入れされており、古さというよりは、歴史を感じさせるような建物だ。個人的にはビジネスホテルのような場所でも十分だったので、こんないい旅館に宿泊させてもらえるとは、ますます空さんや大地さんには頭が上がらない。

玄関前に車を近づけると、すでに準備していたのか、仲居さんの制服を着た女性がこちらに駆け寄ってくる。

先程ビールケースを運んでいたノースリーブのTシャツとジーンズ姿とは雰囲気が違うものの、間違いなく雫さんだった。

「いらっしゃいませ、お客様。裏手のほうに専用の駐車場がありますので、そちらをご利用くださいませ。……ふふ、りっくん、どう？　私、似合ってるかな？」

「馬子にも衣装、かな」

「素直やないねえ……まあ、とにかく駐車したらフロントまでお願いね。部屋まで案内してあげるから」

「はいはい。俺の方は駐車場に車停《と》めてくるから、お前らは自分たちの荷物持って先にロビーで待ってろ」

「言われなくても。真樹、行こ？」

　海と一緒に荷物を降ろして、お先に旅館内へ。ロビーのほうも内装を新しくしているのか、壁一面真っ白で綺麗《きれい》だし、絨毯《じゅうたん》で敷き詰められた広間も、埃《ほこり》一つなく清潔に保たれている。

　思った以上に高級そうな、しっかりとした旅館だ。

「ふふ、二人ともようこそ『しみず』へ。キャンセルが入っちゃって、今日だけ珍しく他のお客さんは一組もいないから、今日は三人の貸し切りだよ。大浴場でも露天風呂でも好きな時間に入り放題……あ、ウチは混浴とかはやってませんから、そこだけ注意ってことで。ね？　アツアツのお二人さん？」

「そのぐらいちゃんとわかってますから……な、海？」

「……雫さん、ちなみにお部屋の方に個別にお風呂は」

「そこまでして俺と一緒したいんかい」

それぞれの個室なら自由だろうが、陸さんも一緒に宿泊する以上、それも難しいだろう。

もちろん、海と一緒にお風呂に入りたくない、とか、そういうことでは当然ない。

そして、残念ながら（？）今日宿泊する部屋にお風呂はないそうだ。部屋のグレードによっては個別に露天風呂があるそうだが、宿泊料が三倍以上は違ってくるという。

……ということで、次回お邪魔する機会があるとするなら、しっかりとお金を貯《た》めてからになりそうだ。

ほどなくして車を駐車してロビーへ入ってきた陸さんと一緒にチェックインを済ませ、雫さんの案内で、今日明日と宿泊するお部屋へ。

「はい、どうぞ。三人で使うにはちょっと狭いかもしれないけど、でも、ここらへんのお部屋の中では一番外の景色がいい所だから」

俺たちが通されたのは、建物三階の客室エリアに位置する和室だった。部屋の奥にある障子を開くと、そこにさらにスペースがあり、大きな窓の外に広がる緑豊かな自然をゆっくりと眺めることができるよう、小さなテーブルと、それを挟むように一人がけ用のソファが二つ置いてある。これから夕方、夜になるにつれて暗くなってしまうのがネックだが、朝日が昇り始める時間はとてもいい景色を眺めることができるだろう。

「あ、そういえばりっくん、お夕食の時間はどうする？　少し前に食べたばかりだし、遅めの時間にしようか？」

「ん〜……と」

陸さんが俺たちのことを見るので、反応を返すように頷《うなず》いた。

食べ盛りの俺たちはいつも通りの時間でも問題ないが、陸さんは多少時間を置いたほうがいいだろう。

「じゃあ、そちらさんの言う通り、遅めにずらしてもらおうかな。俺は今から少しだけ寝るつもりだから……そうだな、夜七時半ぐらいで」

「かしこまりました。では、お父……じゃなくて料理長にもそのように伝えておきます」

「俺たちの前なら『お父さん』でいいと思うけどな。というか、久しぶりだから、俺もおばさんとおじさんに挨拶したほうがいいかな？」

「大丈夫、気にしないで。お母さんは今日地元の商工会の会合で遅くなるし、お父さんは誰かさんに似て恥ずかしがり屋さんだから」

「……誰かさんって、誰だよ」

「んふふ〜、さあ、誰やったかね〜？」

やはり、二人のやり取りを傍《はた》から見ているとわかる。

陸さんと雫さんは、決して『ただの幼馴染《おさななじみ》』という間柄ではない。

気恥ずかしさからか、久しぶりに再会した年下の女の子の顔をなかなか見れず、ぶっきらぼうな受け答えをしている陸さんと。

そんな、良い歳《とし》になっても、中学生や高校生のような反応をみせる年上のお兄さんのことを、懐かしむように、穏やかな微笑《ほほえ》みを湛《たた》えてじっと見つめている雫さん。

果たして、これが十年以上ぶりの再会になるほど疎遠にしていた、幼馴染たちの姿だろうか。

早いとこ付き合っちゃえよ――そんな海の呟《つぶや》きが、俺の耳にだけこっそりと入ってくる。

まあ、俺たちが言えるようなことではないかもしれないけれど。

「とにかく、俺は夕食の時間まで寝るから、お前らも適当にくつろいでろ。一足先にひとっ風呂浴びるか、外をぶらついてヒマを潰すか、もってきたゲームやらで遊ぶか」

「なによ、アニキのくせに偉そうに……それより真樹、どうする？　テレビはあるけど、この時間帯はあんまり面白いのやってないし、携帯ゲーム機も一応持ってきたけど、ここまで来てやることでもない感じだし」

「う〜ん、そうだな……」

陸さんと一緒に仮眠をとるのも選択肢の一つだが、久々の遠出で気分が高揚しているのか不思議とまだ目は冴《さ》えているし、まだ時間が早いので温泉という気分でもない。

「せっかくここまで来たわけだし、散歩がてら、二人で外を見て回ろうか。時間的にそう遠いところまで行けないから旅館の周りになっちゃうけど……雫さん、どこか良い所ってありますかね？」

「あ、うん。そういうことなら、ウチが管理してる裏手の山道なんてどうかな？　ゆっくり歩いても一時間かからないし、道の途中で源泉が流れてる滝なんてのも見れる場所があるから。あ、もちろん、静かだから、二人っきりでイチャイチャもできるし？」

「……そこまで気を使っていただかなくても結構ではありますが」

雫さんの余計なお節介はともかく、そのぐらいの散歩コースなら体力的にもちょうどいいだろう。俺にとっては初めての、海にとっては久しぶりの土地だから、旅館だけでなく、その周辺の景色もできるだけ目に焼き付けておきたい。

……もちろん、イチャイチャについても道中でしようと思えばできるわけで。

ということで、雫さんの提案を受け入れる形で、入浴・夕食前の軽い運動ということで旅館周辺の散歩コースを歩かせてもらうことに。コースの始点・終点は、先程陸さんが車を停めた駐車場になっており、きちんと整備された安全な道を歩くだけとなっている。

ただ、山道であることには変わりないので、多少のアップダウンはあるのと、後は、タヌキやサルなど、自然に囲まれた土地特有の野生動物たちがごく偶《たま》に迷い込んだりもするらしいので、入口の看板にもしっかりと書かれてある通り、一応注意をしておく。

「行こうか、海」

「おう」

迷子などにならないようしっかりと手を握って、俺たちは散歩コースを歩き始める。

道の方はしっかりと整備されているとはいえ、そこから少しでも外れると鬱蒼《うっそう》と茂った藪《やぶ》の中なので、指と指をしっかりと絡ませて、離れ離れにならないようにする。

「……真樹、静かだね」

「うん。遠くから微《かす》かに川の音とか、鳥の鳴き声がするぐらいで……」

本来ならば他の宿泊客が歩いていてもおかしくないが、今日に限って言えば、宿泊者は俺たちだけだ。

陸さんは今ごろ部屋で夢の中だろうし、雫さんや他の従業員の人たちも館内の業務に励んでいるはずだから。

ここで二人して何をしても誰にも見られない。

「ね、真樹」

「ん。ようやく、ちゃんと二人きりになれたな」

「だね。……真樹、もうちょっとだけくっついていい？」

「まだ入り口付近だけど、早くない？　もうちょっと歩いてからの方が」

「大丈夫大丈夫。心配しなくても、建物からはもうほとんど見えなくなってるからっ」

そう言って、海は俺へタックルするかのような勢いで抱き着いてくる。

出発前のわずかな時間やSAでの途中休憩など、隙間を見つけてなんとか二人きりの時間を作ってはいたものの、本当の意味で誰の邪魔も入らない（と思われる）のは、この夕イミングが初めてだ。

　普段、俺の家で遊ぶときは、ゲームだろうが映画だろうが、下手すれば食事中ですらいちゃついているので、今日はずっとお預けを食らっていたような形である。

　なので、短い時間ではあるけれど、しっかりとこのひと時を満喫しなければ。

「はあ、やっぱり真樹の心臓の音は落ち着くなあ……周りが静かだから、本当に真樹だけに集中できるっていうか」

「海、今日はあんまり聞かないでくれると……その、恥ずかしいし」

「別に恥ずかしいことなんて何もないでしょ？　彼女と密着して、ちょっとエッチな気分になるぐらい、むっつりさんの真樹なら不思議でもなんでもないし」

「そうかもしれないけどさ……ほら、ここ外だし」

　自分や彼女の自宅で抱きしめ合ったり、良い雰囲気になれば今日の朝のようにキスをすることだってあるけれど、ここが外だとまた違った気分になる。

　思い返すと、海との初キスは去年のクリスマスパーティ後の、自宅に戻る途中の道だったけれど、告白からのキスの流れと、ただ単純にイチャイチャしたいだけの意味合いでのキスだと、やることは同じでも意味合いが違ってくるような……考え過ぎだろうか。

「と、とりあえず先に山道の頂上を目指そうか。そこなら休憩できる場所もあるだろうし、景色もいいだろうから」

「なるほど、ムード重視ってやつか。真樹って意外と童貞くさい……じゃなくて、ロマンチストだよね」

「そこは普通にロマンチストだけで良くない？　まあ、そっちのほうも事実ではあるけど」

相手のほうは目の前の大好きな彼女ですでに予約済みだが、果たしてそれはいつのことになるだろうか。

一応、バッグの中にはしっかりと例のものは忍ばせてはいるけれど……まさか、初めてが外だなんて、そんなことは……いや、今はとにかく歩くことに集中しよう。

これも旅先にいることによる解放感がそうさせるのか……俺も海も、なんだか行動が大胆になっている気がする。

海から離れた時に気付いたが、俺の方もいつの間にか、海のことをしっかりと抱き寄せていた。

主に、腰のあたりを。

「……ふふ、真樹のえっち」

「ご、ごめんなさい」

離れる瞬間、海がこっそりと耳元で囁《ささや》いてきた。

やっぱり、いつまで経《た》っても、俺は目の前の女の子に勝てる気がしない。まあ、それはそれで嬉《うれ》しいから悪くはないのだけれど。

一旦バカップルモードから元の状態に戻った俺たちは、改めて散策を再開することに。

このぐらいの山道であれば、ウチの高校の敷地の裏手にある峠道にも似たようなものがあるが、きちんと見ていくと、そこで自生している植物だったり、時折、視界の端を横切っていく昆虫たちなどに違いがあることがわかる。

子供の頃に図鑑などを読んだ時の記憶なので曖昧だけれど、皆、綺麗《きれい》な水やしっかりとした自然が残っていないと生息できないようなものばかりだ。タヌキやサルもそうだが、一度人の手によって大きな開発が入ると、その周辺で今まで通り生活することはできなくなってしまう。

今回この場所に来れたのはあくまで偶然だが、普通に海と二人で観光地へ旅行する以上に、貴重な経験が出来ている気がする。

同行を提案してくれた大地さんには、後日、またきちんとお礼をしなければ。

山道で見つけたあれこれについて海とお喋《しゃべ》りしつつ、歩くこと十数分。散歩コースの中ではもっとも急こう配であろう階段を上ると、雫さんの言っていた『頂上』へとたどり着いた。

「ふう、散歩コースにしては結構疲れたな」

「ね。あ、真樹、あそこがそうじゃない？　ほら、源泉が流れるとこが、ってやつ」

金属製のフェンスが立てられた場所の先に、源泉から湧き出た温泉らしきものが、白い糸を垂らすようにして下のほうへと流れ落ちている。

山の標高を考えると、おそらくこの地点でも数十メートルというところだろうが……そこから見下ろす綺麗な自然や、それと調和するように立ち並んでいる街並みは、十分に感動するものと言っていい。

「綺麗だな、海」

「うん。……それって、私のこと？」

「景色のこと。……まあ、海もちゃんと綺麗だと思うけどさ」

「そ？　ありがと。真樹も、今日はなんだか一段と格好良く見えるね。は、さてはすでにこの場所にも幻術の類が」

「急にファンタジーチックな世界観に」

俺のほうはいつも通りだと思うけれど、海の方は、いつもの三割増しで輝いて見える。

朝、俺のことをわざわざ迎えに来てくれた時から今まで、海はつねに俺の前では身だしなみに気を使ってくれている。髪が乱れないよう、空いた時間でさっと手鏡でセットしなおしたり、汗をなるべくかかないよう、浮いてきた汗をこまめにハンカチで拭って。

自惚《うぬぼ》れでなければ、いつでも俺に『可愛《かわい》い』や『綺麗』だと褒めてもらうために。

そう思うと、海のことがどんどんと愛《いと》おしくなってくる。目の前に広がる自然もいいけれど、俺の意識は、徐々に隣の女の子へと向いていって。

「海、その、」

「？　なあに、真樹？」

「今日は俺のために、朝から色々頑張ってくれてありがとう。正直、すごく嬉しい」

「お、真樹クン、それはもしかして私のことを口説いてなんとかしようとしてます？　まだ夕食前ですけど」

「半分は純粋な気持ちというか、感想だけど。……もう半分は、ちょっとだけ、あるかもしれないっていうか」

「エッチなこと？」

「……うん」

「やっぱり。まあ、いつもの真樹らしくて私は好きだけど。でも、たまには言葉にせずに、雰囲気で伝えてきてほしいかもって、女心としては思ったり」

「雰囲気……えっと、それは、どういう」

「言葉じゃなくて、行動でそれとなく伝えて欲しいってこと」

「……つまり、海がいつもやってるような、モーションをかける、みたいなこと？」

「そ。そんな感じ」

「そっか……じゃあ、それなら、」

ごめん、と心の中でつぶやきつつ、俺は海のことをそっと抱き寄せる。いつものように抱き着く時のとは違って、腕のほうを、腰からお尻の中間あたりに回して。

他にもっと上手《うま》いやり方はあるのかもしれないし、ちょっと露骨かもしれないが、経験の少ない高校生なんて、きっとこんなものだろう。

「こんな感じ、とか」

「ふふ、まあ、いいでしょう。……とりあえず、あっちにベンチあるから、座ろっか」

「う、うん」

海に手を引かれるまま、俺は近くにあった木製のベンチへと腰を下ろす。おそらく三人～四人用の広さはあるから、多少寝転がることがあっても……いや、俺はいったい何を考えているのだろう。

すぐに、今度は海の方が俺の腰のほうに手を回してくる。いい雰囲気、というのは、こういうことを言うのだろうか。いつもじゃれ合っている時の『女の子』の海とは、少し様子が違う。

「真樹、息が荒くなってる」

「まあ……さっきまで山道を歩いてたせいかな？」

「そう？　その割には歩いてる時よりも息遣いが激しい気がするけど」

「それは、海もだろ」

密着しているのだから、俺の心音だけでなく、当然海の胸の鼓動だってしっかりと伝わってくる。

体が内側からどんどんと熱くなっていくのを感じるが、頭の方はまだ少し冷静だった。

宿泊客以外でも利用できるこの散歩道だが、地元の人はそこまで使わないのだろうか、今のところ、滝から流れ落ちる水音と、俺たちの息遣いしか本当に聞こえてこない。

さすがにこんなところで行為に及ぶとか、そういうことはしないけれど、それでも、いつもよりは思い切ったことはできると思う。

……というか、ここまでいい雰囲気だったら、俺だってしたい。

「……海、」

最愛の彼女の名前を呟《つぶや》いて、俺は片方の腕で海のことを改めて抱き寄せて、もう片方の手を白い頬《ほお》へそっと添えて、顔をゆっくりと近づける。

キスしてもいいか、と言外に伝えたつもりだったが……海はくすりと笑って、静かに瞼《まぶた》を閉じる。

ＯＫ、ということでいいらしい。

唇を微かにくすぐる海の吐息を感じつつ、俺はゆっくりと顔を近づけ――。

そして、彼女の唇ではなく、そこから少し下の、彼女の首筋あたりに口づけをした。

「ひゃっ……!?」

その瞬間、海はそう声を漏らして、体をびくりと震わせる。

どうやら唇にキスされると思っていたようで、不意をつかれて可愛い悲鳴が口からこぼれ落ちる。

「……真樹ぃ」

「ごめん……唇同士はいつもやってるから、たまには違う所にしたいかもって思って。……その、嫌だった？」

「…………ばか」

そう言って海は頬を膨らませるけれど、されること自体は問題ないようで、俺も内心ほっと胸を撫《な》でおろす。

「でも真樹、いきなりそんなトコにキスなんかして、汚いよ。今まで暑かったから、それなりに汗かいちゃったし」

「いいよ、別に。確かにちょっとしょっぱかったけど、まあ、海のだから」

「……なんか、真樹がいつにもましてヘンタイさんに見えるんですケド」

普段はきちんと隠していたり我慢しているだけで、頭の中ではこのぐらいのことはいつも考えているし、したいという欲望はきちんと持っている。

口づけした拍子にわずかに舌先に触れた海の汗の味は、確かに彼女の言う通り汚いだろうし、美味《おい》しくはないけれど、決して嫌というわけでもない。

この状況だと、むしろドキドキとする。

「海、続けていい？」

「……ヘンタイさんだし、その上イジワルだ」

「ごめんごめん。……でも、たまにはね」

引き続き、俺は海の体へと顔を近づけて、口づけを続ける。

最初に不意打ちした時点では硬かった海の体も、少しずつ慣れてきたのか、今は完全に力を抜いて俺に全てを委ねてくれている。

白い肌をほんのりと朱に染める海の姿は、可愛くて、綺麗で、そして妙に艶があった。

おそらく今、俯瞰《ふかん》で自分たちのことを見たら『こんな場所でいったい何をやっているんだコイツらは』となるだろう。人気のない、自然に囲まれた山道でも、一応公衆の面前であることには変わりない。

散歩に出て、どのくらいの時間が経っただろうか。もうすぐ暗くなる時間なので早く帰ったほうがいいことはわかる。

しかし、今この中途半端な状態で旅館へ戻って、陸さんや雫さんの前で何事もなかったかのように冷静でいられるかどうか。

いったん海の体から唇を離した俺は、次に腰辺りにまわしていた手を、ゆっくりと脇腹のほうへと移動させてみる。

この体勢だと、普段ならお互いに敏感なところをくすぐり合い、体をよじらせながら笑い合うのだが、今回はもうちょっと性的なほうだ。

「……ふっ」

すぐに俺の意図を理解した海がくすくすとした笑いを漏らすけれど、特にそれまでと様子は変わらない。

過去、海の胸に顔を埋《うず》めて子供のように甘えることは何度かあったけれど、違う目的で、手で直接触れることは、今日が何気に初めてのことだ。

すでに胸の鼓動は、これ以上ないぐらいに早く大きく脈打っている。

ゆっくりと、海のふくよかな胸へと手を伸ばす。雰囲気を重視するなら、映画やドラマでたまにみるようなラブシーンのように、キスでもしながらさりげなく触れればいいのだろうけれど、緊張で手が震えすぎて、今の俺にはそこまで器用なことはできない。

今後を考えると、こういうのにもちょっとずつ慣れたほうがいいのかもしれない。

「海」

「……ん」

手の震えをなんとか抑えて、まずはふくらみにそっと添えてみる。

触れただけだが、その時点ですでにものすごく柔らかいことがわかる。柔らかくて温かくていい匂いがするのは、以前からわかっていることだが、手で触ってみると、改めて、こうして海と恋人になれた幸運を実感する。

「ね、真樹、なんかさ、」

「ん？」

「このままだと、私たち、ちょっとヤバいかもね」

「……わかる」

そう。最初はちょっとイチャつくだけのつもりだったけれど、俺も海も、もうかなり頭のほうが興奮でぼーっとしていることがわかる。

そろそろここで止《や》めておかないと、というのは理解しているけれど、あともう少し、あとこれだけやりたいと思うたび、冷静な思考がどんどん遠ざかっていく。

自分たちならきっと大丈夫だと思っていたけれど、大好きな恋人同士でやる気持ちいいことが、止められない。

「……真樹、どうしよっか？　というか、真樹はどうしたい？」

「ん〜……と」

どうしたい、と問われれば、答えは一つしかない。

……一つしかないが、状況的に色々とまずいような。

まず最初に、ここは野外だ。邪魔が入らないという点ではいいけれど、さすがにこんな固い場所で海のことを横にさせるのは……まあ、特殊な趣味嗜好《しこう》が無い限りはＮＯだろう。

初めては、やはり普通がいい。ここが俺の部屋だったら間違いなくこのまま進んでしま

うのだろうが、今はそうではない。

「ふふっ、真樹、顔じゅうの筋肉がぴくぴく動いててちょっと気持ち悪いよ？」

「ご、ごめん。でも、さすがに今回は葛藤がすごいというか」

冷静になれ、という頭からの命令と、下半身のあたりからこみ上げてくる純粋な欲望がせめぎあって、どうしていいかわからない。

海はそんな俺の様子を見て、じっと待ってくれている。

正直に言わせてもらえば、したい。このまま手を伸ばせば、優しい海はきっと受け入れてくれるだろう。

「海、あのさ、お、おれ、海と――」

「……うん、なに？」

「海とその、今ここで――」


――ガサッ！


「「!!??」」

今まで静かだった空気に割り込んできた物音に、俺たちは飛び跳ねるように体を起こして、反射的に辺りを見回した。

近くにある木が揺らされでもしたのだろうか、強い風が吹いたときのような葉擦《はず》れの音が、俺たちの視線の先――帰りルートの下り道の方向から聞こえてくる。

「真樹、今の――」

「う、うん。海、ひとまず俺の後ろに」

すぐさま海を俺の背後に回らせて、俺は音のしたほうへじっと目を凝らす。

人の気配はしないので、そうすると野生動物か何かが迷い込んだか。小さな動物ならそこまで気にしなくて良さそうだが、タヌキやサルの可能性もあるので、注意はしておかなければならない。

何かの足音だろうか、葉っぱを踏みしめるような音が、徐々に大きくなってくる。こちらのほうに近づいてきているのだ。

突然のことで慌ててしまいそうだが、後ろに守らなければならない人がいるので、意外と冷静に思考出来ている。

かなりいい所で邪魔が入ってしまったわけだが、それはまた後で考えればいい。

「海、荷物持てる？」

「ん。このままゆっくり来た道を戻ろうか」

こういう時は、とにかく相手を刺激しないよう、ゆっくりとその場を後にするのが最善だ。

先程までのスキンシップで乱れてしまった着衣を元に戻して、立ち上がった俺たちはごく自然に、視線の先にいるであろう何かに気付かない素振りをしつつ、気持ち早い足取りで山道を下り始めた。

耳に届く葉擦れの音が徐々に遠ざかっていくのを感じ、俺も海もほっと胸を撫でおろそうとしたところで——。

——……〜ん、こわいよ〜……どこにいるの〜……。

先程まで俺たちがいたあたりから、そんな声が聞こえてきた。

「……海、今の」

「うん。ちっちゃな子供の声、っぽかったよね？　確かに聞こえた。泣いてるっぽい感じだけど……」

やはり、俺の気のせいではなかったようだ。ということは、状況的に考えて、先程の物音を立てたのはその子供ということになるか。

大人ならともかく、子供、しかもかなり幼い子供となると、気配を察知するのは難しい。

しかし、それではなぜこの場所、この時間に子供がいるのだろう。地元の子供が迷い込んだとしても、こんな場所を一人で歩かせる親御さんがいるとも考えにくい。

……どうやら、そう簡単に立ち去ることも出来なくなってしまったらしい。

「様子、見に行ったほうがいいよな？」

「だよね。というか、もし本当に迷子だったら、放ってなんかおけないし」

ということで、もう一度頂上へと引き返した俺たちは、声の方向へと近づいていく。

――っく、ぅぅ。

依然として泣きじゃくっている声を耳に入れつつ、木陰からベンチのほうを覗《のぞ》くと、その脇にうずくまるようにして小さくなっている、幼い子供の姿を発見する。

おそらく、男の子だ。

「海」

「うん。声かけてみよっか」

すぐさま男の子の側《そば》へ駆け寄ると、それに気づいたのか、男の子がすぐさま顔を上げて俺たちのことを見る。

「……おにいちゃんたち、だれ？」

「私たちは近くの旅館のお客さんだよ。ほら、『しみず』っていう、ここを下りたところにあるおっきな建物。ボクこそ、こんなところで一人でなにしてるの？　お名前は？」

「……レイジ」

海の問いに、男の子はそう答えた。俺たちが来て多少心細さがなくなったのか、少しずつ落ち着きを取り戻しているようだ。

持っていたポケットティッシュで男の子の涙と鼻水を拭ってやり、いったん泣き止むのをじっと待っていると、男の子が俺の裾をくいくいと引っ張ってきた。

「？　どうしたの？」

「……パパ、どこにいるかしらない？」

「パパ？　えっと、レイジ君のパパってこと？　もしかしてはぐれちゃったの？」

「…………」

首をふるふると横に振ったので、はぐれたのとは少し違うらしい。

詳しい状況をなんとか聞き出したいところだが、まだ幼い子供へ順序だてて話すようお願いをするのは難しい。

外見から見て、おそらく三歳〜四歳ぐらいか。

「真樹、ひとまず今はこの子を連れて旅館に戻ろ。私たちじゃ判断できないし、もしも迷子だったら捜索願いとか出てるかもだから」

「うん。……レイジ君、パパのことはまた後にして、お兄ちゃんたちと安全なところまで戻ろうか。えっと、もうちょっとだけ歩ける？」

「…………」

レイジ君は、無言のまま首を振って俺のほうに抱き着いてきた。

どうやら懐かれてしまったようだが、この場にとどまるのも良くないので、俺が抱っこして連れ帰るしかない。

子供を抱っこするなんて初めてのことだし緊張するが、レイジ君がくっついたまま離れてくれないので、頑張って抱えて下りるしかない。

レイジ君の体重が思ったより軽いのが、不幸中の幸いといったところか。

「……んぅ、パパ……」

「あらら、安心したらもう寝ちゃったみたいだね。ふふ、パパだってよ、真樹？」

「俺がそうなるのはまだ随分早いような……まあ、このまま大人しくしてくれたほうが運びやすいからいいけど」

正直なところ、個人的に幼い子供の扱いは苦手なのだが、このぐらい大人しく素直なら、可愛《かわい》いと思う。

どうしようもない泣き虫で甘えん坊だった当時の俺とは、比べ物にならないほどだ。

時折、海と二人でレイジ君が再び泣きださないか気にしつつ、三十分ほどで下りのコースを歩いて、ゴール地点である『しみず』の駐車場へと戻る。

色々あってかなり長い時間となってしまったが、ひとまず何事もなく、暗くなる前に元の場所へ戻ることができてよかった。

「真樹、お疲れ様。レイジ君の抱っこ疲れたでしょ？　代わってあげるから、ちょっとゆっくりしてな」

「サンキュ。……気を張ってたせいか、なんかどっと疲れた気がする」

「私も。ご飯食べてお風呂入って、今日はもうさっさと寝ちゃおっか。明日は私もお婆《ばあ》ちゃんの家の用事手伝わなきゃだから、朝早いし」

俺は部外者ということもあり、そちらのほうまでは参加しなくていいと空さんからは言われている。なので、俺の方はゆっくり体力を回復できる。

明日は海と一緒に、街の外れにあるという綺麗《きれい》な水の流れる川で水遊びをする予定だ。

……今回の旅行、なぜかやたらと屋外に縁があるような。気のせいだろうか。

「んぅ……」

「！　レイジ君、起きた？　旅館についたから、パパのことはもう少しだけ我慢してね」

「……うん。おねえちゃん、もうだっこいらない」

「あ、ちょっと――」

目を覚ましたレイジ君は、自ら海から降りて、一人でとてとてと駐車場を歩いていく。

またはぐれてはいけないので、すぐさま二人で後を追いかけると、正面玄関あたりから大きな声が聞こえてきた。

「レイジ、レイジ、どこにいるの？　お願い、近くにいるなら、返事をして」

「レイジ君、レイジ君〜！」

遠くに向かって呼びかけているのは、雫さんと陸さんの二人だった。

かなり慌てた様子でレイジ君の名前を呼んでいるが……俺と海が怪訝《けげん》に思っていると、レイジ君が二人の方へ――いや、正確には雫さんめがけて一目散に走っていったのだ。

「ママ！」

「「……え？」」

レイジ君は、間違いなくそう言った。雫さんの姿を見て、間違いなく『ママ』だと。

「え～っと……海、これはいったい、どういうことだろう？」

「う～ん……いや、なんなんだろうね。いったい」

父親とはぐれたと思いきや、雫さんが母親で……情報が処理しきれず混乱する。

「！　レイジっ、一人で勝手に出歩いたらダメっていつも言っているのに……お母さん、すっごく心配したんだから」

「ごめんなさい。……でも、パパが」

「パパ？　あなたのお父さんが、こんなところに来るわけ……あ、もしかして、駐車場に停《と》めてる車……りっくん、もしかして」

「！　なるほど、それでレイジ君は勘違いをして……」

雫さんと陸さんの会話は状況の読めない俺たちにはちんぷんかんぷんだが、その辺の詳しい事情についてはこれから二人に聞くしかないようだ。

「雫さん、アニキ」

「海ちゃん……と前原君。もしかして、あなたたちが息子のことを……」

「はい。ちょうど散歩の途中で一人でいるのを見つけて……あの、レイジ君はお父さんのことを探してたみたいですけど、その……」

「……そうね。二人は私とレイジの恩人みたいなものだし、後できちんとお話させてもらいますね。レイジ、ほら、お姉ちゃんとお兄ちゃんにお礼をしなきゃ」

「……ん」

お母さんが側にいると途端に人見知りモードになったようで、レイジ君は、雫さんの後ろに隠れつつも、ペコリと俺たちにお辞儀をしてくれる。

今回の件は、言いつけを守らなかったレイジ君にも落ち度はあったのだろうが、ひとまずは大事にならずによかった。

そして、大都市のほうで仕事をしていたという雫さんが、働き盛りの年齢で、どうしてこの場所に戻ってきたのかが、おぼろげながらわかってきたような気がする。

3. 幼馴染の十年

ひとまずレイジ君を自室へと戻して寝かしつけた後、改めて部屋にお礼を言いに来た雫《しずく》さんから話を聞くことにした。

レイジ君――ちゃんとした名前は清水零次《しみずれいじ》君だが、彼が言った通り、雫さんと、その『元』配偶者の男性の間から生まれた男の子である。

雫さんの年齢を考えると、確かに幼いお子さんがいても不思議ではないけれど、結婚をし、すでに離婚までしているとは思わなかった。

およそ十年以上ぶりに幼馴染《おさななじみ》の陸《りく》さんと再会し、昔に戻ったように楽し気に話している時の、雫さんの姿からは。

「――零次ったら、朝凪《あさなぎ》さんのとこの車と、あの人の乗ってた車が同じだったから、パパが自分のことを迎えに来たって思って、それで我慢できずに飛び出しちゃったみたい。……子供の前では、それなりにいい父親してたみたいだから、あの子も懐いてて」

ちなみに零次君と雫さんはこの旅館の一階にある従業員用の一室を借りて暮らしている

らしく、ちょうど部屋の窓から裏手の駐車場が良く見えるそうだ。

夕方、雫さんの言いつけ通り、部屋で大人しくお母さんが戻ってくるのを待っていた零次君だったけれど、今日一台も来ることがなかった駐車場に、父親が普段乗っていて、彼自身も出かける時は乗せられていたはずの車が来たものだから、自分に会いに来てくれたと勘違いし、そのままいないはずの父親の行方を捜しているうち、散歩道のほうまで迷い込んで……というのが、今回の件の真相ということになる。

なので、もし俺たちがあまり時間をかけずにさっさと散歩道を歩いて旅館に戻っていたら、早い段階で零次君と遭遇することもなかったわけで。

思い出してみて、あまり人に言えるようなことをしていたわけではなかったけれど、こういう偶然もあるものだ。

朝凪家の車については、有名メーカーの代表的な車なので、被《かぶ》ることはそう珍しいことでもない。普通はそれでも車のナンバーだったり、中から見える微妙な内装の違いなどで判断はできるのだけれど、それをまだ幼い子供の零次君に判断しろというのは、少し可哀《かわい》想《そう》な話だ。

零次君は現在四歳で、今は新しい幼稚園に通い始めているという。

なので、お母さんとお父さんの間にある事情を理解するのは、まだずっと、これから数年先のことだ。

「それと……その、りっくんもありがとうね。運転で疲れて寝てたのに、私のために一緒に探してくれて」

「ああ、いや……さすがにこの状況なら俺だって協力はしないと。雫に子供がいたってのは、ちょっとびっくりしたけどさ」

「ごめんなさい……本当は再会して初めに言うべきなんだろうけど……その、なかなか言い出せなくて」

「あのさ、もしかして、ウチの婆ちゃんには、みぞれお婆ちゃんには……」

「うん、ちゃんと言ってるよ。みぞれお婆ちゃんには、こっちに帰ってきてからものすごくお世話になってて……同窓会の件も、零次のことはこっちで預かるから心配するなって……あ、お婆ちゃんがりっくんに言わなかったのは、私がそうお願いしてたからだよ。自分の口で、ちゃんと言いたいからって。だから、責めないであげてね」

「それは……俺もわかってるけど」

みぞれさんや空《そら》さん、陸さんだけならともかく、この街とは全く関係ない俺もいたので、それで問題なかったと思う。

まあ、そのこともあって、陸さんにとっては驚くこともいっぱいあっただろうが。

久しぶりに再会した幼馴染がすでに結婚していて、しかも離婚し、四歳になる子供までいるだなんて……処理しなければならない情報量があまりにも多すぎる。

「――さてっ、暗いお話はこの辺で終わりにして、改めてお夕食にしましょうか。零次のこともあったから、今日は特別に一品追加でデザートをつけてあげる。もちろん、私の自腹でね」

こういう話をすると、せっかくの夕食も美味《おい》しくなくなってしまうと思ったのだろう。家庭の事情なんて、あまり他人に言いふらしたいことでもないのに……雫さんも、俺や海《うみ》、それに陸さんと一緒で、かなりのお人好《ひとよ》しらしい。

そんな優しい気持ちにつけこむようで申し訳ないけれど、用意された夕食は、どれもとても美味しかった。山の幸を中心としたとても高級そうな料理で、ジャンクフードに慣れ親しんだ俺や海の現代っ子の舌にはもったいないような気がしたものの……口に入れた瞬間から、二人とも箸が止まらなかった。

……ただ一人、どこか浮かない顔をしていた陸さんを除いて。

「――ねえアニキ、せっかくこんなに豪華なのに、食べないの？　半分以上も残ってるじゃん」

「ああ。俺はもうお腹《なか》いっぱいだから、残りはお前たちで食べていいぞ。デザートも」

「……だって。真樹《まき》、どうする？」

「俺はまだ少しだけ入るから、それならもらっちゃおうか。残すのも、せっかく用意してくれた雫さんとか、雫さんのお父さんにも悪いし」

「真樹がそう言うなら……アニキ、後でやっぱりダメって言っても、もうこれは私たちのだからね」

「わかってるよ。ったく、そんなにバクバク食って、太るぞ」

「……◯ね、クソ兄貴」

「こ、こら海っ。あと陸さんも、いくら家族でも、女性にそういうことを言うのは良くないですよ」

「む……すまん、つい」

結局俺が間に入って仲を取り持つわけだが、この兄妹《きょうだい》のやり取りにも大分慣れてきたのは、果たして喜ぶべきことなのか。

ひとまず料理のほうは、俺と海の、食べ盛り高校生二人の活躍によって、追加のサービスという高級メロンも含めて、一品残らず綺麗に平らげた。

この後すぐにお風呂をいただくつもりだったけれど、この分だと、少し休憩が必要かもしれない。そのぐらい、どれも美味しかった。

食事を終えて、部屋に置いてあった温かいお茶をちびちびとすすっていると、食器を下げに雫さんがやってきた。

「三人とも、これからお風呂よね？　その間にお布団敷こうと思ってるんだけど、いくつ用意すればいい？」

布団の方は部屋の押し入れの中に入っているようだが、シーツや枕カバーなどはリネン室から持ってくるらしく、寝床のほうも雫さんで整えてくれるようだ。

ありがたいことだが、しかし、なぜ必要なセット数をわざわざ訊《き》いてくるのか。

「？　いや、俺と妹と真樹の三人だから、人数分敷いてくれればそれでいいけど」

「いえ、二人分で大丈夫です。アニキの分と、私の分で」

「は？　お前、それじゃ真樹はどうするんだよ？　いくら夏で暑いからって、布団無しはさすがにダメだろ」

「もう、りっくんってばニブチンさんやねえ。海ちゃんはね、前原《まえはら》君と一緒のお布団で寝るからいらないって言ってるの。ね、海ちゃん？」

「はい。人数分敷いても、どうせ寝床に入ってすぐ、どっちかの布団に潜り込んじゃうので。真樹は私が側《そば》にいないと眠れない甘えん坊さんだから……ね？」

「いや、ただ単に寝つきがものすごく良くなるだけだから……」

海や雫さんからは幼子を見るような顔で、そして陸さんは呆《あき》れた顔をそれぞれして、俺のほうへ生温かい視線を向けてくる。

海が側にいるとリラックス出来て安眠できることは事実だけれど、布団に潜り込んでくるのは、どちらかというと海のほうだ。

そして、海のほうだって、俺に抱きしめられているとあっという間に寝落ちする。

……まあ、俺のほうが普段の寝つきは格段に良くないし、旅先の布団だとあまりぐっすり眠れた記憶がないので、特に反論するつもりもない。

小・中学校と、父親の仕事の都合による引っ越しで修学旅行には行けなかった俺だが、課外学習などで外泊する機会がなかったわけではない。

けれど、友達がおらず、気を許せるようなクラスメイトが誰一人いなかったせいか、結局一睡も出来なかった記憶がある。

だから、少なくとも、今日はぐっすりと休むことができそうだ。

「……話はわかったが、とりあえず三人分ちゃんと用意してくれ。このアホのことだ、もし布団が予想より小さかったら、俺の方が寝床から叩《たた》き出《だ》されて被害を受けかねない」

「ふふっ、はい、承知いたしました。では、また後程ということで。あ、お風呂のほうは24時間いつでも入浴できるよう清掃してるから、夜中でも早朝でも、気分が向いた時にいつでも利用してね」

旅館の案内にもあったが、ここの温泉は様々な効能があり、中でも美容効果がとても高いことで知られているそうだ。

今さら俺の肌がすべすべになったところであまり意味はないけれど、しっかり浸《つ》かって今日の分の疲労を癒《いや》しておくとしよう。

……あと、海の肌がすべすべになるのは、俺にとっては喜ばしいことだし。

俺と海はお腹の具合が落ち着いてから入浴することを伝えて、先に陸さんに温泉のある大浴場へ行ってもらうことに。

部屋に残った俺たちは、陸さんが帰ってくるまで、備え付けのテレビをＢＧＭがわりに、持ってきたトランプで時間を潰すことに。冷蔵庫に入れているジュースやお菓子は、お風呂上がりのお楽しみとしてとっておく。

「……ねえ、真樹」

「なに？」

「アニキさ、雫さんのこと、大分驚いてたみたいだね」

「うん。まあ、いきなり『結婚してました』『離婚もしてました』『実は四歳になる子供がいます』だからね。俺がもし陸さんの立場だったら、ちょっとショックかも」

陸さんが恋愛的な意味で雫さんのことを想《おも》っていたかは断定できないけれど、子供の時から仲の良かった幼馴染が、知らないうちに母親になっているという事実は、それなりに衝撃だったと思う。

だが、疎遠とはいえ、幼い頃からの『親友』だったはずの雫さんの結婚を、まったく知らなかったということがありえるのだろうか。一般的に、結婚というのは人生において大きな節目となる出来事の一つで、その際には家族や親しい友人にそれを伝えることだってあるだろう。

なぜ陸さんは何も知らなかったのか。

そして、なぜ雫さんは陸さんに（＋空さんや大地《だいち》さんにも）伝えようとしなかったのか。

「……真樹、なんか面倒なことになりそうな予感がするんだけど」

「あ〜……やっぱり海もそう思う？」

「うん。だってさ、アニキもそうだけど、雫さんもわりとアニキのこと引きずってる気がしてしょうがないんだよね。これはあくまで私の勘だけど……顔がね、もう恋する乙女の『それ』なの。……私もちょっと前に同じ経験したから、それもあって」

というか、今も俺と二人きりでいる時の海は割と『それ』になっているのだが。

確かに、陸さんと話している時の雫さんの表情は、クリスマス直前の海——つまり俺と恋人になる直前ぐらいの海の表情と重なる。

他人の恋愛についていちいち口を出すつもりは、俺にも海にもないけれど。

俺にとっては『他人』の陸さんだけれど、海にとっては大事な家族の一人だ。いつもは『バカ』だの『クソ』だのと顔を合わせれば軽くののしり合っているけれど、離れている時は、しっかりとお互いのことを気にかけている『兄妹』なのだから。

「でも、さすがに大人の人間関係に口を出すのは、難しい……よなあ」

「だよねえ。お互いにフリーなのは確かなんだけど、雫さんには零次君がいるし」

これが俺たちのような子供同士の恋愛なら、じれったい二人のことをくっつけようとお節介を焼いてもいいのかもしれないが、陸さんはともかく、雫さんの過去や零次君の存在が、状況を難しくしている。

　お互いにまだ好きな気持ちが残っているけれど、気持ちだけではどうにもならない事情が、大人になってしまった二人にはある……と、結論としてはそんなところだろうか。

　つくづく、大人って大変だと思う。

「――お待たせ、二人とも。すぐに布団の用意しちゃうから、後は二人でお好きなようにいくらでも……って、あれ？　どうしたの二人とも？　なんかすごくつまらなそうな顔してるけど、やっぱり若い人にはこんな田舎は退屈だった？」

「あ、いえそんなことは……ところで、雫さん、一つ訊きたいことがあるんですけど」

「あら、なあに？　もしかして前原君ってば、可愛《かわい》い彼女さんがいるのに、こんなおばさんに興味なんか持っちゃった？　……とりあえず、スリーサイズでいい？　零次もお世話になったことだし、前原君にだけ特別に教えてあげようか」

「真樹のばか。ヘンタイ。浮気者」

「なんで海まで俺のこと責めるの……そうじゃなくて、陸さんのことです」

「……ああ。ふふっ、やっぱりそのことね。もしかして、海ちゃんも同じご質問かしら？」

「はい。まあ、そんな感じです」

「そっか」

言われると思った、と呟《つぶや》いて、雫さんは小さくため息をついた。

それまでひょうきんな様子だった雫さんの表情が、『陸さん』という言葉をきっかけに、みるみるうちに翳《かげ》っていく。

「陸君とは、生まれた頃から大の仲良しだったの。ここって、住人の数自体はそんなに多いわけじゃないから、同年代の子供もあんまりいなくて。だから、本当に四六時中一緒にいたかな。学校の日は机をくっつけて一緒に勉強して、休みの日はお互いの家を行き来したり、山の中を探検したり。私、小さい頃は何気に体が弱かったから、いつも彼に守ってもらって……お兄ちゃんができたみたいで、すごく嬉《うれ》しかった。街並みは退屈だったけど、陸君と一緒なら、まあいいかなって」

それほどの仲だった二人だけれど、いつまでも一緒にというわけにはいかない。

海の誕生をきっかけに、大地さんたち朝凪家は引っ越すことになる。

それが、陸さんたちが小学校高学年ぐらいの時。

「じゃあ、その時からずっとアニキとは……」

「ううん。陸君、あれで結構マメな性格してるから、定期的に連絡はとりあってたよ。携帯電話とかメールで近況を報告し合ったり、毎月一度は必ずお手紙もらったりとか」

「そうなんですね。でも、そこまで来ると、なんかこう……」

「恋人みたい、かな？　ふふっ、そうだね。お互いただの幼《おさな》馴染《なじみ》だって思ってたら、高校卒業近くまでそれを続けることなんて絶対にないし」

今の陸さんの姿からはあまり想像はできないけれど、お互いに恋愛感情に近いものをもっていたからこそ、引っ越しから数年以上もコツコツと繋《つな》がりを保ち続けていたのだと思う。

だが、今の二人にとって、それはもう『過去』のことなのだ。

好きなことは間違いないけれど、今後一切男女の関係になるつもりはない——特に陸さんのほうから、そんな空気を感じる。

雫さんに対して、妙に遠慮しているというか。

「……でも、よくある話でもあるんじゃない？　小さい頃はいつもべったりだった男女の幼馴染が疎遠になって、そうなるうちに、それぞれ自分の道を進んで。特に私はもう一人じゃないから、なおさらそんなものにうつつを抜かしている暇なんかないし」

やはり、結論としてはそこに行きついてしまうのか。

完全に連絡を絶っていた期間で、二人はまったく正反対の道を進んでしまったらしい。

「はいっ、こんなどうしようもない話はこれでおしまいっ。ささ、あなたたちのお兄ちゃんが帰ってくる前に、寝床の準備しちゃわないと」

そうして半ば強引に話を打ち切った雫さんは、俺たちを窓付近の小さなソファへとおいやると、慣れた手つきで次々と綺麗《きれい》な寝床を仕上げていく。

「よし……と、うん、今日も上手にできた」

ふかふかの布団に、皺《しわ》ひとつない真っ白なシーツ……まではいいのだが、なぜテーブルに置いてあったティッシュ箱の位置を俺たちが陣取る予定の枕元にわざわざずらすのか。

私たちのことはいいから、自分たちのことだけ考えていなさい——雫さんから、なぜかそう言われているような気がした。

「あ、そうだ。陸君が帰ってくる前に伝えておくけど……海ちゃん」

「？　なんですか？」

「ちょっとこっちに……」

何か内緒の話でもあるのか、雫さんが海のことを呼び寄せて、俺から少し離れた所でひそひそ話をしている。

どうせまた余計なお節介でも焼こうとしてくれているのだろうか、雫さんが耳打ちをした瞬間、俺に背を向けていた海の耳の先が、みるみるうちに真っ赤になっていく。

「……あの、二人とも俺に内緒で何の話を」

「う〜ん、強いて言うなら、零次を助けてくれたお礼の件、って感じかな？　気になるなら、後で海ちゃんから直接訊いてみて。それでは、よい夜を〜」

先程の質問の仕返しとばかりに、俺たちのことを引っ掻《ひか》き回《まわ》した雫さんが、そそくさと部屋を後にする。

なんとなく予想できるような気はするけれど、一応、海に訊《き》いてみたほうがいいか。

「海、さっきの話って――」

しかし、俺が口を開いた瞬間、雫さんと入れ替わるようにして、お風呂上がりの陸さんが部屋に戻ってきた。

勢いよく開けられた襖《ふすま》の音に、俺と海はびっくりして体を硬直させる。

「――ふう、久しぶりだったけど、やっぱりいい湯だった……って、んだよお前ら、そんなに俺のこと睨《にら》んで。俺が何かまずいことでもしたか？」

「「………はあ」」

「んだよ、そのため息は」

俺たちの気も知らないで、温泉がよほど気持ちよかったのか、もう一人の幼馴染は呑気《のんき》なものである。

そういうとこやぞ、と妹の海がぽつりと呟いたが、それに対して陸さんは怪訝《けげん》な顔で首を傾《かし》げるのみだった。

雫さんとなんだかんだと話しているうちにお腹《なか》の具合も落ち着いたので、いよいよ俺たちのほうも温泉に入らせてもらうことに。

お互いに旅館が用意してくれた浴衣を着て、俺たちは一階フロアにある浴室エリアへ。

「真樹、どう？　私の浴衣姿」

「えっと……いつもの寝間着とは違う雰囲気で、その、大変よろしいかと」

「ドキドキする？」

「まあ、はい」

　俺の前でくるりと一回転してくれる海。振袖の時もそうだったけれど、やはり海は和の服装がとても似合う気がする、クリスマスの時のようなシックなドレスも素敵だが、それにはない色っぽさのようなものを感じるのだ。

　髪をアップにしたことによって露出した首筋に、ところどころほんのりと赤くなっている部分を見つけて、俺は思わず目を逸《そ》らしてしまった。

　あの時、あまり力を入れてキスをしたようには思わなかったけれど、おそらく俺も興奮していたのだろう。我慢してくれた海に、ちょっとだけ申し訳ない気持ちになった。

「ところで海……その、さっきの雫さんの話なんだけど」

「あ、うん。わかってるかもしれないけど、今日のお風呂の話……ぶっちゃけて言うと、貸し切りだから二人がその気なら一緒に入っても見ないふりしてあげるって。明日の露天風呂の掃除当番は自分だから……みたいな」

「あ～……やっぱり」

　雫さん、余計なことを言っていた。

ここの旅館のお風呂は、大浴場と、屋外にある露天風呂の二つ。どちらも終日利用可能ではあるけれど、露天風呂は一つしかない関係で、時間ごとに男女の利用を分けるシステムにしているそうだ。

案内によると、今はちょうど女性の利用可能な時間帯となっている。なので、普通に行けば『俺→男子大浴場』で『海→女子大浴場もしくは露天風呂』となるわけだが……雫さんが誤魔化《ごまか》してくれるので、たまたま他のお客さんがいない今日に限り、一緒に入っても構わないという。

そして、今日はお客さんが俺たちだけだから、雫さん以外の従業員さんたちも今日はもう帰宅している……と。

まあ、それだけで海があそこまで顔を真っ赤にはしないだろうから、他にも色々と言われたのだろうが……そこは雫さんの過去を詮索したこともあるし、差し引き無しということにしておくしかない。

とりあえず、一緒のお風呂で多少イチャついても問題ない、ということだ。

もちろん、あくまでやり過ぎない程度ではあるだろうけれど。

「で、真樹、どうする？」

「どうする、と言われましても……」

広々とした露天風呂で、海と一緒にリラックスしたひと時を過ごす――こんな機会滅多《めった》にないことだから、一緒に入りたい気持ちは、当然ながらある……けれど。

「……真樹、今ちょっと想像したでしょ？」

「な、なんのことですかね」

なんとかとぼけたが、しっかりとシルエットを思い浮かべてしまった俺である。

……果たして、一緒にお風呂に入るだけで、俺は我慢できるだろうか。

「とりあえず、私は先に行ってるから。真樹は十分ぐらいそっちの脱衣所で待ってから、どっちにするか決めて」

「えっと、それで海さんは大浴場と露天風呂、どちらのほうに」

「さあ、どっちでしょう？」

その時点でどちらが答えなのかは明白な気もするけれど、一応、海としては『選べ』ということらしい。

一緒に入るか、はたまたヘタレるか。

「それじゃ、また後程……ね？」

「……はい」

そうして、いったん別れた俺たちはそれぞれ脱衣所のほうへ。案内によると、ここの露天風呂の入口は二つあり、それぞれ男女の屋内大浴場の奥にある通路から行くように設計されているようだ。

とりあえず、体のほうは大浴場のほうで洗えばいいのだろうけど。

やはり、選択肢は一つしかないような。

「……俺の裸なら、海にいくらでも見られて平気なんだけど」

一人ぼっちの脱衣所で浴衣と下着を脱いで、背後にある大きな鏡にうつる自分の裸をじっと観察してみる。

定期的に海と二人で運動をして少しずつ鍛えていった成果か、脂肪でぷにぷにだったお腹周りはわずかに腹筋が浮き出るぐらいまでには改善し、細かった腕や肩回り、背中なども、高校生の平均ぐらいの体つきにはなっている……と思う。身長もちょっとだけ伸びて、徐々に海の身長を追い越しつつある。

ちょうど下半身の真ん中あたりにぶら下がっているものは……まあ、比較対象が誰もいないのでわからないが、必死に隠すようなこともしない。

それよりも、海の裸を前にして、『反応せずに』冷静でいられるかどうかが心配だ。

気持ちを落ち着けつつ、海に言われた通り待機してから、俺はまず男子大浴場の扉を開けた。

「お邪魔します……おお、これはなかなか」

温泉を売りにしているだけあって、思っていた以上に浴槽が大きく、さらにはジェットバスやサウナに、水風呂なども用意されている。これだけあれば、特に露天風呂に入れなくてもゆっくりと一日の疲れを癒《いや》すことができるだろう。

今日はとりあえずそれどころではなさそうだが。

「っと、まずはちゃんと汗を流さないとな」

浴槽の側《そば》に並んでいるシャワーを使い、肌にたまった汗や汚れをしっかりと落としていく。旅館のシャンプーやボディソープ、コンディショナーの匂いがいつもと違って変な感じがするのも、旅先でのあるあるかもしれない。

「……行く、かな。行ってもいい、よな？」

屋外露天風呂、と書かれた扉を押すと、鍵はかかっていないようですんなりと開いた。利用時間帯によってどちらかのドアの鍵をかけている形なのだろうが、雫さんがこっそりと開けてくれたのだろう。

すべって転ばないよう、足元に気を付けてゆっくりと進むと、もわもわと立ち込めた湯煙の向こう側に、温泉に浸《つ》かっている彼女の頭が見えた。

「……来たよ、海」

「よっ。ちょっと遅かったんじゃない？」

「先にシャンプーとか済ませてたもんで……その、俺も入らせてもらっていい？」

「………………」

海がこくり、と頷《うなず》いてくれたので、ゆっくりと温泉に浸かっていく。温度の方はぬるすぎず熱すぎず、適温といったところか。

あと、温泉の泉質か、わずかに濁っているので肩まで浸かってしまえば、それより下の方は凝視しない限りはわからない。

その点でも、ちょっとだけ安心である。

「真樹、なんでそんな端っこにいるの？　遠慮せずに、もっとこっちにおいでよ」

「……う、うん」

首付近までしっかりと浸かったまま、お尻と手を動かして、ゆっくりと海の隣へ。

さすがに密着するようなことはないけれど、ちょっと手を伸ばせば、お互いの体のどこにでも触れる距離にいる。

「ふ～……今日は早起きだったし、日中も色々あったから疲れちゃったね～……って、私は明日も忙しいんだけど」

「そういえば、海のほうは朝からみぞれさんのお手伝いだもんな。もし大変だったら、昼はどこにも行かずに部屋でゆっくりする？」

「それは却下。せっかく真樹のことドキドキさせるために色々と用意してきたんだから、しっかり使ってあげないと」

「どこまで俺の心臓を酷使すれば気が済むんですかね……」

こちらに着いてからというもの、あまり休む暇もなく、興奮しっぱなしだ。

夕方の散歩でのこと、そして、現在進行形の混浴——欲望のまま行動してしまえばある程度はスッキリするのだろうが、寸前のところでの偶然と理性によって、今のところはギリギリ何事もなく健全に事は運んでいるが、これ以降どうなるかはわからない。

拳一つ分ほど空いているお互いの体が密着して、肌と肌が触れ合った瞬間、きっと俺のなけなしの理性ははじけ飛んでしまうだろう。

顔を上げると、夜空にはいくつもの星が瞬いていて綺麗《きれい》だが、すぐ隣にもっと見惚《みと》れてしまうものがあると考えると、これだけの光景も頭にはあまり入ってこない。

そんな俺の様子を見て、海はくすくすと小さく笑った。

「ふふっ、もう真樹ってば緊張しすぎ……そんなんでよく、あんな大胆なことできたね」

「あの時は俺もだいぶ頭がぼーっとしてたから……いや、今も十分ヤバい感じだけど」

「だよね。真樹、その、おっきくなってるし」

「!? え、う、ウソっ」

俺から露骨に顔を背けた海にそう言われて、俺はすぐに自分のものを確認する。

温泉で体が火照っているせいで気付かなかったのだろうか……いずれ海には知られてるとはいえ、なんて恥ずかしいことを——。

だが、触ってみてすぐに違和感に気付いた。

「……えへへ～、うっそ～」

「…………………」

「わぷっ⁉　こらっ、いきなり彼女の顔になにすんだよ〜。ちょっと鼻に入っちゃったじゃんか」

「うるさい、ばか。ばか海」

「おっ？　なんだあ、やるのかこの意気地なしめ〜」

お返しとばかりに、海が俺の顔目掛けてバシャバシャとお湯をかけていく。

もし周りに人がいたら迷惑この上ないけれど、今日は俺たちだけの貸し切りなので問題ないだろう。ただ、あまり騒ぐのもはしたないので、あくまでほどほどに。

「ぷはっ……もう、真樹ってばお子ちゃまなんだから」

「そっちこそ。学校の時とは違って、随分はしゃいじゃって」

「しょうがないじゃん。真樹とこうするの、なんだかんだで楽しいし」

「それは……まあ、俺もだけど」

「「……ふふっ」」

お互いに見つめ合った後、俺と海はほぼ同時に吹き出す。

体の方はどんどんと大人に近づきつつある俺たちだが、結局はまだまだ子供なのだ。

頑張って背伸びをするけれど、空さんや陸さん、みぞれさんや雫さんとはまだ対等な関係にはなれない。

「ねえ真樹、ちょっとさ、体、触ってもいい？」

「いいけど、いきなりくすぐるのは無しだからな」

「わかってる。今回はおふざけなしだから」

俺の方へぴたりと肩をくっつけると、海はそのまま俺の上半身をぺたぺたと触ってきた。

肩、胸、お腹《なか》、そして背中。これまで二人で頑張ってきた成果を、じっくりと確認するように。

「……うん。真樹、前に較《くら》べると随分がっしりした体格になってきたね。腕とかまだ細いし、お腹まわりはまだちょっとぷにぷにしてるけど。でも、格好《かっこ》いいよ。真樹」

「そういう海だって、可愛《かわい》いよ」

「ふふ、ありがと。でも、そんなに目を逸《そ》らして言われてもあんまり説得力ないな～。本当にそう思ってる？」

「お、思ってるって。ただ、彼女とはいえ、あんまり人の体をジロジロ見るのもどうかなって……」

「真樹」

「はい」

「ちゃんとこっちを見る」

「……はい」

彼女にそう言われてしまうと、もうどうしようもない。

緊張でやけに固い首をぎぎぎ、と動かして、海のほうを見た。

「はい、どうですか？」

「……えっと、」

隠すべきところはしっかりと腕を使っているので見えないが、それでも海の姿ははっきりとわかる。温泉に浸かっているので、当然、マナーとしてタオルは使っていない。俺も海も裸だ。

少しふくよかになったと言っても、それはあくまで以前の海と較べてなので、海のスタイルが悪くなったわけではない。むしろ、個人的にはもう少しあってもいいぐらいだ。

腕だけではこぼれてしまいそうな胸はもちろんとして、腰から足にかけて滑らかな曲線を描いていて、いつまでも見てしまいそうなほど美しい。

普段は白い肌が、温泉によってほんのりと上気しているのも、これはこれでいい。

そこまで伝えると気持ち悪いので、一言で簡潔に、目の前の彼女に伝えるとすると。

「ずっと見ていたい、です」

「よし、正直に言えていい子だぞ。……でも、そこまで言われると、さすがの私もなんか恥ずかしくなっちゃうな」

そう言って、俺から微妙に視線を逸らす海だったが、海の方も、俺の体を、上から下までしっかりと見ていることはちゃんと気づいている。

普段は服でしっかりと隠れている自分のデリケートな部分をさらけ出すのは恥ずかしいし勇気がいることだが、海にはきちんと自分のことを知って欲しいし、また、俺も海のことをもっと知りたいと思っている。

それに、このぐらい慣れておかないと、いざ肌を重ねた時のことが心配でもあるし。

羞恥で顔を赤くしつつも、俺も海も、お互いの体に興味津々だった。

「ふ、ふう。温泉の効果のせいかな、俺、ちょっとのぼせてきちゃったかも」

「わ、私も。のぼせて倒れちゃったらせっかくの温泉も逆効果になっちゃうだろうし、そろそろ上がろっかな」

「そうしようか。……じゃあ、俺、先に行くから」

「う、うん。それじゃ、また入口で」

いつの間にかくっついていた体と、食い入るようにお互いの体を観察していた視線をなんとか離して、俺たちは露天風呂を後にして、それぞれの屋内大浴場へと戻っていく。

「……すごかった、うん」

扉を閉めた瞬間、俺はそう呟《つぶや》く。

いつもよりお湯につかっていたこともあるだろうが、海と離れた今も胸の鼓動は早いままだ。

今日一日で、俺たちの関係は順調に進んでいるように思う。少し前に海の胸に触れて、ついさっきは一緒のお風呂に入って、お互いの裸をしっかりと脳裏に焼き付けて——それだけで限界だったので、それ以上のことをしようとまでは思わなかったけれど、もういつ『そう』なってもおかしくはない。

明日も、海と二人きりになる時間はたくさんある。特に、お昼以降の川遊びは……いや、今は色々考えるのはよしておこう。

これ以上よからぬ妄想を膨らませると、俺の体がどうにかなってしまいそうだ。

ヒートアップしすぎた体と頭を物理的に冷やすため、本来はサウナ後に入るために用意されているであろう水風呂に飛び込む。あまり健康にいいものではないけれど、そのぐらいしないと、一度高ぶってしまった心を抑えきれそうにない。

「……俺、今日、ちゃんと寝れるかな」

別の意味で熟睡できるか不安の中、三連休の第一日目の夜は、ゆっくりと更けていく。

部屋に戻った後、予《あらかじ》め持ち込んでおいたお菓子やジュースなどをつまんで軽く他愛《たわい》のない話をして、俺と海はそれぞれの布団で眠りについた。

海と一緒に夜を過ごすのはもう珍しいことでもなんでもないが、それでも嬉《うれ》しいことに変わりない。

先程のこともあり、このまま寝付くことができるか不安だったが、長旅の疲れもあったのか、俺も海も、布団に入った瞬間、いつの間にか眠っていた。

……もちろん、隣同士だったので、こっそりとお互いに手を繋《つな》ぐのは忘れていない。

一緒の布団でくっついて寝る案だったが、部屋には陸さんもいる手前、あまりイチャイチャし過ぎるのはどうかということで、そこは妥協した。

恋人のぬくもりを手で感じつつ、安心した気持ちで夜を過ごし、翌朝。

「……ん」

部屋の大きな窓から差すたっぷりの朝日と、虫や鳥の鳴き声など、遠くから聞こえる微《かす》かな自然の音で、俺はゆっくりと目覚める。夜のうちに冷房の電源は切って眠りについたものの、気温がそれほど高くないこともあって汗はかいていない。とても気持ちのいい朝だった。

——しゅる、しゅる。

意識がきちんと覚醒するまでしばらく横になっていようと思っていると、ちょうど俺の後ろでそんな音がしている。

なんだろうと思い、そちらの方へ寝返りを打つと、ちょうど浴衣から洋服に着替えている海の姿が。

「あ、おはよう、真樹。ごめんね、起こしちゃった？」

「いや、そのちょっと前に目は覚ましてたから。……もしかして、そろそろ出る時間？」

「うん。来て欲しいって言われてる時間はまだだけど、お婆《ばあ》ちゃんとお母さんの二人はもう準備やってるみたいだから、早めに行ってあげようって」

　旅行気分なのでつい忘れてしまいそうになるが、朝凪家の今回の遠出の目的はみぞれさんの家の用事のお手伝いである。親戚の人たちも集まるとあって、その時に出す料理などを今から作っているという。海や陸さんは部屋の掃除や整理を担当するのだと、昨日の夜、海から聞いていた。

「海、ところで陸さんは？　もういないみたいだけど」

「私が着替えるから、ついさっき部屋から追い出しといた。多分、駐車場に車でもとりにいってるんじゃない？」

「着替え……俺はまだ部屋にいるんだけど、それはいいの？」

「ぐっすり寝てるのを起こすのも悪いし、それに、真樹だったら着替えぐらい見られても別にいいかなって。……真樹、実はちょっと見てたでしょ」

「あの……ごめんなさい」

　ほんの一瞬ではあるが、寝返りをうった瞬間に見えた海の白い背中と、そして薄い水色の下着はくっきりと記憶に焼き付いている。

……正直、目覚めにはばっちりだった。

ひとまず黙って着替えを見てしまったことを謝り、海がそんな俺をからかっていつものようにじゃれ合っていると、陸さんが戻ってきたのか、入口の襖《ふすま》をどんどんとノックする音が。

『——おい、着替え終わったか？　車の方は正面玄関に回したから、朝飯食ったらさっさと行くぞ。もう三人分、用意できてるって』

「む、せっかくの二人の時間を……はいはい、今行く。真樹、ちょっと早いけど、朝ご飯どうする？　もしまだ眠いんだったら、雫さんに言って真樹の分だけ時間遅らせてもらうけど」

「いや、一人だけずらすのも迷惑だし、寝起きだけど俺も一緒するよ。海はお昼前にはこっちに戻ってくるんだっけ？」

「うん。なるべく早めに帰ってくるから、そしたら二人で一緒に外に遊びに行こ。川遊びもだけど、街の方もできるだけ回ってみたいし」

ということで、先日の買い物で選んだ水着の出番だ。

もちろん、俺も一応持参している。水泳の授業以外で水着を使うだなんて本当に久しぶりだけど、それよりも楽しみなのは、やはり。

「ね、真樹ぃ」

「なに？」

「顔赤くなってない？　朝っぱらから、えっち」

「な、なってないし」

「そう？　じゃあ、やっぱり水着持っていくのやめよっかな」

「それは……その、」

「……ダメ？」

「えっと……その、はい……」

完全に海の手のひらの上なので、ここは正直に頷《うなず》いておく。

海の水着姿——見たくないわけがない。しかも、海が持ってきたのは先日選んだものではなく、去年買ったものだ。だから、それを着た姿はまだ見ていない。

昨日の温泉で混浴して、ある程度海の体のいろいろは見させていただいたけれど、それはそれ、これはこれだ。

「ふふ、わかった。じゃあ、しょうがないから持っていってあげる。でもそのかわり、いつもみたいに正直に褒めてね？」

「う、うん。わかった」

一つ疑問があるとすれば、海の持ってきた水着が果たして本当に去年購入したものかどうかである。本人の話を信じるのなら去年のものになるけれど……いや、朝っぱらからよからぬ妄想はやめておこう。

してもいいが、それはもう少しだけ後の話だ。

「さて、兄貴は私たちのイチャイチャに呆《あき》れて先に行っちゃったみたいだし、そろそろ追いかけますか。ちょうどお腹《なか》も空《す》いたし」

「だな。あ、でもその前に……」

「え？」

そうして、海が振り向いたタイミングを見計らい。

――ちゅっ。

俺は、海の頬《ほお》へと軽く口づけをした。

俺の唇が触れた瞬間、ほんの一瞬だけ海の体がぴくりと小さく跳ねる。

「えと……まき？」

「お、おはようのキス……とか、どうかなって思って。ほら、朝迎えに来てくれる時、たまにしてくれるから。今日は学校じゃないけど……でも、したいなって」

「そっか。それなら、まあ、別にいいけど……」

俺からのキスに、海は驚いたように目を何度もぱちくりとさせて、次第に顔を赤く染めていく。

「驚かせるつもりはなかったんだけど、ごめん。俺からする時は、あんまり不意打ちみたいなことはしないようにするよ」

「！　う、ううんっ。大丈夫、そんなことないからっ。ほら、私だって不意打ちでするこ
とあるし、そこはおあいこだから、その……」

少し俯《うつむ》きつつ、海は俺のほうを上目遣いで見、続けた。

「……別に、やめなくていい、よ？」

「そっか。じゃあ、よかったけど」

「うん。その……真樹の気が向いたらいつでもやってくれていいからね。不意打ちでも、
私は真樹にされるの、嫌いじゃないから」

「海がそう言ってくれるなら……わかった、じゃあ、また気が向いた時に」

「うん。よ、よろしく」

ひとまず引かれたり嫌がる素振りも一切なかったので一安心だが、その後の朝ご飯中、
ずっと海が俺にべったり気味だったので、その点、朝から飛ばし過ぎたかもしれないと反
省する。

ちなみに、同席していた陸さんからは当然のごとく呆れられた。

「――真樹、それじゃ、行ってくるね」

「うん、行ってらっしゃい。陸さん、海のことよろしくお願いします」

「ああ。じゃあ、また後で」

朝食後、すぐに車に乗り込んでみぞれさんの家へ向かう二人を見送ってから、俺はひとまず旅館の中を歩いてみることにした。部屋に戻ってゆっくり休んでもいいが、たまの遠出なのに、いつも通りの行動パターンでは、あまりにも味気ない。

「へえ……こんなところがあったんだ」

大浴場をスルーし、そのさらに奥へと向かうと、とある一角に目が留まった。海と一緒にいた時はスルーしていたが、マッサージチェアだったり、卓球台だったりと、軽く遊べるようなものがいくつか用意されていたのだ。

中には、見たことのない古い遊技台らしきものもいくつかあって、単純に興味が湧く。さすがは歴史のある温泉旅館だ。

新しいものを見つけた赤子のように、いたるところをペタペタと触っていると、後ろから声が聞こえてきた。

「——それ、ウチのお父さんが趣味で置いてるヤツだから。お金もいらないし、自由に遊んでいいわよ」

「雫さん」

どうやら掃除を終えたところらしく、旅館内での制服である着物ではなく、最初に配達に来てくれた時と同じTシャツにジーンズとラフなスタイルだった。首には『しみず』と刺繍《ししゅう》されたタオルがかけられ、手にバケツ、肩にはデッキブラシを担いでいる。

着物姿も様になっていたが、やはり、雫さんにはこちらのほうが似合っているような。

「おはよう。昨日は色々と大変だったみたいだけど、夜はぐっすり眠れた？」

「疲れてたので……大変だったのは認めますけど」

「じゃあ、私のお節介もたまには役に立ったってわけだ。……さっき浴室をくまなく調べた時は、それらしい形跡はなかったけど」

「なんの形跡ですか、なんの」

「あはは。もう、そんなに膨れないの」

こうして話していると、雫さんは本当に気のいいお姉さんという感じだ。

雫さんは俺にとって宿泊先の従業員さん……なのだが、陸さんと幼馴染《おさななじみ》であるということもあってか、妙に親近感を抱く。

まるで、もう一人朝凪家の一員が増えたかのように、違和感なく。

「それより、あなたと海ちゃんって、本当に仲が良いのね。それとも近頃の高校生カップルは皆あんな感じなのかな？」

「いいえ、周りからはいつもバカップルだなんだって言われてます。俺たちは別にそうは思ってないんですけど……」

「あら、いいんじゃない？　私にもそういう時期はなかったわけじゃなかったし、好きな人とはいくらベタベタしても飽きたりなんてないしね。……私も、昔はそうだったなあ。二人のこと見てると、本当に羨ましいって思う」

当時の、おそらくは陸さんとの記憶を思い浮かべているのだろう、雫さんは乾いた笑みを浮かべつつ、古い自販機のボタンを押して、二本分のコーヒー牛乳を取り出した。

「はい、前原君の分。昨日のお礼も兼ねておごらせていただきます」

「あ、はい。いただきます」

二人同時に瓶のふたを開けて、くいっと一口。あまり飲む機会はないけれど、この甘ったるい味は、わりと嫌いではない。

「雫さん、一つ、聞かせて欲しいんですけど」

「そんな神妙な顔されると、なんか身構えちゃうなあ……それで、なに？」

「雫さんは、今も陸さんのことが好きなんですか？」

「……ふむ」

俺からの問いに、雫さんは考え込むような仕草で、瓶の中に残ったコーヒー牛乳を見つめるように俯いている。

昨日からずっと気になっていたので聞いてしまったが、やはり答えにくい質問だったろうか。

「……すいません、ちょっと調子に乗り過ぎました」

「気にしないで。どっちかと言うと、思わせぶりな態度ばかりの私のほうが悪いし。それより、私が今でも陸君のことが好きかどうか、だったよね？」

「はい」

「う〜ん……」

しばらく沈黙して、雫さんは俺の方をしっかりと見て答えてくれた。

「……えっと、どちらかというと好きだった、かな。もう、ね。正直、まだわかんないところもあるけど」

「だった、ですか？」

「うん。だって、私、陸君には、前に一度告白して振られちゃってるし。学生の時だけど」

「……え？」

それはまた、意外な過去が。

しかも、陸さんから雫さんへの告白ではなく、まさかの逆告白。

……聞きたい。ものすごく、そこのところ詳しく話を聞きたいが、雫さんは仕事の真っ最中だし、それをあまり邪魔するわけにも……。

「前原君、今の話、すご一く聞きたそうにしてるねえ」

「あの……すいません」

「ふふっ、まあ、私もついつい口を滑らせすぎちゃったか。……でも、『陸君』にはこのこと内緒ね？」

「はい……あの、海には話しても？」

「ま、そこらへんは前原君にお任せいたします。清々《すがすが》しいぐらいのバカッ……じゃなくて、微笑《ほほえ》ましい仲のカップルの間に隠し事なんて、私もさせたくないし」

「バカップルとはっきり言っていただいていいですよ」

昨日初めて会ったばかりの雫さんにすら言われてしまうとは……改めて、朝っぱらから何をやっているのだろう。

夏の旅行、おそるべし。

「それじゃあ、仕事もあるから簡単に話すけど。あの時は……そう、陸君がちょうど高校を卒業するぐらいの時だったかな、冬にね、陸君が戻ってきたことがあったんだけど――」

そうして、側《そば》にあったお客さん用のマッサージチェアに腰かけた雫さんがゆっくりと口を開こうとした時、

「――あ、ママ」

「！　零次」

このタイミングで、零次君がひょっこりと俺たちの前に現れた。

自分で慌てて着たのか、いくつかボタンを掛け違えているシャツに半ズボンに、右手にはゲーム機が握られている。

雫さんを見た時の反応から、どうやらお母さんのことを追いかけてきたわけではないようだが。

「零次、どうしたの？　ダメじゃない、また勝手に旅館を出歩いて……」

「ごめん。でも、トイレのとき、おにいちゃんのこと、みて」

申し訳なさそうな零次君の瞳が俺のほうを見つめている。

どうやら、今回の目的はお母さんである雫さんではなく、俺だったらしい。トイレのために部屋から出た時、ちょうど俺のことを見かけて追いかけてきた……と、そんな感じだろうか。

「そっか。でも、ダメよ零次。お兄ちゃんはお友達じゃなくて、あくまでここのお客さんなんだから。ほら、早くお部屋に戻って……ね？」

「……ごめんなさい」

雫さんを困らせるつもりはなかったのだろう。残念そうな表情を浮かべつつも、零次君は母親の言うことをきちんと聞き入れて、ぺこりと頭を下げる。

ゲーム機をもっているから、もしかしたら俺と一緒に遊びたかったのだろうか。

昨日一緒に山から下りた時、俺にすごく懐いてくれていたので、零次君的にはその時のお礼もしたいと子供ながらに思ってくれたのかも。

そうなると、このまま部屋に返すのはしのびない気がして。

「雫さん、あの……よければ零次君と一緒に遊ばせてくれませんか？」

「……！」

俺の言葉に、沈んでいた零次君の瞳にぱっと光が戻る。

どうやら、本当に俺と遊びたかったようだ。

まだ会って間もないのにそう思ってくれるのは、正直、とても嬉《うれ》しかったり。

「申し出はすごく嬉しいけど……その、いいの？　せっかく一人でゆっくりしてたのに、お邪魔じゃない？」

「いえ、正直言うと、ひとりぼっちでどうしようかなって暇を持て余してたところですから。それに、ゲームは、一人でやるより誰かと一緒のほうが楽しいですし」

ゲームは一人でやっても楽しいが、気の合う誰かと一緒にやるのも楽しい。

俺の大好きな人が教えてくれたことだ。

肝心の話を聞きそびれてしまうのは残念だが、雫さんが話してくれるというのなら、後でいくらでも機会は作れるだろうし、それなら海と一緒に聞いてもいいだろう。

「零次……お兄ちゃんはこう言ってくれてるけど、どうする？　お兄ちゃんの言うこと聞いて、大人しくしてられる？」

「うん、できる」

「そう？　じゃあ、約束ね」

指きりげんまんをしてから、零次君を抱きかかえた雫さんは、そのまま俺のすぐ側にちょこんと座らせた。

「前原君、本来はお客様なのに、何から何まで本当にありがとうね。午前のお仕事早めに終わらせてくるから、それまでお願いできる？」

「はい。……えっと、じゃあ、零次君、俺と一緒にゲームして遊ぼうか」

「うんっ」

子守でなく、年の離れた友達と遊ぶイメージなら、なんとかなるだろう。

こうして、一時的にではあるが、四歳と十六歳のコンビが生まれた。


何度も申し訳なさそうに頭を下げる雫さんのことを見送って、俺たちはすぐにゲームを起動する。今日は普通にお客さんの予約が入っているそうだが、チェックインは午後以降とのことなので、このまま共用スペースで遊んでも構わないそうだ。

「零次君、いくつかあるけど、どれで遊ぼうか？」

「ん～……じゃあこれ」

零次君が指さしたのは全年齢向けのレースゲーム。コミカルなキャラクターとファンタジーなデザインの車を操作する子供向けの内容だが、簡単操作の中にも、意外に細かいスキルが要求されることもあり、大人の中でもガチ勢が多く、公式・非公式問わず大会も定期的に開催されているほどだ。

俺も当然持っていて、海とたまに白熱したバトルを繰り広げているが……今回は零次君が相手なので、あまり本気になるのも大人げないか。

しかし、コントローラーを分け合って二人で一緒にレースを始めると——。

「…………」

「！　おお、そこのショートカット難しいのに……」

開始してすぐにわかったが、零次君のスキルは相当上手《うま》い。部屋に長くいることが多いこともありずっとこれで遊んでいたのかもしれないが、もし何も知らずにオンラインなどで対戦していたら、実は四歳の子供がプレイしています、とは信じなかっただろう。

一戦目は、普通に先着されてしまった。

「おにいちゃん、これよわい？」

「むむ……」

そして、煽《あお》りスキルについてもそこらへんの小学生顔負けである。表情のほうも、先程の大人しい子供のものとは変わって、ちょっと生意気さも出始めている。

子供ならこのぐらいのほうが可愛《かわい》げがある……と頭ではわかっているが、一回りも歳《とし》の離れている子供にあっさりと負けてしまうと、さすがにちょっと悔しい。

「も、もう一回やろう。今度は真面目にやるから」

「うん」

その後はただ、二人で黙々とレースを繰り返す。その間、特に俺と零次君に会話らしい会話はなかったが、対戦内容が白熱していたこともあり、それほど重い空気を感じることなく、あっという間に時間が溶けていく。

ほぼすべてのコースを満遍なく遊びつつ、気付くと、遊び始めたころからすでに二時間ほど経過していた。

対戦内容は、ほぼ五分と五分。海とやる以上に集中した気がする。

「ふう……とりあえず、一旦休憩しようか」

「まだやりたい」

「もちろん。でも、あんまり熱中し過ぎるのもよくないから。……ジュース買うけど、零次君は何がいい？」

「……オレンジジュース」

「はいよ。じゃあ、俺もそれにしようかな」

紙パックのオレンジジュースを二つ分買って、零次君と一緒になってずるずるとストローですする。

このぐらいの年齢の子だと、ストローを噛《か》んだり、飲んでいる途中でこぼしたりする子も多いのだとたまに聞くが、零次君はお行儀よく座って、こくこくと静かに喉を動かしている。

……この子、本当に四歳なのだろうか。そのぐらい、俺の目には大人びて見える。

雫さんがしっかり言いつけているのもあるだろうが、それ以上に、零次君本人が元々持っている性格も影響していそうだ。

「ねえ、零次君」

「？　なに」

「どうして俺と遊びたかったの？　昨日もずっと俺にくっついてたけど……お姉ちゃんのことはあんまり好きじゃない？」

「おねえちゃん？」

「ほら、昨日俺の隣にいた人」

「………」

少し考えてから、零次君はふるふると首を振った。特に海のことは嫌いではないけれど、それ以上に俺に親近感を抱いているらしい。

「……おにいちゃん、パパのにおいする。ちょっとだけ」

「俺が？　えっと、それってどんな匂い？」

「ん～……なんか、けむいかんじ」

「煙いって、まだ小さいのに、よくそんな言葉知ってるね」

煙っぽい匂い……ということは、タバコの匂いということだろうか。もちろん、誓って喫煙などしていないが、同居している母さんは吸っているし、吸殻の掃除なども俺がよくやっているので、灰の匂いが手の先などに残っているのかもしれない。子供は大人よりも嗅覚や味覚が敏感なこともあるそうだから、そういうわずかな感覚から、父親の記憶をたぐりよせてくるのだろう。

「零次君は、パパのこと、好き？」

「……うん」

俺でさえ両親が離婚したのは中学生の頃だったから、甘えたい盛りの年齢で両親のどちらかと離れ離れにならなければいけない辛《つら》さは相当のものだろう。

もちろん、雫さんたち元夫婦がそれだけの決断をしたのには、きちんとした理由があるのはわかる。

だが、今の零次君がそれを理解するのは難しい。

大人の都合に振り回されるのは、いつだって子供だ。

……大人は賢いけれど、でも、とてもずるい。

大人の気持ちも、わからないわけではないけれど。

「そっか。ごめんね、変なこと聞いちゃって。さて、ジュースも飲んだし、ゲームの続きやろっか。次は何やる？」

「うん。それじゃあ――」

暗い話はそこまでにして、俺たちはゲームを再開する。

対戦型のパズルゲームや、テーブルゲームなど、時には俺が教えつつ、そして零次君から『おにいちゃんへただね』とマウントもしっかりと取られつつ、そこからさらに一時間ほど。

「──前原君、ごめんなさい。ただいま戻りました」

「雫さん、お帰りなさい」

「ママ、おかえり」

「ただいま、零次。良い子にしてた？」

「うん！」

ソファから降りた零次君は、真っ先にお母さんのもとへ駆け寄って抱き着く。

小さな子供のお世話の経験などなかったから、当初は上手く相手が出来るか心配だったものの……やはり、ゲームはコミュニケーションツールとしても優秀だ。

それに、ほんの少しではあるが、事情も知れたことだし。

「あ、そうそう。前原君、さっきみぞれさんの家から連絡があったんだけど、海ちゃん、そろそろ帰ってこれるみたい」

「わかりました。では、俺はこれで」

気づくと、俺のスマホにも海からのメッセージが届いている。もうすぐ帰るから準備よろしく——らしい。

「おにいちゃん、ばいばい」

「うん。またね」

さて、零次君のおかげで退屈はしっかりと潰せたので、後は海との二人きりの時間を、じっくりと満喫するのみだ。

4. 陸と雫

零次君《れいじ》と雫《しずく》さんに挨拶をして別れた後、部屋に戻った俺は外出のための準備をする。

川で少し水遊びをする予定なので、自分用の水着に、その他タオルや着替えに、後は虫よけスプレーなど。貴重品や部屋の鍵はフロントで保管してくれるそうなので、お金は必要最低限でいいだろう。

外出用の洋服に着替え、スマホをポケットに入れた所で、後は間もなく帰ってくるであろう海《うみ》のことを待つのみとなるわけだが……。

「どうしようかな、これ」

昨日からずっとバッグの中に潜んでいる、開封したのみでまだ一つも使用していない品を前に、俺は迷っていた。

今日はあくまで遊びに行くだけなので必要ないと思うけれど、部屋に放置したまま出ていくわけにもいかないし、何より、この後戻ってくる陸《りく》さんに見られでもしたら、何と言い訳すべきかわからない。

「……まあ、とりあえず、このままバッグの中で眠らせておくか」

俺のバッグの中を確認するとしたら海だけだし、もしその海に見つかっても『昨日入れたまま忘れてた』としておけば、言い訳としては十分だろう。

そう一人で納得するように頷《うなず》き、再びバッグの奥底に厳重に封印したところ。

ちょうどいいタイミングで海が部屋に戻ってきた。

「海、お帰り。その様子だと、何事もなかったみたいだな」

「ただいま、真樹《まき》。まあ、喧嘩《けんか》する暇もないぐらい忙しかったし、親戚の人たちもいる手前、いつもの調子でバチバチやり合うとはいかないよ。それより真樹のほうは大丈夫だった？　私がいなくて寂しかったでしょ？」

「いや、ちょうどさっきまで零次君とゲームしてたからそこまで……っ、あの、海さん、無言で脇腹をつねらないで」

「……私は真樹がいなくて寂しかったのに、ずるい」

みぞれさんや空《そら》さんも、どうやら皆自分たちの仕事で忙しかったらしく、あまり構ってもらえなかったようだ。むくれて俺のことをつねりつつも、ぴったりと抱き着いてくる海がとても可愛い。

ツンとくる脇腹の痛みに耐えつつ、海のことをしばらく抱きしめる。

少し時間はかかるが、無言でこうしていれば機嫌を直してくれるのでありがたい。

俺もチョロいが、海も俺と同じぐらいにはチョロいのだ。

「海、そろそろお昼だけど、どうする？　一応、お金さえ払えば旅館のほうでお弁当も用意してくれるみたいだけど」

「ん～、せっかくだし、遊びに行くついでに外で食べちゃおうよ。昨日は車から見るだけで、あんまり街の中見て回れなかったし」

「わかった。じゃあ、先に腹ごしらえするか」

「うんっ」

すっかり機嫌を良くしてくれた海と仲良く手を繋《つな》いで、部屋の鍵を預けるためにフロントへ向かうと、雫さんが出迎えてくれた。

「あら、二人とも今からデート？」

「まあ、そんな感じです。それより雫さん、さっきはありがとうございました」

「いえいえ、こちらこそ。零次も、久しぶりに誰かと遊べて楽しかったみたい。……あの子、まだ新しい幼稚園で馴染《なじ》めてないみたいだから」

俺と遊んでいる時はそうでもなかったけれど、やはり外では人見知りが表に出てきてしまうのだろう。

内弁慶なところは、幼い時の俺にそっくりだ。

「あ、そうだ。街の中心部まで歩きだと遠いだろうから、二人ともウチの自転車使って。

電動自転車とはいかないけど、変速機つきで、坂道も楽々」

「いいんですか？　ねえ真樹、せっかくだし、使わせてもらおうよ。移動時間も短縮できるから、その分だけゆっくり遊べるし」

「ん〜……」

思えば二人で自転車を走らせる機会は貴重だし、そもそも歩くより圧倒的に楽なので、お言葉に甘えたほうがいいか。

今日は後に川遊びも控えているので、移動に費やす体力は出来るだけ温存しておいたほうがいいだろうし。

「……わかりました。では、ここはお言葉に甘えて」

「決まりね。はい、これ鍵。自転車は駐車場脇の物置にあるから、使い終わったらそこに戻してね。それでは、いってらっしゃいませ」

「はい。行ってきます」

二人で雫さんにお礼を言ってから、俺たちはそれぞれ自転車にまたがって、街に続く下り坂を漕《こ》ぎだしていく。たまに仕事で使っているのだろうか、カゴのところに小さく『しみず』と書かれたプレートが付いているのが気になるけれど、使わせてもらっているだけでありがたい。整備もばっちりで、ペダルの回転も滑らかだ。

「ねえ真樹、さっきは一応様子見で黙ってたんだけど、私がいない間に雫さんと何かお話とかしたの？　零次君のこととか、色々」

「うん。後で海にもちゃんと話すけど、まあ、成り行きでね」

特に、雫さんがぽろっと白状してしまった『——だって、私、陸君には、前に一度告白して振られちゃってるし』という点について。

雫さんの言っていることが真実だとすると、どうやら二人の仲がここまでこじれた最初の原因は陸さんにありそうで。

……どう考えても、俺たちが余計なお節介を焼いているのはわかっている。けれど、それでもやはり、二人にはきちんと話して、納得した上で答えを出して欲しい。

このまま『ただの幼馴染《おさななじみ》』になるにしても、それぞれの思いがすれ違ったまま疎遠になってしまうのは、きっと寂しいはずだから。


午前中にあったことについての報告と相談は後程ということにして、俺と海は街中を散策することに。ちょうど休日のお昼真っ只中《まただなか》ということもあり、観光客と思《おぼ》しき人たちでメイン通りはそれなりに賑《にぎ》わっている。梅雨時で蒸し暑いこともあり、かき氷やアイスクリームなど、冷たいものをメインに取り扱っているお店がよく目につく。

「あ、真樹ほら見てあそこ。フルーツ丸ごとかき氷だって」

「本当だ。他に軽食もあるみたいだし、あそこに行ってみるか」

近くの有料駐輪場に自転車を置いたあと、俺たちは通りの店の中で一際賑わっている店の中へ。

メニュー表を見る限り、どうやら凍らせた果実をそのまま削ったものを提供しているようだ。イチゴやマスカット、メロンにマンゴーなど、値段はお高めだが、他の人たちが美《お》味《い》しそうに食べているのを見る限り、味の方も間違いないのだろう。

ただ、ＳＮＳ映えを意識しているのか、量の方もかなり多いので、後でお腹《なか》を冷やしたりしないよう、二人で一つを分け合って食べることに。その他は、ハンバーガーやサンドイッチのセットをオーダーした。

「おお～、これが丸ごとイチゴのかき氷……見た目は思ってたのと若干イメージ違うけど、匂いは完全にイチゴだし」

トッピングの練乳をかけて一口含むと、ふわふわな食感と同時に、甘酸っぱいイチゴの風味が口いっぱいに広がる。イチゴの種類もこだわっているようで、いつも食べているかき氷とは、一味も二味も違う。

香料と着色料の違いだけで他の原料はまったく一緒の氷みつも好きだけれど、たまにはこうして贅沢《ぜいたく》をするのも悪くない。

「真樹、ここ、いっぱい練乳かかってて甘そうだよ。ほら、ほら、あ～ん」

「ん……うん、甘くて美味しい。ほら、海もこっちのほう」

「あ〜……ん。んむ、こっちも美味しい。ありがと、真樹」

「どういたしまして」

店内の端の席ではあるけれど、ここまで堂々とイチャつくとさすがに周りからの視線をひしひしと感じる。が、昨日のソフトクリームを乗り越えた俺たちなので、このぐらいはもう大したことはない。

海と恋人同士になって半年だが、気分はまだまだ付き合い始めの頃のままだ。

かき氷を食べつつ、後から来た軽食についてもしっかりと平らげた。この後は腹ごなしついでに街を引き続き見て回り、その後で、いよいよ街の外れにある川のほうへと移動だ。

だが、その前に、海にも午前中の詳細について説明しておく。

昨日のこと、零次君のこと、そして、雫さんと陸さんの間にあったこと。

「マジかあ……雫さんが、あのアニキに……世の中には物好きな人もいるもんだ」

「海さん、それをあなたが言いますか……まあ、陸さんも真面目に働いていた時代はあったわけだし。今はちょっと怠け者だけど」

「怠けすぎなの、アイツは。もう元気なんだから、そろそろ仕事もプライベートもしっかりしてもらわないと。お父さんもお母さんも心配してるし」

海があえて陸さんに厳しいのも、きっと心配の裏返しでもあるのだろう。

今の状況も、もし雫さんが『彼女』として陸さんのすぐ側《そば》にいてくれれば……とつい思ってしまう。

　どうして、陸さんは雫さんの告白を断ってしまったのだろう。

　ひとまず海との情報共有は終えたということで、街のメイン通りを後にした俺たちは、なだらかな山道をしばらく登って、綺麗《きれい》な水が流れているという上流へ。

　地元の人以外は滅多《めった》に来ない穴場的なスポットということで、周辺は車どころか人の通りすらほとんどない。

　というか、本当に藪《やぶ》の中を入って行くようだ。一部は人の手によって草を刈り取った後があるようだが……昨日の散歩道と較《くら》べると、こちらのほうが遥《はる》かに手つかずの自然という感じがする。

「はい、入口に到着。ここから十分ぐらい歩くから、もうちょっとだけ頑張ってね。その分のご褒美はちゃんと用意してるから」

「ご褒美……まあ、期待しておきます」

　道を通行する車の邪魔にならないよう、目立たないところに自転車を置いてから、川の水の流れに沿って、目的の場所を目指す。

「懐かしいな～……ここに来るのも随分久しぶりだけど、記憶のまま、全然変わってない」

「へえ。でも海、ここの道って大分険しいけど、まさか一人で冒険してたわけじゃないよね？　数年ぶりっていうから、小学生以来になるんだろうし」

「もちろん。お父さんと、それからアニキと一緒にね。夏になると、ここに住んでる子供は大体ここにきて遊んでたみたいよ？　水遊びしたり、秘密基地作ったり、調子に乗って転んで怪我《けが》して怒られたりね」

「じゃあ、朝凪《あさなぎ》家の人たちの思い出の場所ってわけだ」

「言われてみれば、そういうことになるかも」

そんな場所に案内してくれるということは、海にとって、俺はもうそれだけの存在になっている、のだろうか。

だとしたらとても嬉《うれ》しく幸せなことだけれど、大地《だいち》さんや陸さんにとっても思い出深い場所だとすると、二人きりだからといって、あまり羽目を外しすぎるのも良くない気が。

……いや、始めからそんなことをするつもりなどないが。

あくまで……そう、あくまで川でほどほどに遊ぶだけだ。

途中で悪路に足を取られて転ばないよう二人でお互いの体を支え合いつつ、無事、目的地と思われるポイントにたどり着いた。水自体はその更に上のほうから湧いて流れているようだが、ここから先は道が険しいため、ひとまずその手前の場所で妥協することに。

「どう？　綺麗でしょ？　生の湧き水だからあまりお勧めはしないけど、昔は飲用として汲《く》んでたりもしてたって」

「へえ。じゃあ、多少水浸しになるぐらいなら大丈夫かな」

海の言う通り、透き通っていてとても綺麗に見える。今は飲み物を持参しているので問題ないが、今日も今日とて相変わらず蒸し暑いし、もし準備がなかったら誘惑に負けていたかもしれない。

肌でなんとなくの水温を確認してから、流れの比較的穏やかな箇所に移動して、足首から下だけ水に浸《つ》かるよう、近くの大きな石にゆっくりと腰を下ろす。

ここまでの移動ですっかり熱くなった体に、穏やかな流れの冷たい水が気持ちいい。

「ふう……ちょっと川の流れが気になるけど、でも、それ以外は静かでいい所だな」

「え？　流れる音で紛れるおかげで、私にいたずらしても誰にも気づかれないから楽でしょうがないって？」

「発言を１００％捏造《ねつぞう》されたんですけど」

せめてもうちょっと原文を切り取ってなんとかして欲しい。

とはいえ、ようやく腰を落ち着けたので、出来ればちょっとだけ海とイチャつきたいという思いはあるけれど。

「ね、真樹」

俺の視線に気付いた海が、意地悪な笑みを浮かべて俺の腕に抱き着いてきた。

「な、なんでしょうか」

「ご褒美、欲しい？」

「……」

「欲しい？」

「……はい、見たいです。海の水着姿」

「え～、どうしよっかな～。んふふっ」

すでに準備は万全なくせに、もっと俺の正直な気持ちを引き出させたくて、そんなずるいことを言う。

旅館から出発する直前に部屋から追い出されていたので、その時、予《あらかじ》め服の下に水着を着ているだろうことはなんとなく察している。

「それじゃあ、その前に一個だけクイズです。これに正解したら、お望みどおり好きなだけ見せてあげる」

「海、今日はいつもよりちょっとだけイジワルだな……で、クイズって何？」

「うん。えっとね――」

そうして、さらに俺に密着してきた海が、くすぐるような声で囁《ささや》いた。

「――私は今日、《どっち》の水着を着ているでしょうか？」

「……ちょっとじゃなくて結構なイジワルだった」

先日購入したばかりの水着はまた次の機会に……というはずだったので、普通に考えれば、答えは一つしかないのだが。

「海、もしかして、この前のやつ持ってきちゃったの？」

「それ言っちゃったらクイズの意味ないでしょ。ほら、どっち？」

「え〜……っと」

もしかしたら、大胆なほうの水着を着ているのかもしれない。

先日の水着選びの際に『他の人にはあまり見せて欲しくない』と言ったけれど、結局どうするかは海の自由だ。

後、一応、『二人きりならＯＫ』という条件も、今ならクリアしているわけで。

いいように海に遊ばれているけれど、それだけ今の俺は海の虜《とりこ》なのだ。

「────」

俺がぼそりと海の耳元で答えを言うと、海がくすっと小さく笑って言う。

「……えっち。やっぱり期待してたんじゃん」

「いや、もしかしたらって思って……それで答えは？」

「もう、そんなに焦らないの。ちゃんと見せてあげるから」

そう言いながら、海がゆっくりと半袖のパーカーとさらにその下のＴシャツを脱ぐと、正解の姿があらわになった。

その姿を見た瞬間、俺はあからさまに頰《ほお》を膨らませた。

「……海ぃ」

「えへへ、ごめんね。ご期待に沿えず」

海が事前に着用していたのは、先日から言っていた通り、去年選んだものと思われる水着だった。

上と下はしっかりと別れておへそは出ているけれど、胸の方は谷間をきちんと隠しているし、下の方はホットパンツのような形である。確かに、先日の勝負水着（とでも言えばいいのだろうか）と較べると肌の露出は控えめだった。両方にフリルがあしらわれていて、とても可愛《かわい》らしい。

ということで、いいように海に翻弄された結果、クイズは不正解。

しかし、水着姿はしっかり拝めたので、きちんとご褒美もいただいた形になる。

そう考えると、意地悪なような、優しいような……本人に自覚があるかどうかはわからないけれど、海にも十分小悪魔の才能があると思う。

もちろん、俺の前でだけ、だが。

「ほら真樹っ、せっかく来たんだし、早くこっちにおいでよ。思ったより浅いから泳いだりはできないけど、涼むぐらいだったら出来るし」

「うん。じゃあ、俺も着替えるから、ちょっとだけ待ってて」

素早く服を脱いで水着に着替えてから、俺はすぐさま海のもとへ。

「真樹、ここらへん足元滑りやすいから気を付けてね」

「え、そう？　石はあるけど、全部丸っこいし苔《こけ》とかも生えてないから全ぜ――わぷっ」

俺が視線を下に落とした瞬間、顔に思い切り水をかけられる。

「……海ぃ」

「にひひ、真樹ってば簡単に引っ掛かるんだから。チョロすぎ」

「それはすいませんでしたね。……じゃあ、こっちもお返しっ」

「わっ、とと。ふふ、甘い甘い。そんなんで私に勝とうなんて十年早いっ」

綺麗な川の流れの中を歩きながら、俺たちは子供のように水をかけあい、時にはお互いに抱き着き、敏感なところをくすぐり合うなどしてじゃれ合い、二人だけの夏の時間をしっかりと楽しむ。昨日の露天風呂でやっていることとあまり変わり映えしないかもしれないが、海と一緒なら、きっと何回繰り返しても楽しいし、ドキドキするのだろう。

好きな人が隣に一人いるだけで、それまで静かだったはずの場所が、途端に賑《にぎ》やかな雰囲気へと変わる。

「あ、真樹。ほら見て、あそこ。小さいカニさんたちが」

「うん。何匹かで横切ってるね。親子かな？」

「かもね。まったく、カニでさえちゃんと所帯らしきものを持っているというのに、ウチのアニキと来たら……」

「カニの話から急にディスられて……陸さん可哀想《かわいそう》に……」

こうして一対一で誰かと話すのなんて、本来は苦手でしょうがないはずなのだが、海に至っては言葉がすらすらと出てくる。

ちょっとぐらいふざけても、空気が読めないことを言っても、彼女ならきちんと反応を返してくれるから、言葉を発することを怖がる必要はない。

おしゃべりが、楽しい。

一人で静かに風景や自然を楽しむのも悪くはないのだろうけど、今の俺には、海と一緒に過ごす今の方が、よりかけがえのない経験になってくれているはずだ。

その後も、水の中の生き物を観察したり、また水をかけあって遊んでは、少し休憩をして……そうして気づいたころには、昼時と較《くら》べて、周囲がわずかに暗くなっていることに気付く。

「もうすぐ四時か……海、ちょっと早いけど、十分遊んだし、そろそろ旅館に戻ろうか」

「だね。あ、その前にさ、もう一回街のほうに行ってみない？　明日は朝のうちに出発しちゃうから、一応、夕《ゆう》たちにお土産と、あとは、お婆《ばあ》ちゃんのところにもう一度寄っておきたいから」

「そういえば……ごめん、お土産のこと、遊ぶことに夢中で忘れてた」

「もう、真樹ってばしょうがないんだから……のんびりしてるとお店も閉まっちゃうし、早いところ着替えようか。あ、一応言っておきますけど……」

「だ、大丈夫。着替えを覗《のぞ》くとか、そんなことしないから」

「え〜、本当かな〜？　……なんて、えへへっ」

冗談はそこそこに、予め持参していたタオルで手早く体を拭いて、着替えの服に袖を通す。背後の物陰で着替えている海の存在が気にならないといえば嘘《うそ》になるけれど、今の俺はあくまで紳士だ。海を困らせるようなことはしない。

……混浴のことや水着の件は、海がちゃんと許可してくれているので、それはそれだ。

「お待たせ。ふふ、ちゃんと私のいいつけを守って偉いぞ」

「俺は犬か……いや、見方によっては似たようなものだけども」

帰りも同じように、二人寄り添って下りの道を行き、自転車が置いてある入口へ。鍵はかけているとはいえ、ひょっとしたら誰かに持っていかれてるかも……と思ったが、来た時と同じ場所で乗り主の帰りをじっと待っていてくれた。

「真樹、ここからだとお婆ちゃん家《ち》のほうが近いから、先にそっち行こ。坂道を下りた突き当たりを左ね。そこから道なりに行けば家が見えてくるから」

「ん。了解」

帰りは下り坂なので、ペダルを踏まずともすいすいと進んでいく。時折吹くそよ風が、生乾きの髪の毛の間を通り抜けていくのが心地いい。

軽快に自転車を飛ばして数分ほどで、みぞれさんの家の瓦屋根が見えてくる。海によると、集まっている親戚の人たちも帰り始める時間帯だというから、あまり迷惑にもならないだろう。それに、結局何も手伝えなかったので、せめて後片付けぐらいは手伝わせてもらいたい。

　しかし、近道だという階段を下り、ちょうど家の裏手辺りまで来た時だった。

「…………！」

「――、――！」

　内容はわからないが、家の中から言い争いをしているような声が聞こえてきた。

「……なんか、騒がしいみたいだけど」

「うん。ただの物音にしてはうるさいし……あと、アニキの声もしたような。もう一人はちょっとわからないけど」

「陸さんの？」

「多分。とりあえず、行ってみようか」

　昨日の準備の際に雫さんがビールケースを持ってきていたから、お酒関係のトラブルでも起こったのか……門の脇に自転車を停《と》め、海が玄関をあけようとドアに手をかけた瞬間。

「――りっくん、待って！」

「雫、すまん。俺、ちょっと頭冷やしてくる」

　そんなやり取りの後、ドアが開くと同時に陸さんが勢いよく俺たちの前に飛び出してくる。雫さんの声に気付いて咄嗟《とっさ》に後ずさったおかげで海とぶつかることはなかったし、すぐ後ろの俺がよろけた海をしっかりと支えたので事なきを得たが、タイミングが悪ければ怪我《けが》をしていたかもしれない。

「ちょっ……アニキ、急に飛び出してきて危な――」

「海か……悪い」

「え？」

海が文句を言う前に、陸さんは俺たちから逃げるように……いや、正確には、俺たちの後ろにいる雫さんを避けるようにして、家の裏手側のほうへと消えていく。

「りっくん、待って。りっくんっ！」

それから少し遅れて、雫さんが室内から出てくる。何か仕事でも頼まれていたのか、昨日のような配達姿ではなく、仲居さんの格好のままだ。

「雫さん、何かあったんですか？」

「海ちゃん、前原《まえはら》君……えっと、後で話すから、ひとまずお婆ちゃんたちのお手伝いをお願いしていい？　広間のほう、ちょっと散らかっちゃって」

着物のせいで走りにくいのか、小さな歩幅で足を一生懸命動かして、雫さんは陸さんの後を追いかけていく。

喧嘩《けんか》か何かがあったらしいが、この様子だと、どうやら当事者の一人は陸さんらしい。

「真樹、家のほうは私がなんとかしておくから、アニキのことお願いしてもいい？　私が言うより、真樹のほうが素直になってくれそうだし」

「わかった。俺も後で陸さんと一緒に行くから、空さんとみぞれさんにもそう伝えておいて」

お互いにグータッチをしていったん別れ、俺は陸さんと雫さんの二人を、海は後片付けをしているであろう空さんやみぞれさんのもとへ。

トラブルが起こったこともそうだが、なにより、温厚そうな陸さんが当事者であることが意外だった。

すれ違った際に陸さんの顔を見たが、特にお酒を飲んだ感じはないし、酒臭さのようなものも一切なかったので、陸さんの方から吹っ掛けたわけではないと信じたいが。

雫さんと陸さんは、ちょうど俺たちが先程通ってきたばかりの細い路地の先にある階段付近にいた。

「りっくん、どうしてあんなこと……仕事で慣れてるから、あのぐらいのこと言われたってへっちゃらなのに」

「でも、嫌だったのには変わりないだろ？　いくら田舎しか知らないオッサンとはいえ、言っていいことと悪いことがある」

「りっくん……」

「……すまん。俺も我慢しようと思ってたんだけど、気付いたら手が出てた。仕事してないうちに、随分と堪《こら》え性《しょう》のない人間になっちまったみたいだ。まったく、これじゃあ高校生のガキのほうがまだマシだ」

詳細は当然わからないけれど、家の用事で集まった親戚（しかも酒に酔った）の一人が雫さんに失礼なことを言って、それが原因で喧嘩になってしまった……経緯としては、そんな感じだろう。

手を出してしまった陸さんも悪いけれど、その前に雫さんを傷つけるような一言を発したほうにも大きな問題がある。

言葉だって、人の心を傷つける刃なのだ。酒で酔っていたから云々《うんぬん》という言い訳は通用しない。

俺だって、もし海が同じようなことを言われたら、黙っていなかっただろう。

「……ふふっ」

「な、なんだよ雫、急に笑ったりなんかして」

「ごめんごめん。でも、やっぱりりっくんはりっくんなんだなって。小さい頃からずっと変わってない。大きくて、優しくて、不器用だけど、いつも私のことを大事に想《おも》ってくれて……あのエロオヤジをぶん殴ってくれた時、正直、ちょっとだけスカッとしちゃった」

「いいのかよ。あんなんでも、一応お客様なんじゃないのか？」

「昔だったらそうかもだけど、時代が変わったからね。セクハラカスハラ上等のお客様なんて、こっちから願い下げよ」

「そっか……まあ、でも一応は謝りに行かないとな。あんなのでも、一応は婆さんや親父《おやじ》の親戚だし」

「うん。私たちも一応大人だしね」

最初の悪い空気感もあって、二人の仲が不穏にならないかと冷や冷やしたが、雫さんを想っての行動ということもあって、それも杞憂《きゆう》で終わりそうだ。

もしかして、海のことを早めに旅館に返したのも、みぞれさんがその可能性を考えたのもあったかも……そこまで考えると、なんだか俺まで『あんなの』に対して怒りが湧いてくる。

長い人生を過ごしてきて、どうやったらそんな無礼な人間が出来上がるのだろう。

いい人、悪い人、どうしようもない人……大人にも、色々な人がいる。

「それよりさ、りっくん、この場所のこと覚えてる？　ちょうど階段のあたり……季節は今と真逆だったけど」

「まあ、多少は。というか、今はその話しないほうが……ほら、お前の少し後ろに聞き耳立ててるヤツもいるし」

「私はそのつもりで話してたよ？　もう昔の話だし。ね、前原君？」

「……え～っと、そう、ですね」

タイミングを見計らって出ていこうと物陰に潜んでいたが、二人にはバレバレだったらしい。物陰で空気になるのなんて、ぼっちの俺にとっては得意技だったはずだが……海と一緒に行動するうち、多少は存在感のようなものも出てきたのかもしれない。

観念して二人の前に出ると、陸さんは恥ずかしそうに頭をぽりぽりと掻《か》くような仕草を見せる。

「真樹、もしかして、その……知ってるのか？　俺と雫の間に何があったか、とか」

「あの……はい。昨日の零次君の件もあって、成り行きで。海にも話しました」

「あのバカにも話したのかよ……いや、別に話しても構わないけどさ。事実だし、今となってはいい思い出みたいなもんだから」

「……うん。そうだね」

強調するように、そして、自分たちに、目の前にいる『子供』の俺に言い聞かせるように二人はそんなことを言う。

二人の言いたいことはわかる。気持ちも理解できる。

お互いに対して、淡いながらも想いは残っている。しかし、いつまでもそれを引きずってもいけない。

彼らはもう子供ではない。もう少しすれば三十歳を迎える、歴《れっき》とした大人だ。会わなかった長い期間で、世間を知った二人は成長してしまった。

ただお互いが好きなだけでどうにかなる時期は、もうとっくに過ぎている。

だから、この話はもう終わった話で、昔の話なのだ……と。

「ねえ、りっくん。よかったらさ、私の仕事が終わった後で、ちょっと飲みに行かない？　高校の時の私の友達なんだけど、ちょうどこの近くで居酒屋さんやってて。もちろん、明日の運転には残らない程度でいいから」

「そのぐらいなら……でも、いいのか？　明日だって朝早くから仕事なんだろうし、それに、零次君だって……」

「大丈夫。明日も仕事だけど、出勤は午後からの予定だし、零次の面倒はお母さんにお願いするから。久しぶりの幼馴染《おさななじみ》の再会だから、きっと認めてくれるよ」

「そうか。じゃあ、おばさんもその、あの時のことは……」

「……うん、知ってる。あの日家に帰ってから、私、結構泣いちゃったし」

「……すまん」

「気にしないで。でも、だからこそ、ちゃんと話そうよ。あの時、『陸君』はなにを考えていたのか知りたいし、後は、私がこの十年で何をやっていたのかも……失敗を含めて、ちゃんと知って欲しい」

帰宅を明日の朝に控えて、雫さんは陸さんに全てを打ち明ける決意を固めているようだ。

打ち明けて、そして、これまでの思い出を完全に過去のものにして、陸さんに対する気持ちについても一区切りつけてしまおうと。

「……わかった。じゃあ、仕事が済んだら、俺のスマホに連絡くれよ。番号はチェックインの時に書いたヤツがそうだから」

「わかった。あ、りっくん、SNSはやってないの？　せっかくだし、そっちでもやりとりしようよ」

「ああ……まあ、それは飲みの時にでもな。じゃあ、真樹、そういうことだから、海にも伝えておいてくれ」

「了解です。じゃあ、海と先に寝てますね」

夕飯のほうも俺と海の二人分でいいことを伝えてから、陸さんは気を取り直して、俺と雫さんの二人を連れて、先程の喧嘩の件を謝罪すべく、みぞれさんたちの元に戻る。

まず最初に出迎えてくれたのは、海だった。

「……お帰り、アニキ」

「た、ただいま。その、母さんたちは？」

「床にぶちまけられたビールその他もろもろのお掃除中。……あと、親戚のおじさんはみぞれお婆《ばあ》ちゃんが『もう二度と来るな』って、少し前に叩《たた》き出《だ》しちゃったから」

「わかった。……海、すまん」

「いいよ。まあ、こんなんでも家族は家族だし。でも、私に謝るヒマがあるならさっさと二人のとこ行ってきな。ほら、早く」

「あ、ああ」

急《せ》かすように背中を押してくる海にされるがまま、陸さんは空さんとみぞれさんの待つ広間へと消えていく。

普段はいがみ合っていても、やはり、こういう所はきちんと兄妹《きょうだい》だ。

俺は一人っ子だが、海と陸さんを見ていると、ちょっとだけ羨ましくなってくる。

「アニキのことはともかく、雫さんは大丈夫だった？　事情はお母さんからちょっとだけ聞いたけど、ヘンなところとか触られてない？」

「ちょっとだけお尻と太もものあたり触られちゃったけど、揉《も》まれたとかじゃないから平気。むしろ私がぶっ飛ばせなくて残念だったかも。ああもう、今になってから、だんだん悔しくなってきたかも。すぐに後を追いかけて、車に置いてある備品のガスバーナーであのハゲ頭の残りの髪の毛焼いて、完全に永久脱毛してやりたくなってきた」

「いいですね。ついでに私がさらに追撃でマウントからの膝をお見舞いして顔面も破壊してやりましょう。セクハラ親父なんて、この世から全員いなくなればいいのに。ねえ、真樹もそう思うよね？」

「うん、まあ……そうすね」

二人とも冗談のつもりなのだろうが、楽しそうに笑っているわずか一瞬に本気（と書いてマジ）の顔が見え隠れする（気がする）から怖い。

……海と恋人で、本当に良かった。そうでなければ、今ごろ俺は人間の形を保っていられないぐらい破壊されていただろう。

その後も海と雫さんを中心に軽い世間話をすること数分。どうやら謝罪を終えたらしい陸さんが戻ってきた。これからどこかにお使いにでも行くのか、両手にいっぱいの果物やお菓子などが入った紙袋を抱えて。

「……戻ったぞ」

「りっくん、ちゃんとお婆ちゃんにごめんなさいできた？」

「当たり前だろ。……とはいえ、これから迷惑かけた他の親戚たちの謝罪回りしなきゃだから、お前たちは先に帰っててくれ」

「そんな。迷惑かけちゃったのは私もだし、それなら私もりっくんと一緒に……」

「いや、婆さんから『一人で行ってこい』とさ。それに、雫は夜まで仕事だろ？　俺に構ってたら、飲みに行く時間が無くなっちゃうぞ」

「言われてみれば……じゃあ、その分今日の飲み代は私が奢《おご》らせて。先に私のことを守ってくれたことのお礼も兼ねて。ね？　いいよね？」

「そんなに強く迫らんでも……まあ、奢りたいっていうなら、好きにしろよ」

「うん。好きにする。……じゃあ、行ってらっしゃい、りっくん」

「ああ……行ってきます」

最初に出会った時のようなパワフルさを取り戻した雫さんに送り出されて、陸さんは車を走らせる。

どうなることかと思ったが、とりあえず、大事になることはなさそうだ。

「……あのバカ。雫さんが『りっくん』って呼んでくれてるんだから、ちゃんと『しぃちゃん』で返してやればいいのに」

「ね。でも、昔っから恥ずかしがり屋さんだから。行動で示してくれるのはいいんだけど、たまには言葉でもちゃんと表してくれると私的には百点なんだけど」

「ですよねっ。真樹、ちゃんと聞いてる？」

「……はい、しっかりと勉強させていただいております」

俺も可能な限りは言葉にして気持ちを伝えるよう頑張っているけれど、なんとなく恥ずかしさが邪魔をして、大事な時につい固くなってしまう。

俺と海の間は上手《うま》くいっているように見えても、現状は未熟な俺に対して海が寛大な心で受け入れてくれているだけで、本来は雫さんの言う満点には程遠い。

恋人になったらそこで終わりではない。そこからもずっと気持ちを伝え続けて、お互いの『好き』を維持しつづけなければならない……と俺は思っている。

……陸さんと雫さんのように、なってしまわないように。

みぞれさんと空さんに挨拶とお礼を済ませた俺たちは、それぞれの用事を済ませつつ、宿泊場所である『しみず』へと戻った。先ほどの件で時間をとられたこともあり、あまりじっくりとお土産を選ぶ暇はなかったものの、ひとまず人数分のお土産を用意できたので、そこはミッション成功ということにしておこう。

わりとどこの観光地にもありそうなお饅頭《まんじゆう》に、ゆるキャラっぽい雰囲気を醸し出す謎キーホルダー。微妙なチョイスだが、天海《あまみ》さんならきっと喜んでくれるだろう。

「海、夕飯前にさっとお風呂に入っちゃおうか。今日はさすがに遊びすぎてちょっと汗臭いし」

「だね。じゃ、今日こそ一緒に洗いっこでもする？」

「し、しません。というか、今日はもう他のお客さんもいるからダメでしょ」

「ふふ、冗談だよ～。……でも、家に帰ってからなら？」

「…………」

「黙秘か？　こら、素直に白状しろ～」

正直に言えばしたいけれど、自宅の狭いお風呂で一緒に入るとなると……よからぬ光景が脳裏によぎりそうなので、ここはひとまずはぐらかして（出来てない気もするが）おくことに。

小悪魔モードの海に翻弄されつつ、なんとかそれぞれの大浴場に分かれる。露天風呂のほうは、男性の時間帯→女性の時間帯の切り替えのための清掃中らしく、入口の扉はきちんと鍵がかけられている。

あまり他の利用客の邪魔とならないよう、大きな浴槽の隅っこにゆっくりと浸《つ》かった。

「……ふう」

両手ですくった温泉を顔にかけて、天井を仰ぐ。

なんだかんだで楽しかった旅行も、あっという間なもので、明日の昼過ぎには自宅に戻ってまたいつもの日常に帰っていく。

海と過ごす時間が楽しくてついつい忘れてしまいがちだが、連休が明けるとすぐに七月となる。すぐに一学期の期末試験が控えているし、来年こそは海と一緒のクラスになるという目標を掲げている以上、試験対策は怠らないようにしなければ。

試験が終われば、後はいよいよ夏休み本番となるわけだが……その前に、望《のぞむ》が所属する野球部の夏大会の予選が始まり、また、七月七日の七夕は、天海さんの誕生日だってある。

そして、夏休みに入った八月には、俺の誕生日も。

勉強、遊び、大事な友人へのお祝いと、むしろこれからが慌ただしくなっていくだろう。

ちょっとぼーっとしているうちに夏休みも過ぎ去り、そうなると季節は秋だ。

俺と海が『友だち』になった、あの季節が再び戻ってくる。

俺たちの先の予定は、ひとまずそんな感じになるだろうが。

「……あの二人、どうするのかな」

先程のこともあってか、どうしても考えてしまう。

俺たちのお節介によるものかはわからないけれど、ひとまず、陸さんと雫さんは、今日の夜、お酒を酌み交わしながら、これまでのことを正直に打ち明けるはずだ。

雫さんの結婚から離婚に至るまでの話や、雫さんの告白を拒否してしまった後の陸さんの生活のことなど……二人きりだからこそできる、デリケートな部分まで。

どうするのかな、と言ってはみたけれど、結局はほぼ間違いなく、皆が考えている結論に落ち着く。

大の大人二人が、現在のお互いの立場を冷静に考えて決めたことだ。それなら他人でお子様の俺が口を挟む余地はない。

……それは、わかっているけれど。

「とりあえず、もう上がるか」

そんなことをぐるぐると考えているとあっという間にのぼせてしまい、いつもより早く大浴場を後にする。

着替え用の浴衣にさっと着替えて、休憩スペースに置いてあるマッサージチェアに腰を

下ろす。海のことを待ちながら、のぼせた頭をゆっくり冷まそうかと考えていると、

「！　あれ、真樹ってば、もう上がったの？」

「海……そっちこそ、いつもより大分早いんじゃないか？　いつもならもっとのんびりしてるはずなのに」

「そうなんだけどね。……アニキと雫さんのこと、ぼーっと考えているうちに、なんだかあっという間にのぼせちゃった気がして」

「そっか。じゃあ、俺と同じだ」

「真樹も？　まったく、私たちってばどこまでも似た者同士だね。真樹と一緒にいるうちに、お節介なところまですっかりうつっちゃったみたい」

お互い同じ気持ちでいることを知り、目が合った俺たちは同時に吹き出した。

離れていてもお互いの心が通じ合っているような気がして、改めてほっとする。

「ねえ、真樹」

「うん」

「私たちはさ、これからも、ずっと一緒だよね？」

「……うん。この前のプリクラにも書いたけど、ずっと一緒だ」

「へへ、ありがと。そうだよね、私たち、そう約束したもんね」

俺の言葉に安心したのか、海はへにゃりと表情を崩して、俺の胸に顔を埋《うず》めるようにし

て抱き着いてくる。

時折こうして甘えん坊になるのはいつものことだが、海がこうなるのは、大抵何かがあって不安になっている時だ。

心配性の海だから、陸さんと雫さんの間に流れる雰囲気を、自分たちに当てはめて、つい想像してしまったのかもしれない。

しおらしくなっている海を安心させるため、俺は今まで以上にぎゅっと腕に力を込めて抱きしめた。

「……大丈夫だよ、海。俺は何があっても、海の側《そば》から離れないから」

「うん。ありがとね、真樹。……大事な人たちがああいうふうになるのを間近に見るのって、私、何気に初めてだから」

「俺も慣れないよ。父さんと母さんのことは自分の中で一区切りしたつもりだけど、やっぱり、まだたまに夢に出てくる時はあるし」

自分では克服したつもりでも、決して良い思い出になるわけでもない。

きっと、まだ後少し時間が必要なのだ。

「……海、今日、一緒に寝ようか」

「良いけど……それは、同じ布団で、だよね？」

「うん。ちょっと狭いし暑苦しいかもだけど……あ、もちろんくっついて寝るだけで、その、途中で体触ったりとか、そういういやらしいことは絶対しないから」

「そう？　でも、一緒に寝てると真樹って大抵下のほうがおっきく――」

「そっ……それは生理現象だからノーカウントということで」

昼寝の時など、一応気を使って上手く隠していたつもりだったけれど、どうやらそこもバレバレだったらしい。

……海にはもう、本当に何も敵《かな》わない。

「と、ともかく寝床は昨日と同じで三人分用意してもらうようお願いして、寝る時に俺が海のほうに入るから」

「うん。……いつもありがとね、真樹」

「海こそ、いつも俺のこと甘えさせてくれてありがとう。本当に助かってる」

他のお客さんの目もあるということで、公共の場でのいちゃつきはほどほどにして部屋に戻る。

室内ではちょうど、雫さんが俺たちの分の夕食の準備をしてくれていた。

「お帰りなさい、二人とも。こっちのおひつにご飯入れてるから、おかわりはそっちで各自よそってね。食器はまた後で別の者が回収しにくるから」

「わかりました。……雫さんは、これからお店に？」

「うん。ロビーに陸君のこと待たせてるから、私も着替えて早く行かなくちゃ」

行ってきます、という言葉を残して、雫さんは足早に部屋から出ていく。

二人がいつ戻ってくるかはわからないが、俺たちが寝て起きるころには、全てが決着していることだろう。

もどかしい気持ちはあるが、二人がしっかりと話し合って出した結論なら、俺も海もそれで納得するつもりだ。


昨日と同じく美味《おい》しい夕食をお腹《なか》いっぱいいただき、さらにその後、予《あらかじ》め購入していたお菓子やジュースなどをつまんでささやかな宴会を行った後、俺と海は、陸さんの帰りを待たずに布団の中に入った。

帰ってくるまで起きているつもりだったが、時刻が夜中の〇時を過ぎてしまうと、今日の疲れもあってさすがに瞼《まぶた》を開けていることはできない。

夜食後の歯磨き+トイレを忘れずに済ませて寝室へ戻ると、先に俺のことを待っていてくれた海が、自分の隣をぽんぽんと叩《たた》いた。

「……真樹、おいで」

「うん。えと、お邪魔します……」

部屋の明かりを消し、言われた通りに布団に潜り込むと、海が俺の体にすり寄るようにしてくっついてきた。

それに合わせるようにして、俺も海の体に腕を回して、すっと自らの懐へ抱き寄せる。

「えへへ……夜にこんなふうにくっついて寝るのなんて、久しぶりだね。クリスマス前のあの時以来じゃない？」

「うん。やっぱり、この体勢が一番落ち着くかも」

布団を二つ並べて、手を繋《つな》いだまま寝るのもいいけれど、俺的には海の存在を最も近くで感じることのできるこの形が一番好きだ。

ほのかに漂う甘い匂いに、時折鼻をくすぐるさらさらとした黒髪と微《かす》かな吐息、すべすべの白い肌と、柔らかな体の感触……海と一緒にいて、最も嬉《うれ》しいと思う瞬間の一つだ。

瞼を開けると、すぐ眼前に、とろんとした瞳で俺のことを見つめる可愛《かわい》い顔がある。

「……海、眠らないの？」

「真樹がちゃんと寝てるのを確認したら、私もすぐ寝る」

「じゃあ、もし俺が寝たふりしてたら？」

「ふふ、残念。そういうのは真樹の心臓の音ですぐわかるから。……ちなみに今はいつもよりほんの少しドキドキしてる」

「え、なにそれすご……まあ、ではお先に失礼しますってことで」

さすがに心臓の音まではコントロールできないので、諦めて俺の方から瞼を閉じて、ゆっくりと意識を落としていく。

すぐ近くで俺のことをじっと見ているはずの海の視線が気になるけれど、今の俺はすでに大好きな彼女に身の全てを委ねてリラックスしている状態なので、それが大きな睡眠の妨げにはならない。

昨日も今日も、こうして海と夜を一緒に過ごすことが出来て幸せだ――そう思いながら、気持ちのいい眠りにつこうとしていた矢先、

――つん、つん。

「……んぅ」

数分後、頰《ほお》を軽くつつかれたような気がして、俺はうっすらと瞼を開けてみる。

すると、当然ながら俺のすぐ目の前には眠たげな顔をしている海がいて。

「海、どうしたの？」

「んふふ。真樹、もう寝たかなって思って。その確認」

「その寸前だったよ。海も眠いんだろ？　明日も早いし、一緒に寝よう」

「うん」

海のことを抱き寄せ直して、俺は再び瞼を落とす。

海の微かな息遣いを聞きながら、今度こそ一日が終わろうとしている――と思いきや、

――つん、つん。

「…………」

——つん、つんつんつん。

「……海ぃ」

「えへへ」

眠いけれど、さすがにこう突っつかれると気になってしまう。

断続的に起こるつんつん攻撃にたまらず目を開けると、いたずらっ子の海が俺のすぐそばで笑っていて。

「海、まだ眠くないの？」

「ううん、割と眠い。でも、このまま寝ちゃうのももったいない気がしちゃって」

「夜更かしは体に良くないって、教えてくれたのは海だぞ」

「一日ぐらいなら平気だよ。ね？　真樹、一緒に眠気の限界目指そ？」

「もうわりと限界なんですけど……まあ、もったいないって気持ちは俺も同じだから、もう少しだけお喋《しゃべ》りでもするか」

「ふふん、今夜は寝かさないぜ」

「眠いのに海は元気だなあ……まあ、せっかくだし、今日はとことん付き合うよ」

「そうこなくちゃ。さすがは私の彼氏」

「どういたしまして」

ということで、俺の前では途端に不真面目になる可愛い彼女に付き合う形で、二日目の夜のお喋りは延長戦に入る。

旅行に関する話題はすでにほぼ話し尽くしたので、現在はいつも自宅でしているような他愛《たわい》のないゲームや漫画についての話になっているけれど、いつもと違う場所、違うシチュエーションなので、内容は同じでもとても新鮮に感じる。

こういうのも、きっと旅行の良い所の一つなのかもしれない。

まあ、俺の場合、海が隣にいてくれさえすれば、なんでもいいのかもしれないが。

その後のことはあまり良く覚えていないが、二人でお喋りしてじゃれ合っているうちにそれぞれ限界を迎えたらしく、俺と海は互いに寄り添ったまま、静かな眠りについた。

布団は清潔で寝心地もよく、空調もしっかりと効いているので、二人で密着していても暑苦しいこともない。

明日帰る予定がなければ、きっと昼前あたりまですやすやと静かな寝息を立てているところだろうが。

……今回の旅行は、なかなかそう自由にはいかないようで。

——真樹、真樹。

「う……ふぁい……」

俺の名前を呼ぶ誰かの声が聞こえて、俺はうっすらと瞼を開ける。周囲がわずかに明るくなっているので、時間的には明け方あたりになるのだろうか。

寝返りをうち、俺のことを呼んでいる声の主のいるほうへ視線をやると。

「陸さん、ですか……？」

「おう。すまん、真樹。今帰った」

「お帰りなさい……朝帰り、みたいですね」

「ああ。俺は運転があるから結局飲まなかったんだけど、雫のほうがちょっとな。さっきアイツを女将《おかみ》さんに預けて、今戻ってきたとこだ」

スマホを見ると、時間は朝五時を回ったあたり――雫さんが旅館から出たのが昨日の夜八時過ぎたあたりだったから、飲みの方はかなり盛り上がったらしい……主に雫さんが。

幼い子供がいるのに朝帰りとはあまり褒められたものではないのだろうが、その分、しっかりとお話しし、お互いに落とし所をはっきりと決めたはず。

……なのだが、その割に、俺の目に映る陸さんは、昨日以上に苦い顔をしていて。

少し意地悪だが、ここははっきりと訊《き》いてみたほうがいいだろう。

「……それで、どうしたんですか？　こんな朝早くに俺のこと起こして……チェックアウトどころか、朝食の時間までまだ大分時間あるみたいですけど。俺と海が一緒に寝てるのが、そんなにマズかったですか？」

「いや、それはもうお前らで勝手にやってろって感じだが……その、そうじゃなくて、俺がお前に用があるというか……」

「こんな朝っぱらから、ですか？」

「……すまん。でも、どうしても話したくて。お前と二人で」

「俺と、ですか？　海じゃなくて？」

「ああ。そいつがいると、色々うるさくなりそうだから」

陸さんの様子を見るに、どうやら込み入った話になるらしい。

瞼をこすり、ぼやけた視界をクリアにしてから陸さんの顔を見る。

それは、何かに迷っている人のそれだった。俯《うつむ》き、目の前にいる俺の顔をなるべく見ないよう視線を左右に動かし、そして頬がほんのりと赤い。

陸さんは飲んでいないそうだから、お酒の影響ではないとすると……残る可能性は。

「真樹、その……お前に相談があるんだ」

「相談……具体的には？」

「それは、その……」

逡巡《しゅんじゅん》しつつも、陸さんは俺に正直に打ち明けてくれた。

「恋愛、相談……というか」

「……なるほど」

俺だけを起こした時点で何かあったことはわかっていたが、雫さんとの一対一の話で、陸さんの心を揺り動かす何か、忘れていたはずの感情が再燃したのだろう。

そして、そうなるとあまり時間がない。『しみず』のチェックアウト時間は朝九時を予定しているから——残りおよそ四時間で、陸さんは自分の気持ちに整理をつけなければならない。

大人として冷静に判断するか、それとも自分の気持ちを正直に相手にぶつけるか。

俺は、陸さんの背中を、どちらのほうへ押してあげるべきなのだろう。

5. これから、ゆっくりと

部屋で相談していると海《うみ》が起きてしまう＋妹にはあまり聞かれたくないという陸《りく》さんの希望もあり、それでは朝風呂も兼ねて大浴場のほうで話をすることに。

すやすやと寝息を立てる海を布団に残して部屋を出ると、先に準備をして待ってくれていた陸さんがタオルを差し出してくれた。

「すまん、真樹《まき》。あのバカのこと振り切ってくるの大変だったろ」

「いえ。ちょっと時間はかかりますけど、お願いすればちゃんと話は聞いてくれますから」

部屋の外で話をするには布団から出なければならないわけだが、一緒の布団でくっついて寝ていたため、当然、俺が起きた時点で海は俺の懐にしっかりと潜り込み、俺から離れないよう浴衣の襟あたりをばっちり握りしめていたので、まずはそれを解放してもらわなければならない。

寝ぼけた状態で俺に甘えてくる海には『トイレに行かせて』とお願いしてひとまず解放してもらったが、相談内容によっては随分と長いトイレになるので、部屋に帰ったらお説教になることも覚悟しておかないと。

ただ、そうしてでも、今は、陸さんの相談は受けておきたいと俺は思った。

静まり返った廊下を二人で歩き、男子大浴場へ。露天風呂のほうで話すのも悪くないかと思ったが、どうやら生憎《あいにく》『清掃中』で利用できないらしい。

浴衣を脱ぎ、脱衣かごに荷物を置いたところで、並んで着替えていた陸さんが、俺のことを覗《のぞ》き込んできた。

主に、下半身のほうを。

「……ふむ」

「な、なんですか急に」

「いや……なんかこう、思った通りの大きさと形してんな～……って」

「そ……そういう陸さんこそ」

「ま、まあな。昔はもうちょっと調子良かったはずだったんだけど」

「調子で変動なんてするもんですかねコレ……まあ、その感覚は、わからなくもないですけども」

男同士でしかできない話で親近感のようなものを抱きつつ、お湯で体を洗い流してから、陸さんとともに温泉へ浸《つ》かった。

「ふ～……昨日も入ったけど、やっぱり気持ちいいな、コレ。体の中の嫌なものが抜けていく気がする」

「ですね～……風呂に入るのってそこまで好きじゃないんですけど、ここなら一時間でも二時間でもゆっくりしていられます」

ふう、と大きく息を吐いた俺たちは、しばし無言で天井の照明をぼーっと眺める。

朝食の時間までのんびり朝の温泉を楽しみたいところだが、その前に本題を忘れてはいけない。

リラックスするのは、後からだ。

「ところで、雫《しずく》さんとはきちんと腹を割って話せましたか？」

「まあ、な。俺は素面《しらふ》だったけど、雫の勢いに押されてあれよあれよと……全部」

「それは良かった……でいいんですかね？」

「いいんじゃないか？　十年前のことも、一応はちゃんと謝れたし」

ひとまず最低限、やるべきことにはきちんと決着をつけてきたようで何よりだ。

「雫さんのこと……やっぱりずっと前から好きだったんですね。そして、きっと今も」

「………………ああ」

そう言って、陸さんは小さく頷《うなず》いた。

一人っ子の転勤族で、幼馴染《おさななじみ》どころか友達すらいなかった俺には想像することしかできないけれど、幼少時の友達との楽しかった思い出は、いつまで経《た》っても色あせることはきっとないだろう。

それが、大好きな女の子だったとすれば、なおさら。

※※※

——陸、雫ちゃんと仲良くしてあげてね。


俺、朝凪《あさなぎ》陸としぃちゃん——清水《しみず》雫の出会いは、彼女が生まれたころにまで遡る。

俺の記憶に残っているのは二、三歳以降だけれど、婆《ばあ》さんの家の古いタンスに収まっているアルバムには、赤子時代の俺たちが並んでいる写真がいくつも残っている。

同じものを食べて、同じもので遊び、同じベッドで寝ている——清水家と朝凪家の付き合いは、俺が生まれる前に亡くなってしまったという祖父の頃からだというから、家族ぐるみの付き合いだ。

同年代の子供がほとんどいなかったこともあり、必然的に二人で一緒に遊ぶことが多くなり、そして、それは物心ついてからも変わらなかった。

「──待って、待ってよ、りっくん」

「しぃちゃんが歩くのが遅いんだよ。ほら、頑張って足を動かさないと置いてっちゃうぞ」

「あ〜ん、待ってよ〜」

子供の頃のしぃちゃんは、健康には何の問題もなかったけれど、体が小さく、そのせいで体力もなかった。年齢は一つしか違わないけれど、俺の身長が高かったこともあり、周りからは年の離れた兄妹《きょうだい》にしか見られなかった。

この子のことは俺が守ってあげなければ、と思った。

初めて彼女と会った時の記憶はおぼろげだけれど、その思いだけは、確実にあったことを覚えている。

「うえ〜ん、りっくん〜……」

「ったく、しょうがないなあ……」

俺はすぐさま来た道を引き返し、べそをかきだした幼馴染のもとへ。

俺が全面的に悪いわけではないのだろうけど、しぃちゃんが泣いていると、俺が母さんや婆さんに怒られてしまうから、こうなると大抵俺が折れることが多かった。

「ほら、手つないでやるから、一緒に行こ」

「……うん」

俺が戻ってきて安心したのか、すぐに泣き止《や》んだしぃちゃんは俺の手をすぐにとって

……と思いきや、そうはせずに、俺の体に抱き着いてきた。

「おい、また……手を繋《つな》ぐだけで、抱っこまではしないぞ」

「じゃあ、おんぶ」

「どっちも同じだっての……んだよ、まだちょっとしか歩いてないのに、もう疲れちゃったのか？」

「うん。もう歩けない」

「コイツ……」

俺が甘いのもあるのだろうが、この頃のしぃちゃんはかなりの甘えん坊でもあった。

大人がいる前では大人しいくせに、こうして二人きりになるとわがまま放題で、俺の前ではちょっとした暴君に早変わりする。

このまま放っておいて一人でどこかに行ってしまおうかと思うが、思うだけで、結局は幼馴染のわがままに付き合ってしまう。

「ああもう……ほら、おんぶしてやるから、ちゃんと摑《つか》まってろよ」

「！　ありがと、りっくん。だいすきっ」

「わっ……なんだよもう、急に元気になりやがって……」

そうぶつくさいいながらも、この幼馴染には逆らえない。

だって、彼女のことを守るのが俺の仕事なのだ。

それに、俺自身、誰かに頼られるのは、なんだかんだで嬉《うれ》しいことでもあるわけで。

しぃちゃんはとても可愛《かわい》い女の子だった。幼少期のころは容姿のことなど特に気にしたことはなかったけれど、小学校にあがり、少ないながらも他の生徒たちと一緒に過ごすうち、彼女がどうして大人たちにちやほやされるのか、その理由がわかったような気がした。

「りっくん」

「…………」

「ねえ、りっくんってば」

「…………」

「おーいっ、朝凪陸君、聞こえますか～？　五月五日、子供の日生まれ、最後におねしょしたのはつい半年前――」

「ああもう、聞こえてるっ。聞こえてるから、それ以上はやめろってば」

「だって、りっくんたら急に私によそよそしい態度とるんやもん、だから、ちょっと心配になって」

そのころになると、体の弱かったしぃちゃんも徐々に体力がつき、またそれに伴い他の子たちと較《くら》べても遜色のない体つきになっていった。

近所でも評判の美少女、将来の『しみず』の看板娘――いつの間にか、そんな風に呼ばれるようになっていた。

「……別に大したことじゃねえよ」

「大したことないんやったら、なんでそんな避けるん？　……もしかして、私と話すのが嫌になったとか？」

「っ……いや、そういうわけじゃないけど」

「じゃあ、なに？」

整った顔と、つぶらな瞳。そんな顔でまっすぐに見られると、答えないわけにはいかない。

成長して、それほど俺の手がかからなくなっても、彼女の押しにだけ弱いのは変わらずだった。

「……一個上のヤツらにからかわれたんだ。『いつもいつもオンナと一緒にいて恥ずかしいヤツだ――』って言われて、学校でも、それ以外でも、ことあるごとにこっそりバカにされるようになったから、それで……」

「それで、私とあまり話さないようにした？」

「……まあ、そんなとこ」

物心がつき始めた子供にありがちな話だが、街に子供の数が少ないこともあり、ちょっとても集団で言われてしまうと、『世間ではそういうものなのか』と勘違いしてしまう。子供を取り巻く世界は、意外にも狭い。

俺個人としては、しぃちゃんのことはあくまで『幼馴染』の『友だち』で、異性として明確に区別はしていなかったが、周りは俺たちのことをそうは見ていなかったらしい。

都会と較べて刺激の少ない退屈な田舎では、格好の的だったのだ。

「ふ〜ん……一個上のヤツらっていったら、隣の区の男の子たちのことだよね？　いつも三人でまとまって行動してる」

「うん」

「へえ。女の子と一緒にいて恥ずかしいってりっくんには言うのに、自分たちは私に『仲良くしよう』って言うんだ？」

「……え？」

「この前だけど、りっくんが家の用事で学校をお休みした時に言われたんだ。『たまには俺たちと一緒に遊ぼうぜ』って。なんか気持ち悪かったから、すぐに断ったけど」

「……アイツら」

学校ではそれなりに仲良くしていたけれど、裏ではそんなことをやっていたらしい。

恥ずかしいのは一体どっちだ。

そう考えると、こうしてちょっとでも幼馴染のことを避けた自分がバカみたいに思えて、とても情けない。

「それで、どうする？　私のこと、もうちょっとだけ避ける？」

「……やめる。ごめんしぃちゃん、余計な心配させた」

「そうだよ、もう。何か嫌われることしたかな、って、ほんのちょっとだけだけど、不安だったんだから」

　そう言って、しぃちゃんは後ろから俺のことをぎゅっと抱きしめてくる。

　それなりに成長しても、相変わらず俺たちは幼馴染だった。

「あ、りっくん。今日は私のトコで遊ばない？　お父さんが趣味で新しいアーケード台買ってきたから、それやろうよ」

「お代は風呂掃除で勘弁してあげる、って？」

「……へへ〜、いや〜、今週お客さんが多くてさ。マメに掃除しないとお母さんたちにどやされちゃうから。旅館の娘の辛《つら》いところやね、コレ」

「まったく、調子のいいヤツだな……」

　まあ、それでもやはり断りはしないのだが。

「……ねえ、りっくん」

「なんだよ」

「ちょっと、耳貸してもらっていい？」

「え？」

俺の許可を待たず、俺の耳に顔を近づけたしぃちゃんは囁《ささや》く。

「――私が遊ぶ男の子は、りっくん一人だけだから」

「お、おう……そっか」

「うんっ！」

頰《ほお》をほんのりと染めて俺へ笑いかけた幼《おさな》馴染《なじみ》を見た時に、俺は初めての感覚に襲われる。

ドキドキして、恥ずかしくて彼女のことを見ていられなくて……心ではそう思っていても、視線は彼女の可愛らしい顔から一ミリも動かすことができない。

この時、俺は初めて目の前の『幼馴染』を『一人の女の子』として意識し始めた。


だが、そうして順調に仲を深めていく俺としぃちゃんにも、大人の世界は半ば強引に変化を求めてくる。

……ウチの母さんの二人目の妊娠・出産と、少し前から話が進んでいた新しい家への引っ越しである。

父さんの収入が少なく、三人で暮らすには家計が厳しかったということもあり、生活が安定するまで祖母の家に同居させてもらっていたという事情は、俺も子供ながらに理解していたけれど、まさかここまで急に話が進むとは思っていなかった。

家族が増えるのは、もちろん嬉しい。年の離れた妹は俺にとっても可愛い存在になるだろうし、これから四人で暮らすにあたり、婆《ばあ》さんの家に住み続けるのは手狭であることもわかっている。

問題は、しぃちゃんと離れ離れになってしまうことだ。新しく友達が作れるかという不安ももちろんだが、なにより好きな女の子と離れるのが嫌だった。

一時は俺だけでもこのまま婆さんの家に残るつもりでいたが、両親の説得や、生まれたばかりの妹のこともあり、最後には首を縦に振るしかなかった。

もちろん、そのことはすぐにしぃちゃんに相談した。彼女も納得して俺のことを気持ちよく送り出そうと思ってくれたのだが、引っ越し当日は、案の定、二人ともボロボロに泣いてしまった。今思い返しても、人生であれだけ泣いたのはその時だったように思う。

離れてもずっと一緒だということ。

出来るだけ毎日連絡を取り合うこと。

夏や冬に帰省するときは必ず一緒に遊ぶこと。

など、色々な約束をして、最後には笑ってお別れできたけれど、見送りに来てくれた幼馴染の姿が見えなくなった途端、引いたはずの涙が再び止まらなくなった。

「……陸、雫ちゃんのこと、大好きだったのね」

「……別に、そんなんじゃねえし」

「あら、そう？　でも、ちゃんとマメに連絡はしてあげなさいよ。陸はまだわかんないだろうけど、少しでもサボっちゃうと、それまでどれだけ仲良しでもあっという間に疎遠になっちゃうから」

「……俺とアイツはそんなんじゃないし」

「皆最初はそう言うんだけどねえ……まあ、雫ちゃんすごく可愛いから、他の人に取られたくないなら頑張りなさい」

「だ、だから、俺たちはそんなんじゃないって」

恋人同士ではまだないけれど、お互いにとって誰よりも大切な幼馴染で、友人であることには変わりない。

しぃちゃんとは小さい頃からずっと一緒だった。強い絆《きずな》で結ばれているのだ。

だから、ちょっとぐらい離れ離れになったところで、この関係が揺るぐことなんかない。

絶対に。

別れた直後は、そう思っていたはずなのに。

現在の朝凪家に引っ越して数年が経《た》った。

当時、幼馴染と離れたくない一心でメソメソと泣いていた俺も高校生となり、体のほうは大人と比較しても遜色ないほどの体つきになっている。仕事の都合で家を空けることが多い父さんの代わりとして、俺が母さんや妹を守る立場になっていた。

「――お兄ちゃん、何やってんの？　早く学校行かないと遅刻しちゃうよ？　ってお母さんが」

「ああ、うん。わかってる。もう出るから」

とある日の朝、小学校に入学したばかりの妹へそう応じる。

もちろん、寝坊をして支度ができていないとか、そういうことではない。

近況報告のために毎月必ず送るようにしている、しぃちゃんへの手紙――その内容で悩んでいたのだ。

「……どうしよう、マジで」

毎月最低一通は必ず送る、とは決めていたものの、その締め切りはとっくに過ぎている。もう少しすると、二か月何も返事をしないままになってしまうところだ。

内容についてはなんだって構わない。勉強のこと、学校のこと、友達のこと、最近始めた趣味やハマっていることなど――もしくは直近の悩みなど、なんでもいい。

嘘《うそ》をつかず、正直に書きさえすれば。

しぃちゃんからは、毎月決まった時期になると必ず長文の手紙が送られてくる。新しい友だちが出来た、興味本位で耳にピアス穴を開けたらお母さんにめちゃくちゃ怒られた、りっくんと連絡を取り合っていることが仲の良い友だちにバレて揶揄《からか》われた、等々、本当に一か月の間にあったことを事細かに書いて送ってくれる。

『最近、りっくんからのお手紙が遅いから、心配しています。もし何か悩み事があったら、電話でもなんでもいいので教えてね。りっくんは、私にとって大事な幼馴染なんだから』

直近の手紙の文末に書かれたメッセージを見て、俺は申し訳ない気持ちになる。

彼女が、日々のことを包み隠さず正直に書いてくれているのだから、こちらも同じようにするべきだ。

特にこれといった出来事が無ければ、『何もない』『勉強もせず、ゲームばかりしてゴロゴロしてた』と送ってもいい。しぃちゃんには呆《あき》れられるかもしれないが、便りがあることで安心させることはできる。手紙が面倒であれば、電話で直接話したって構わない。

だが、今は、どちらも何かと理由をつけてそれから逃げるようになっていて。

「お兄ちゃん、学校～！　ってお母さんが～！」

「……わかってるよ、今行く」

結局一文字も進まなかった白紙の便せんを机の引き出しに入れて、俺は逃げるようにして自分の部屋から出ていく。

朝早くから学校に行くのは気が乗らないが、白紙の手紙に向き合うよりは、まだ幾分かマシである——そんな心境に、今の俺は陥ってしまっていた。

異変の兆候は、小学校を卒業し、中学に入学したあたりからすでにあった。

小学校と違い、中学以降は同級生との横のつながりに加え、先輩・後輩の上下関係にも気を使わなければならない。新たな環境、『友達』とはまた違った新たな人間関係──引っ込み思案の俺にとって、それは大変なことだった。

そして、当時の俺は、まんまとドツボにはまってしまっていた。

「──先輩、ちんたら動いてないで、さっさとボール拾ってくださいよ。レギュラーの俺たちが間違えて踏んで怪我《けが》でもしたらどうするんですか」

「……ああ、ごめん。今、やるから」

「ったく、頼みますよ、先輩」

中学時代、持ち前の身長の高さを買われてバレー部に所属していた俺だったが、運動神経が良くないこともあり、三年間、ずっと万年補欠状態だった。練習は真面目にやっていたけれど中々上達せず、練習試合などでは常にサーブやスパイクの的にされ、同級生どころか下級生にまで馬鹿にされる始末。

そういうこともあり、部内ではおろか、所属するクラス内でも親しい友だちはほとんどいなかった。イジメられるようなことはなかったけれど、どこにいても、俺は常に一人で過ごしていた。

小学校ではそれなりに仲良くしていたはずの人たちも、今は別のグループに入って、俺のことなどまったく興味を示そうともしない。

「……手紙、なんて書こうか」

学校のことを書きたくても、今の冴《さ》えない状況をしぃちゃんに伝えるのは、どうしても憚《はばか》られた。

これまでどんな時でも『頼りになる兄貴分』だったはずの俺が、少し人の多い程度の場所に出ただけで、まったく別人のようになり、暗い学生生活をひっそりと送っている。

そんな情けない、格好悪い姿を、どうして正直に伝えることができようか。

子供の頃から、ずっと好きだった女の子に。

ちょうどその頃から、俺の手紙から『部活』や『友達』に関する記述が消え、『勉強』や『趣味』に加えて、それまであまり話すことのなかった『自分の家族』についての話題に枚数を割くことが増えていった。

少しずつ、自分の話を、意図的に削り始めていたのだ。

そうやって誤魔化《ごまか》し誤魔化し、どうにかして幼馴染のことを心配させまいと手紙の内容をこねくり回していた俺だったけれど、いよいよ高校時代に入ると、唯一手紙で自慢できていた『勉強』すら、次第におぼつかなくなっていく。中学時代の詰め込み型の勉強方法では通用しなくなったのか、そもそも要領が良くなかったのか——一年、また一年と進級する度に、学年順位がずるずると落ちていく。

学年順位が二桁から三桁へ、そして三桁から平均以下へ――そうなると、今後の進路についても危うくなってくる。

「――陸、今日の三者面談でも先生に言われたけど、志望校、どうする？　変更して地元の私立にしておく？　それなら今の偏差値でもなんとか、」

「いや、このままでいい。このままでやらせてくれ。……俺、頑張るから」

今のところの志望校は県内で一、二を争うレベルの公立大学である。今通っている高校の上位五十人の内二桁合格出来ればいいほうという難易度で、現在の成績を考えると絶望的だが、それでも俺は教師や親の提案に首を横に振った。

何か一つでもいい、誇れるものが何か一つ欲しかった。健康な体以外には、運動も容姿も平均かそれ以下の人間の、最後にしがみつけるものは勉強しかない。

頑張って努力して、それが実を結べば、きっと自分に自信がつく。

……幼馴染に、自分の気持ちを伝える勇気も。

滑り止めの私立もきちんと受験することを条件に両親を説得した俺は、そこからさらに勉強に励んだ。

周囲が遊びや恋愛に現《うつつ》を抜かしている間も、俺は机にかじりついて必死に頑張った。

勉強は嫌いだ。出来れば遊びたいし、ゲームや漫画を読んでゴロゴロしていたい。

しかし、それ以上に、幼馴染《おさななじみ》に褒めてもらいたかった。

すごいね、頑張ったね、おめでとう、さすが私の自慢の幼馴染のお兄ちゃんだ――。

格好いい所を、見せたかった。

腹をくってなりふり構わず頑張ったおかげで、右肩下がりだった成績は上昇に転じ、私立のほうはほぼ確実に合格するだろうというレベルにまで持ち直した。

このまま努力を続ければ、きっと第一志望にだって手が届くはず。

もう少しだけ時間があれば……の話だが。

※※※

「――とりあえず、ここまでが俺がやらかす直前までの話だ。……すまん、もうちょっとかいつまんで喋《しゃべ》れればよかったんだろうけど、つい余計なところまで」

「いえ、陸さんのことが色々知れましたし、むしろありがたいです」

ここまででも、この後に話してくれるであろう雫さんからの告白を断ってしまった理由というか、当時の陸さんがどういう心理状況に陥っていたか理解できる。

好きな人に自分をいいように見せたい、情けないところを見られたくないというのは、きっとほとんどの人が一度や二度は思うのではないだろうか。

といいうか、今の俺なんか、しょっちゅうそんなことばかり考えている。勉強も運動も、建前としては『将来の自分のため』だが、本音はただ単純に、『頑張っている自分を海に見せて褒めてもらったり、慰めてもらいたい』だけなのだ。

好きな人がいると、どうしてもそうなってしまう。自分は冷静なつもりでも、傍《はた》から見ると正常な判断が出来ていないように見えている状態だ。

「ちょうど勉強の成果が出始めたのが、高三の冬の十二月……だから、当時のセンター試験の一か月ちょい前だな。両親も一年なら浪人してもいいとは言ってくれたけど、それは断ったよ。浪人したら婆《ばあ》さんに頭を下げてお金を出してもらわないといけないのは知ってたし、なにより浪人なんて格好悪くて、雫になんて報告すりゃいいんだって、あの時は思ってたから」

周囲に相談できる同年代の誰かがいればまた結果は違っていたのだろうが、先程の話でも出ていた通り、陸さんには気の置けない友人は雫さん以外にほとんどいない。

そうなると、ますます一人で考えることになり、結果として視野が狭くなっていく。

陸さんの言う通り、完全にドツボにはまっている形だ。

「……それで、そのすぐ後に、陸さんは決定的に間違えてしまう、と」

「ああ。体も少し落ち着いたし、話の続きをしようか。……大丈夫、もうすぐ終わるから。本当に、あっさりとな」

聞いている俺としても辛《つら》い気分になるだろうが、これをきちんと聞かなければ、俺もきちんと陸さんの背中を押してあげることはできない。

なにせ、陸さんの過去話は、あくまで相談の前段階——本題は、これからなのだ。

※※※

受験シーズンをいよいよ来月に控えた冬の十二月、いつものようにしぃちゃんから手紙が届く。

『りっくん、今年は受験だけど、一応年末はこっちに帰ってくるんだよね？　直接会って激励してあげたいから、帰る時は絶対に連絡してね。予定、必ず空けておくから。

ＰＳ：手紙、たまには送って欲しいな。最近私ばっかり送ってるから、りっくんもちゃんとお返ししてよね』

あなたの大切な幼馴染より——という文末の言葉を見て、俺は胸がぎゅっと締め付けられる。

秋にあった三者面談以降、書きかけの手紙は一向に埋まらず、ついに返事をしなくなって三か月が経過しようとしていた。

いっそのこと全部ぶちまけてやろうと、やけになって何度も思った。学校なんて一つも楽しくないし、信頼できる友達だっていないし、最近は趣味の時間すらも勉強のために充てて——そんなネガティブな感情で真っ黒になった便せんを見るたびに我に返り、そこからまた新しく書き直すという作業を繰り返していた。

そんな俺とは対照的に、しぃちゃんは楽しそうに日々の青春を謳歌《おうか》していた。一つ年下の彼女も来年になれば俺と同じ目に遭う……と言いたいところだったが、彼女は要領もいいのか学業もかなり優秀らしく、このままの成績を維持できれば、どこの大学でも余裕で合格できるだろうとのお墨付きももらっている——そう、手紙には書いてあった。

あまりに対照的な状況に、泣きたくなってくる。

「……母さん、その、年末のことなんだけど」

「？　今年はお父さんも仕事で忙しいし、陸も受験でしょ？　海もお友達と遊ぶ約束してるっていうから、年末は家でのんびりしようかなって思ってたんだけど……あ、もしかして、雫ちゃんと会う約束でもしてた？」

「いや、そういうんじゃ——」

「あら、一丁前に照れちゃって。勉強も大事だけど、ちょっとぐらいなら雫ちゃんと会って元気もらったほうがいいんじゃない？　陸、最近目に見えてナーバスになってるし。お婆ちゃんには私から連絡しておいてあげるから」

「あ〜……えっと、それじゃあ、頼んだ」

本音を言えばあまり会いたくなかったけれど、手紙の返事も書けていないし、これ以上心配させたくない気持ちもあったので、申し訳なさから首を横に振ることができなかった。

母さんは俺たちのことをすでに恋人同士か何かだと勘違いしているらしいが、まったくそんなことはない。

今の俺としぃちゃんとでは、まったく釣り合いがとれていないから。

結局、俺だけ婆さんの家に一泊だけ帰省することになり、あっという間に年末を迎える。会いたくないと思っていても、その時が近づいて来ればやはり緊張するもので、久しぶりに帰省してきたというのに、婆さんのことなどそっちのけで、鏡に映る自分の容姿ばかりを気にしていた。

少しだけでも、好きな子に見栄《みえ》を張りたかった。

婆さんはそんな俺を見て呆《あき》れていたけれど、うるさく言うこともなかった。

緊張であまり喉を通らなかった食事をなんとかお腹《なか》の中に入れて、待つこと少し。

約束の時間より少し早く、ピンポン、と来客を告げるベルが鳴った。

「お婆ちゃん、こんばんは！　あの、いきなりですけど、りっくん……帰ってきてますか？」

「ああ、いつもと様子が違って大分ヘンだけどね。おーい、陸、お客さんだよ～、雫ちゃん。前髪ばかりいじってないで、さっさと出迎えてやりな！」

「う、うっさいな……わかってるからっ」

ご近所に響きそうな大きな声で、婆さんが俺のことを呼ぶ。

様子がおかしいのは俺も理解しているが、よりにもよって幼馴染の前でばらしてくれるとは。

小恥ずかしさで頰《ほお》に熱が帯びるのを感じつつ、俺は久しぶりに成長した幼馴染の前へ。

「久しぶり、りっくん。なんか、前会った時よりも大分身長伸びてるね。一メートルぐらい？」

「んなわけ。俺はどこのビックリ人間だ。五センチだよ、五センチ。去年の夏からはな」

「それでも結構すごいと思うけど。私なんて、一ミリも伸びてない……体重は増えるばっかりなのに」

久しぶりに会ったしぃちゃんは、さらにぐっと綺麗《きれい》になっていた。本人は体重が増えたと嘆いているようだが、どこからどう見てもスタイルのいい美少女にしか見えない。

化粧する必要のないシミ一つない肌、くりっとした丸い瞳、形の良い小さな唇、艶のある長い黒髪。本人からはそういった話は一切聞かないけれど、言い寄ってくる男の一人や二人、必ずいるはずだ。

　大人に近づいていくにつれ、幼馴染の魅力はさらに増していた。

　会うたびに、どんどん彼女が遠い存在に感じられていく。

「しぃちゃん、その……髪、伸ばしてるんだな」

「あ、これ？　うん、長いほうが似合うよって友達に言われたから、気分転換に。校則で今はポニテにしてるんだけど……その、似合ってる、かな？」

「あ、うん。いいん……じゃないかな。俺にはそういうの、よくわからないけど。でも、その、綺麗だと思う」

「そ、そっか。ありがと……えへへ」

　照れくささもあり、俺としぃちゃんの会話はいつも以上にぎこちない。

　話したいこと、謝りたいこと、言わなければならないことはたくさんあるはずだが、久々の再会が嬉《うれ》しすぎて、その気持ちばかりが溢《あふ》れて会話が続かない。

　直前まで気乗りしなかったはずなのに、彼女を前にした瞬間、そんなことは一気に吹き飛んでしまった。

「ねえりっくん、その……ちょっと寒いけど、外で話さない？　昔みたいに、街をぐるーっと一周しながらさ」

「まあ、しぃちゃんがいいなら、俺は構わないけど……婆さん、そういうわけだから、ちょっと出かけてくる」

「はいよ。ついでに雫ちゃんのこと、旅館まで送り届けてやんな。この時間に出歩いているヤツなんていないだろうけど、夜道は危ないからね」

「わかってるよ。……じゃあ、行ってきます」

あまり遅くならないうちに戻ることを婆さんに伝えて、俺はしぃちゃんと一緒に玄関の外へ。

夜になって気温がさらに下がり、真っ暗な空からはちらちらと雪が降り始めている。ここが都会なら、煌《きら》びやかな街の照明やイルミネーションなども含めて幻想的な景色だろうが、ウチのような山間部では、このぐらいの雪は日常茶飯事なので、特に感慨深いものはない。

「……こうして歩いてるとさ、昔のこと思い出しちゃうね。雪が積もって真っ白になった道を、手を繋《つな》いで、二人で足跡つけて歩いて」

「あったな、そんなことも。あの時のしぃちゃん、ちょっと目を離すとすぐ転んでビービー泣いてたから……俺が意地悪したって勘違いされて婆さんに良く怒られたわ」

「そういうのもあって、冬になったら天気にかかわらず必ず手つないでたよね。……懐かしいなあ」

そう言って、雫が俺の手のほうにちらりと視線を落とし、それから俺のほうを上目遣いで見てくる。

……そんなふうにやられてしまうと、どうにも弱い。

「……じゃあ、誰が来るまで、久しぶりに繋ぐか。その……寒いから手も冷えるし」

「だ、だね。ポケットに手を入れるよりも、人肌のほうがいいかもだし」

そんな適当な言い訳をしつつ、俺たちは互いの手を取り合った。

久しぶりに感じる幼馴染《おさななじみ》の手はとても暖かく、そして、懐かしかった。

昔、飽きるほどに握っていた幼馴染の手の感触は、月日が経《た》っても何ら変わることがなく目の前にあって。

「…………」

「…………」

数少ない街灯の明かりが照らす道を、俺としぃちゃんはゆっくりと歩いていく。

手を繋いで歩く――ただそれだけのことなのに、心臓の鼓動がいつもより早い。

この街を出て行ってから数年。引っ越し時にあれだけ泣きわめいていた俺たちも、離れていた間にすっかり成長して、色々なことを知った。

幼稚園ぐらいまでは一緒にお風呂に入ることもあった俺たちも、今はお互いのことをしっかりと『異性』として意識している。

手を繋ぐだけで、こんなにも顔が熱くなってしまうほどに。

「りっくん、もうすぐ受験だね。あまり聞いちゃいけないことなんだろうけど、勉強は順調？　公立志望なのは知ってるけど、私立も受けるんだよね？」

「ああ。俺は公立一本でいいって言ったんだけど、両親が受けろってうるさくてさ。合格しても絶対行かないのに」

「ふふ、りっくんはそうでも、やっぱりおじさんとおばさんは心配だろうからね。本番前の予行演習ってことにしておけばいいんじゃない？」

「予行になればいいけどな」

心の中では今の時点ですでにプレッシャーで押しつぶされそうだが、しぃちゃんの前では強がって、そんな舐《な》めた発言ばかり飛び出してしまう。

滑り止めとはいえ、今の俺の学力では決して安心できないはずなのに。

「……それより、お前だって来年は同じ立場だろ、俺の心配なんかしてていいのか？」

「ふふん、そう思うでしょ？　……でもほら、これ見て」

「？　これは……全国模試の結果か？」

雫がコートのポケットから取り出された一枚の紙には、先日結果が出たばかりの大手予備校が主催した試験の結果が細かい数字とともに記されている。俺も受験して、厳しい現実を突きつけられたばかりだ。

「……これ、本当に雫のか？　友達のじゃなくて？」

「む、りっくんってば疑ってるの？　名前だって、ちゃんと書いてるでしょ。『清水雫』、りっくんの大事な幼馴染の女の子の名前が」

「大事な……って、それ自分で言ってて恥ずかしくならないか？　……まあ、別に真剣に怪しんでるわけでもないけど」

改めて数字を見ると、全教科で九割——教科によっては満点に迫る点数を取っていることが示されている。

学校の定期試験とは違い、六割以上の点数を取ることすら比較的難しいとされる模試でこの結果だ。当然、志望校判定には『Ａ』が並んでいる。

その中には、俺がどれだけ頑張っても『Ｄ』以下にしかならない、第一志望の大学についても。

その瞬間、今まで大人しく心の奥底に眠っていた醜いなにかが、少しずつ漏れ出してくるような気がして。

「あのねりっくん……実は私も、りっくんと同じ大学に行きたいって思ってるんだ。学費も、今の成績ならまず間違いなく奨学金ももらえるだろうからって、先生が」

「……そっか。それは、よかったな」

「うんっ。学費以外はアルバイトとかして工面しなきゃで大変だろうけど、将来のこと考えたらそっちのほうが絶対良いし……後は、その、りっくんもいてくれるだろうから」

「そ……か」

しぃちゃんの目にはこれからの輝かしい未来が見えているのだろうし、このまま行けば確実に実現するのだろうけど、俺には別の光景しか思い浮かばない。

今の俺では、彼女の隣にいれるだけの能力や資格がない。

年明け三月、受験に失敗した俺へ憐《あわ》れみの視線を向けるだろう。

そして、きっと幻滅するはずだ。


――嘘《うそ》つき。

――あれだけ偉そうなこと言っておいて、全然ダメだったんだ。

――りっくん、格好《かっこ》悪い。

――最低。なんか今まで慕ってたのがバカらしくなってきちゃった。


違う。しぃちゃんはそんなことを言うような女の子じゃない。

もし俺の受験が上手《うま》くいかなくても元気づけてくれるだろうし、仮に浪人したとしても『それなら四年間一緒に通えるね』とポジティブな言葉で、落ち込む俺を前向きにさせてくれるはずだ。

だから、今正直に謝れば間に合うはずだ。

「あの、しぃちゃん……」

「？　どうしたの、りっくん」

「……え、っと――」

言え。全て吐き出して楽になってしまえ。

くだらないプライドなんか全部捨てて、今抱えている悩みも、目の前の幼馴染に対する恋心も、洗いざらい告白してしまえばいい。

そうすれば、まだきっと間に合う。

俺が必要なのは、自慢できる学歴や資格ではない。

欲しいのは、今まさに俺の目の前にいる、たった一人の大事な――。

「……りっくん？」

「いや、ごめん。なんでもない」

「え～？　そんなこと言われると、余計に気になる～。なんだか元気もなさそうだし……私に出来ることなら、相談に乗るよ？」

「……大丈夫、受験が近いから、ちょっとナーバスになってるだけだよ。それが終われば、すぐに治るから」

「そう？　それならいいけど……」

しかし、寸前のところで、俺の中に残っていたなけなしのプライドが邪魔をしてしまった。

……いや、大丈夫だ。試験まではまだ時間は残っているし、厳しくても可能性はある。最後まで希望を捨てないことが、受験では大事なのだから。

告白するのは、きちんと『合格』という結果を出してからにしよう。失った自信を取り戻して、今よりもマシな面構えですれば、きっと彼女だって受け入れてくれるはずだ。

今はまだつり合いは取れないけれど、いつかは。

だが、結局その『いつか』は、いつまで経ってもやってこなかった。

高校を卒業しても、就職しても、そして、今現在に至るまで。

決定的な間違いに気付いた時には、もう何もかも遅かったのだ。

※※※

「……ふううう」

一通り話し終わった後、陸さんは大きく息を吐いて俯《うつむ》く。

ここまで聞いてまず、海に似ていると思った。大事な人にすら悩みを打ち明けることができず、限界になるまで一人で抱え込んでしまうところなんか、まさに兄妹《きょうだい》である。

「ひとまず、俺の昔話はここまでだな」

「えっと、雫さんからの告白の返事がまだ残ってるような……」

「その辺のことだけど、俺、ほとんど覚えてないんだ。昨日雫から聞いた話だと『ごめん』って、その一言だけずっと繰り返していたらしいんだけど……ちゃんと覚えている範囲だと、翌日の朝からだったかな。婆《ばあ》さんが言うには、まるで死人みたいな顔してたたって」

その日を境に、連絡を取り合うことがなくなった二人の仲は一気に疎遠になった——と。

それが、およそ十年前に陸さんが犯した間違いの全てで、今の冴《さ》えない状況を作り出すことになった始まりでもあった。

その後、当然のように第一志望の大学には合格できなかった陸さんは、滑り止めで受験していた私立大学になんとか合格し、大学生活をスタートさせる。

大学に入っても、それまでの学生生活とほぼ変わらず、一人教室の隅っこで講義を受けて、それが終わったら家に帰る。その繰り返し。

ただ、勉強だけは変わらずやっていたおかげもあり、大学の成績はかなり良く、就職自体は苦労しなかったという。当初目標としていたルートではなかったものの、それでも大《だい》地《ち》さんと同じ職業であることには変わりない。

今までのことを忘れて、陸さんは仕事に打ち込んでいく。

……しかし、ここでも、まるでそうなることが運命であるかのように、陸さんの前には落とし穴が待ち受けていた。

慣れない環境で無理がたたって、陸さんは体を壊してしまった。人間関係の問題などはなかったそうだが、俺と同じくコミュニケーション不全の陸さんにはどうしても水が合わず、仕事の失敗や悩みを抱え込んだままじっと耐えているうち、ある日、目が覚めると体がまったく動かなくなり——そうして、今の陸さんがある。

ちなみに、仕事を辞めるよう進言したのは、他でもない大地さんだったそうだ。

「……これが、今までの俺だよ。端折《はしょ》ったところはあるけど、簡単に言うと、本当に何もなかった。お前は俺のことを尊敬してくれてるみたいだけど、本当は薄っぺらい人間なんだ。唯一自分が心を開ける女の子にすら、自分の正直な気持ちを伝えられないで……妹が言う通り、俺はどうしようもないバカ兄貴だよ」

俺は気を使って無言を貫いているけれど、もしこの話を海が訊《き》いていたら、きっと今ごろ烈火のごとく怒っているだろう。

それぐらい、昔の陸さんは情けなく格好悪いかもしれないと、俺も思った。

しかし、今、そんな陸さんが、もがこうと頑張っている。

恥を捨てて、一回り近く歳《とし》の離れた俺に、恋愛相談を持ち掛けている。

そう、恋愛相談。

つまり、ここからがこの話の本番だ。

「……それでも、陸さんは雫さんのことがまだ大好きなんですね？　諦めるつもりで雫さんと朝まで話したはずなのに、そのせいで、ほんの少し残っていた恋心が再燃してしまった」

「……その通りです」

「確認のために、もう一度訊かせてください。陸さんは、雫さんのことが、」

「はい、大好きです……申し訳ない」

絞り出すように、陸さんは俺へ正直な気持ちを告白してくれた。

昨夜に交わされたであろう雫さん側の話まで聞いている暇はないけれど、現在の雫さんの置かれた状況を考えると、おそらく彼女も彼女でかなりの苦労があったはずだ。

つまり、陸さんと同じく、雫さんも落とし穴にはまってしまったわけで。

「酒が入ってたのもあるんだろうけど、雫が泣いているのを見た時、どうしようもなくそばにいてやりたいって思った。自分から告白を断っておいて、何を偉そうにってのはわかってるんだけど……なあ真樹、俺のこと、一発殴ってくれないか？」

「と、とりあえず落ち着きましょうか。気持ちはわかるので」

笑い話、あるいはその場限りの愚痴として処理するはずが、やけぼっくいに火が付いたような形になってしまった。

まあ、元々ものすごく好きだったわけだから、こうなる可能性もあるか。

大人だって、普段は内心を巧妙に隠しているだけで、我儘《わがまま》になることはある。

そういう場面を、俺はおよそ半年前、嫌と言うほど体験して良くわかっている。

「真樹、俺は一体、どうすればいいと思う？　お前や妹ならきっと『好きならさっさと告白すればいい』って言うだろうし、実際俺もそうだと思ってはいるけど……でもさ、雫には、その……」

「そうですね。雫さんには、零次《れいじ》君がいますね」

そうして、もう何度も直面してきた現実とぶち当たる。

子供の立場から言わせてもらうと、少なくとも俺の場合、父さんの会社の同僚で、かつ恋人のような関係だった（と思う）湊《みなと》さんのことを始めて見た時、あまりいい気分はしなかった。

すでに離婚はしていたとはいえ、母さんが一番好きだったはずなのに、今は別の人と二人きりで仲良くしている——立場は若干違えど、零次君は頭のいい子だから、感じるものはきっとあるだろう。

では、やっぱり諦めるか。いや、簡単に諦めたくないからこその相談なのだ。

幼い頃の感情と、これまでの経験で培った大人の常識の間で、陸さんはもがいている。

そんな陸さんのことをなんとかして助けてあげたい。

また海からはお人好《ひとよ》しだなんだと呆《あき》れられてしまうだろうが。

陸さんは、もうただの他人ではない。俺にとって大事な彼女が心配する、大事な家族のうちの一人なのだ。

「……陸さん、その、」

「……ああ」

「すいません」

しかし、そう言って俺は陸さんに対して頭を下げた。

それがこの相談に対する俺の答えだった。

「そっか。まあ、そうだよな」

「はい。頼ってもらったのに申し訳ないんですが、今の俺に、陸さんが一番欲しい答えをあげることはできません。恋愛経験っていう意味では俺のほうがちょっとだけありますけど、陸さんと雫さんのお二人のように社会に出たこともない子供ですから」

穏便に『幼馴染』という関係のみを残すか、それとも、今までのすべてが壊れてもいい覚悟で気持ちを伝えるか。

これはきっと、そういうレベルの話だと思う。なので、そこまでの責任を負うことは、今の俺にはできない。

「だから、この話は、やっぱり陸さんが頑張って答えを出すべきなんだと思います。チェックアウトまでもうそんなに時間はありませんけど、でも、その中でも考えて、陸さん自身が納得するような落とし所を見つけてあげてください」

そこまで伝えると、陸さんは微《かす》かに笑みを浮かべて、頷《うなず》いた。

根本的な解決にはなっていないけれど、相談前よりははるかに晴れやかな顔をしている。

「わかった。そうだよな、俺でさえ悩む話なのに、相手がいないとはいえ、妹の彼氏のお前にする話じゃなかったよな。……とりあえず、話だけでも聞いてくれてありがとう。感謝する」

「いえ。相談してくれて、こちらこそありがとうございます」

「はは、俺的には一発殴られるぐらい覚悟してたんだが……まあ、そういうのもお前らしくていいと思うよ、俺は。……じゃあ、俺はのぼせたから、先に上がってるよ」

「はい。……あ、陸さん、ちょっと待ってください」

大浴場から出ていく寸前の陸さんを呼び止めると、いつも朝凪家で見ているような不機嫌そうな顔をして振り向く彼がそこにいる。

用が済んだらあっという間に素っ気ない対応に思わず吹き出しそうになるが、それも朝凪陸という人なのだ。

「なんだ？　やっぱり俺のこと、一発殴りたくなったか？」

「いや、俺はそういう暑苦しいのは苦手なので……そうじゃなくて、一言だけ、陸さんにお伝えしたいことがありまして」

「それは……アドバイスってやつか？」

「受け取り方はお任せしますけど……まあ、責任は取れませんが」

人間関係に関して言えばまだまだよちよち歩きの俺ではあるけれど、そんな俺でも、一つだけ陸さんに伝えられることがある。

それを踏まえてどうするかは、やはり陸さん次第ではあるけれど。

「ふうん……で、なんだ？」

「はい。もしかしたら鼻で笑われるかもしれませんけど――」


――――。


しっかりと、間違いなく陸さんの耳に俺の率直な気持ちは届けた。

日が昇り、すっかり明るくなった外の景色を大浴場の窓から眺めつつ、いよいよ旅行は最終日の朝を迎える。

陸さんから少し遅れる形で大浴場を出て部屋に戻ると、すでに起床して着替えを終えた海が俺のことを出迎えてくれた。

「真樹、随分と長いおトイレだったみたいね？」

「……ごめんなさい」

「まったく。兄貴と一緒に部屋から出ていったのはわかってたから、まあ、真樹だけが悪いわけじゃないのはわかってるんだけど。……でも、心配はしたよ？」

「そうだよね。本当にごめん。もうしない」

部屋に戻った後は、まず海からのお説教が始まった。陸さんの話を聞くためとはいえ、本当のことを言わずにその場から離れてしまったので、言い訳せず、素直に頭を下げるほかない。

頰《ほお》をつねられ、強めのデコピンもされて……とにかくいっぱい怒られた。

「ところで陸さんは？　俺より先に部屋に戻ってると思ったんだけど……」

「アニキ？　私は見てないけど、多分どこかでほっつき歩いてんじゃない？　どこで何やってるかは知らないけど、まあ、チェックアウトの時間になったら戻ってくるでしょ」

「だといいけど……」

窓の外から確認する限り、駐車場に車はあるので、おそらく風呂から上がった後、周辺を一人で散歩でもしているのだろう。

俺や海がいると、きっとゆっくり考えることができないだろうから。

ちょうど朝食の時間が近いということで、手早く帰りの支度を終えた俺は、海と一緒に一階の朝食会場へ。

すると、本来はこの場にいないはずの人が、こちらへと近づいてきた。

朝まで飲んで、陸さんに部屋まで運ばれたはずの雫さんが、仲居さんの姿で元気に給仕係を務めていた。

「前原《まえはら》君に海ちゃん、おはよう。昨日はぐっすり眠れた？」

「おかげでさまで……それより、今日はお昼から出勤じゃなかったんですか？　昨日は大分盛り上がったって、人伝《ひとづて》に聞きましたけど」

「あ～……うん。そうなんだけど、零次は普通に幼稚園だし、私もなんだか眠れなくて。大丈夫、一徹ぐらいなら前の会社でもやってたから」

「それは色々な意味で大丈夫じゃない気が……」

昨日からほぼ一睡もしていないにもかかわらず、雫さんの表情に疲れはそれほど見られない。化粧などで上手《うま》く隠しているのか、それともただのやせ我慢か……いずれにせよ、疲れた表情の陸さんとは比べ物にならないほどパワフルな人だ。

それとも、これまでの悩みを全て吐き出して、それですっきりしてしまったのだろうか。

雫さんの心の内は、今のところ、誰にもわからない。

「……二人とも、本当にありがとうね。零次のこともそうだし、りっくん……陸君とのことも。陸君の件はちょっとお節介が過ぎるかなとも思ったけど、でも、おかげで久しぶりに昔に戻れたし、きちんとお話しすることも出来てよかった」

「……すいません、ウチのバカ兄貴がご迷惑をかけて」

「ううん。むしろ謝らなきゃいけなかったのは私のほう。いつもいつも自分のことばっかりで、陸君がどれだけ辛《つら》い思いをしてたのかも知らずに無神経に傷つけて……むしろまだ彼と幼馴染《おさななじみ》でいられることを幸運に思わなきゃ」

きっと、このまま行けば、二人の仲は永遠に『ただの幼馴染』で固定されることになる。

そのことが悪いとは、決して思わない。年に一度か二度、みぞれさんの家に帰省するついでに会って、お酒などを飲みつつ昔話に花を咲かせて——それはそれで、気楽な関係だ。

雫さんの立場で考えると、きっとそちらのほうしか選べない。

もしそれ以上の関係を望むのであれば、自分にも、そして相手に対しても大変な思いを強いなければならないから。

雫さんのほうから一線を踏み越えることはできない。

……だから。

もし、それでも雫さんとこれから一緒の道を歩みたいと強く思うのであれば。

「──雫、ちょっといいか？」

俺たちの分の朝食をテーブルに置いて、雫さんが自分の持ち場へと戻ろうとした時、ふと、入口からそれを呼び止める陸さんの声が。

どうやら、陸さんなりの結論が出たらしい。

「やっと来た……バカ兄貴」

「まあまあ……覚悟は決めたみたいだし、俺たちは見守っっててあげようよ」

寝不足ということもあり、陸さんの顔には疲労が滲《にじ》みでている。髪は半乾きで、まぶたにはうっすらとクマも出来ていて……まるでいつかの俺を見ている気分だけれど、雫さんと向き合っている今の姿は、これまでで一番格好良く、頼もしい姿に映る。

俺が考えている通りの『お兄さん』が、そこにあった。

「りっくん……あ、そういえばりっくんも朝ご飯食べるよね？　すぐに持ってくるから、海ちゃんたちと一緒に待ってて──」

「いや、朝飯はいい。それより、お前と話がしたい。……大事な話だ」

「っ……！」

陸さんがそう迫った瞬間、それまでどことなく暗かった雫さんの瞳がぱっと見開かれ、きらりとした光が宿る。

その様子をばっちりと目撃した俺と海は、お互いに目を合わせて苦笑する。

……なんだ。二人してなんだかんだと言い訳をしていただけで、結局、初めからそういうことだったわけだ。

一度は離れて、お互いに違う道を歩んでいても、結局はまた惹《ひ》かれ合って。

大人って、やっぱり面倒くさい。

ともかく、後はどうやって雫さんの心をその気にさせるか。

陸さんなら、きっとやってくれるだろう。


他の人の目もあるということで、いったん朝食が終わるのを待ってから、改めて二人での話し合いの場を急遽《きゅうきょ》設けることに。

二日間を過ごした宿泊部屋に別れを告げて、一階ロビーを出た俺たちは、朝凪家の車が停《と》めてある駐車場のほうへ。

すると、すでに車の前では二人の『幼馴染』が向かい合っていて。

「……あのね零次、お母さん、これからこの人とお話があるから、前原君……真樹お兄ちゃんのところで待っててくれない？　もうすぐお迎えのバスが来るけど、それまでにはちゃんと終わらせるから」

「うん」

零次君が雫さんの手をあっさりと放すと、そのままとてとてと俺のほうに向かってきて、すぐに抱き着いてくる。

この一日二日ですっかり懐いてくれたものだが、まあ、零次君とはこれからも長い付き合いになりそうなので、これからも仲良くしていこう。

みぞれさん、雫さん、零次君、そして、陸さん。

たった三日間だったけれど、俺の中の大切な人たちが、また多くなった。

「ねえ、まきにいちゃん」

「ん？　なに、零次君」

「……おかあさんは、あのひとのことがすきなの？」

「ふふ、どうだろ。零次君は、もしお母さんがあの人のことを好きだっていったら、どうする？」

「……わかんない」

「そっか。……そうだよね」

零次君がどう感じるかは、まだこれから先の話だ。雫さんもいずれは零次君に全てを話す時が来るだろうし、場合によっては陸さんのことを快く思わないこともあるだろう。

それでもなお、二人は、いや、陸さんはどうするつもりで考えているのか。

鳥の囀《さえず》りが遠くから響く中、陸さんが口を開いた。

「雫、その……話、のことなんだけど」

「う、うん。大事な話って……何？」

「うん……大事な話っていうか、お願い、になるんだけど――」

「？　お願い？」

「ああ。その――俺を『しみず』で働かせてくれないか？　雑用でもなんでも、お前の親《おや》父《じ》さんの下で見習いとしてでも、なんでもいいから」

「……ん？」

期待していた答えと少し違ったようで、雫さんが一瞬首を傾《かし》げる。俺たちも似たような反応を見せたわけだが、ここまでの空気にしておいて、今の陸さんがそれを台無しにするはずがない。

ここからがきっと、陸さんなりに出した答えなのだ。

「ほら、昨日も話したけど、俺もいい加減働かないといけないかなって……まあ、そもそも『しみず』が求人を出してるかどうかっていう問題もあるけど」

「ウチは基本人手が足りないから、フロントでも、調理師見習いでも、誰か一人でも入ってくれたら大助かりだけど……大事な話っていうのは、それだけ？」

「ああ。なんとかして働きたいんだ。……お前と一緒に」

「……！」

陸さんの本心を察したのか、雫さんの瞳がわずかに潤む。

陸さん、頑張れ。あともう少しだ。

「雫……いや、しぃちゃん。何度も言うけど、あの時のこと、本当に、本当にごめん。あんなの本心でもなんでもなかったのに、幼馴染のままじゃ嫌だったのに、しぃちゃんの気持ちを踏みにじって……俺、しぃちゃんに最低なことをした」

「……そうだよ。りっくんのバカ。バカバカっ。あの時、私がどれだけ傷ついたと思っとるとよ。一週間以上は大好きなご飯もまともに食べられんかったし、何の前触れもなくいきなり泣いて、いっぱい友達のことも心配させて。……なんで、なんでＯＫしてくれんかったんよ。もしあの時恋人になっとったら、りっくんの悩みなんて私が吹っ飛ばしてあげとったんに。……大学だって、一緒に行けたかもしれんのに。どうして、どうして……りっくんのバカ。アホ。最低。アンタなんか消えちゃえっ」

「しぃちゃん、ごめん。……ごめん」

目に涙をためた雫さんが、力なく陸さんの胸をぽかぽかと叩《たた》く。

ちっぽけな見栄《みえ》を捨てて、自分の気持ちに正直になっていれば、きっとここまでこじれることはなかっただろう。

たった一つのボタンを掛け違え。

それだけで、赤子の頃からの付き合いの二人ですらこうなってしまう。

「……でも、そんな私はもっとバカだ。傷心してた時に、ちょっと優しくされたからって、他の人にころっとなびいて、結局は……私、」

「それ以上は言わなくていい。……いいから」

「ごめんなさい。りっくん、ごめんなさい……」

後二、三年もすれば立派なアラサーの二人が、人目もはばからず泣いている。

十年以上にわたり連絡が途絶え疎遠になっていたとしても、二人はずっとお互いのことを忘れることができなかったのだろう。

時間が経《た》ち、二人とも大人になった。雫さんに至っては我が子という守るべき存在さえいる。今さら、過去に戻ってやり直すことはできない。

しかし、二人にまだお互いのことを想《おも》う気持ちがあるのなら。

雫さんが落ち着いたところで、陸さんが口を開く。

「今さら『昔みたいに戻ってやり直そう』とか『付き合おう』だなんて、言うつもりはないよ。そんなのあまりにもムシが良すぎるし、お前にも零次君にも失礼だと思うから……だから、雫にはこれからの俺を見ていて欲しいんだ。幼馴染としての俺じゃない、同じ職場で働く同僚として、雫や零次君のお眼鏡に適《かな》うかどうかを」

「……りっくんは、それでいいの？　募集はしてるけど、ウチは他と較《くら》べて給料も安いし、お父さんの見習いだと、休みもほとんどないよ？　朝は仕入れとか仕込みで忙しいし、繁忙期は夜中まで仕事が終わらないことだって……娘の私が言うのもなんだけど、正直おすすめはしないよ？」

　雫さんですらこの忙しさなのだから、新人の陸さんにとってはかなり大変な仕事になるだろう。前職と全く分野は異なるので一概には言えないけれど、忙しさで言えばこちらのほうが上かもしれない。

　しかし、すでに腹をくくっている陸さんは、まったく動じることなく頷《うなず》く。

「いいさ。ちょうどハロワでも『今のところ紹介できる仕事がない』って言われたばっかりだ。腑抜《ふぬ》けた心と体を叩き直すのにもちょうどいいだろうし……俺、雫が思っている以上に要領が悪くて、格好悪くて情けないヤツだからさ。多分、初めの内はめちゃくちゃ迷惑かけると思うんだよな」

「ふふ、そうやろうねえ。これからフォローする私は大変だ。プライベートでは零次のお世話もちゃんとして、職場では出来の悪い新入りさんの面倒も見てあげて……もしかしたら、そのうち本当に愛想を尽かしちゃうかも。……それで、本当にいい？」

「その時はそれでも構わないよ。これは元々そういう話なんだ。『昔に戻ってやり直す』んじゃなくて、新しく『今から始める』……スタートするにはもう大分遅い歳《とし》かもしれないけど、でも、それが俺の出した答えだから」

今までの関係性を捨てて、新たにゼロから『朝凪陸』のことを見てもらう。

それが、直前まで悩み抜いて出した、陸さんなりの結論なのだろう。

これまでの自分と雫さんのこと、現在の自分と雫さんのこと、そして最後に自分の正直な気持ちをも汲《く》んで。

ものすごく回りくどい選択だと、個人的には思う。昔馴染《なじ》みの場所とはいえ、仕事としては未経験の分野に飛び込むわけだから、仕事に慣れるまで何年かかるかわからないし、零次君と仲良くやっていけるかという問題もある。

もっと上手《うま》いやり方はきっとあるのだろう。しかし、俺は、そんな面倒くさい陸さんのことが嫌いではない。

優しい大人の陸さんらしい、真摯でまっすぐな答えだった。

「……ったく、バカ兄貴」

そう、俺の隣にいる海が呟《つぶや》いている。言葉では罵っているように聞こえるけれど、うっすらと瞳を潤ませて微笑《ほほえ》む表情は、家族思いの優しい彼女を表していた。

「今この場でこんなことを言うのもなんだけど……でも、このままだと今まで通りヘタレのままだから、一応、雫にきちんと気持ちを伝えておくな」

「あ――」

雫さんのことをそっと抱き寄せた陸さんは、あの日の冬の夜、どうしても伝えることができなかった気持ちを口にする。

「しぃちゃん、小さい頃からずっと好きだった。……愛してる」

「……うわああん」

陸さんのとどめの一言で、それまで何とか我慢していた雫さんの感情が爆発する。

綺麗《きれい》な瞳からぽろぽろと流れ落ちる大粒の涙に、その場に同席している俺と海もいつの間にか鼻をすすっていた。

「ごめん、雫。この一言さえ伝えていれば、こんなことにはならなかったのに」

「そうだよ、りっくんの大バカヤロウ……でも、本当に私でいいの？　もう若くないし、バツイチだし、子供までいるし……引き返すなら今だよ？　これからの人生、丸ごと私たちに捧《ささ》げちゃうことになるんだよ？　それでもいいの？」

「いい。もう決めたし、それに、元々そうしたかったんだ。勉強も、仕事も……雫がどこかで見ているって思えたから頑張れたんだ。前の仕事は無理して体壊しちゃったけど……でも、これからはきっと大丈夫」

「……それは、私がいるから？」

「うん。それと、零次君も。二人の前で、今までみたいに怠けるわけにはいかないから」

つまり、二人のことを丸ごと受け入れる決意がある、と。

今の陸さんは、大地さんに決して引けを取らないほどに、頼もしく見える。

いつも自室で夜中までゲームをしている陸さんは、いったいどこに行ったのだろう。

好きな人の前とはいえいくらなんでも変わり過ぎでは……と思ったが、そういえば俺も似たようなものだったことに気付く。

海の前でなら、俺だっていつも以上に頑張ることができている。

俺も陸さんも、意外と単純な人間なのだ。

ここに来てから紆余曲折《うよきょくせつ》あり過ぎたものの、何とか平和に終わりそうでよかった——そう思っていると、俺の足元で事の成り行きを見ていた零次君が、俺の袖をくいくいと引っ張ってくる。

「……にいちゃん、バスきた」

「え？　あっ——」

プッ、と軽く鳴らされたクラクションの音のほうに目をやると、いつの間にか、零次君をお迎えにきた幼稚園のバスが旅館の正面入口に来ている。

タイミング良く、タイムリミットもやってきたようだ。

「！　いけない、すぐに零次を連れていかないと——」

「あ、零次君は私と真樹のほうで連れていきますから、雫さんはもう少しバカ兄貴の面倒を見てあげててください」

「え？　で、でも——」

「雫さん、今、涙で顔ぐちゃぐちゃですよ。化粧も崩れて、目も真っ赤だし……そんなんで人前に出たら何事かって逆に心配させちゃいます」

「あ……えっと、私ったら、なんて恥ずかしいところを……りっくん、えっと、ハンカチかポケットティッシュ持ってる？　慌てて着替えたから、私、部屋に忘れちゃって」

「あ、うん。ほら、ハンカチ」

「ありがと。……えへへ」

我に返り慌てた様子で涙を拭っている雫さんと、それを苦笑しながら眺める陸さん。

まるで、昔の『幼馴染』の二人に戻ったようだ。

あの様子なら、これからもきっと大丈夫だろう。

二人の間には、もうわだかまりもなにもないのだから。

「零次君、そういうことだから、俺たちと一緒に行こう」

「ほら、零次君」

「……うん」

お母さんである雫さんのことを一瞥《いちべつ》してから、零次君は俺たちの手をとって、通園バスへと歩いていく。高校生の俺たちと零次君を見て、引率の先生は一瞬だけぎょっとした表情を浮かべたものの、その後ろにいる雫さんを見て即座に察してくれたようだ。

「ねえ、まきにいちゃん」

「なに？」

「おかあさん、ないてた」

「うん。でも、悲しいとか寂しいから泣いたんじゃないよ。ものすごく嬉《うれ》しかったから、それで泣いちゃったんだ」

「うれしいのに、なくの？」

「そうだよ。大きくなると、色んなことで泣くんだ。俺もたまにそうなっちゃう」

「ふ〜ん……おとなって、なきむしなんだね」

「そうかもね。零次君より、ずっとそうだ」

「……がんばれ」

「うん、頑張る。ありがとう、零次君。じゃあね」

「じゃあね。今度はお姉ちゃんとも仲良くしてくれると嬉しいな？」

「……ん」

　控えめに頷いて、零次君はバスに乗り込んだ。海のことは決して嫌いではないはずだが……なんとなく、俺や陸さんと同じ匂いがする。

　なので、陸さんともきっと仲良くなれるはずだ。ゲームという共通の趣味もあるし。

　海と二人で手を振って幼稚園バスを見送ると、続いて陸さんの運転する車がやってくる。

「せっかく雫さんと二人きりにしてやったのに、久しぶりにイチャイチャしなくていいの？　キスぐらいはちゃんとしてあげた？」

「お前らみたいなバカップルじゃあるまいし、人前でそんなことするかよ。……そういうのは、もっと俺がちゃんとしてからだ」

「めんどくさっ……そんなんだから雫さんを泣かせちゃったんじゃない？　このダメ兄貴」

「いちいちうるさいんだよお前は。そんなことより、さっさと母さんのこと迎えにいくぞ。さっきのこと、きちんとあの二人にも話さないといけないからな。……後は、親父《おやじ》にも」

ひとまずは収まるところに収まった感じだが、大変なのはこれからだ。急な話とはいえ、それだけの決断をしたのだから、陸さんはその責任をこれから取らなければならない。

陸さんにとっても、そして、朝凪家のその他の人たちにとっても、今日からまた新しいスタートを切ることになる。

夏を前に慌ただしいことになりそうだが、それでもなんとかなるだろう。

陸さんは、もう一人ではない。家族がいて、俺がいて、そして何より雫さんがいる。

皆で手を取り合って協力していけば、きっと、なんだって。

「ねえ真樹、そういえばさ」

「？　海、どうかした」

「優柔不断な兄貴の背中を押してくれたのが真樹だってのは想像がつくけど……あの頭でっかちのバカをその気にさせるなんて、いったいどんな魔法でもかけたのかなって」

「あ、それ私も気になる。前原君、今後のために、ちょっとお姉さんにもご教授願えないかな?」

「雫さん、仕事に戻ってなかったんですね……まあ、別に大したことは言ってないので、秘密にするつもりもないですけど」

陸さんがてきぱきと俺たちの荷物を車に積み込んでいる隙に、俺は二人にだけこっそりと、陸さんに最後に伝えたアドバイスを教える。

「俺が言ったのは、本当に一言だけです。今の俺が言えば、きっと説得力があるだろうと思って」

まだまだ高校生の『子供』の俺が、『大人』の陸さんに偉そうに恋愛のなんたるかを教えるなんて、そんな恥知らずなことはできない。

でも、あえて一言だけ、俺が言えることがあるとするならば。

「――好きな人と一緒にいると毎日楽しいです、って」

エピローグ1　延長戦

あっという間だった二泊三日の旅行も、いよいよ後は帰宅を残すのみとなった。

初日から最終日の直前まで色々あってさすがに疲れたけれど、終始気分良く過ごせたし、海《うみ》との思い出もきちんと作れたしで、とても楽しかったと思う。

「――お義母《かあ》さま、この三日間、大変お世話になりました。次来る時は、必ず夫と一緒にご挨拶させてもらいますね」

「そうだね。久しぶりに一緒したけど、やっぱり大地《だいち》がいないと息が詰まってしょうがなかったから、そうしてもらえると嬉しいよ」

「息が詰まる？　あら大変、ご病気ですか？　一人で何かあった時に困るでしょうから、そろそろ施設のほうに入ることもご検討されては？」

「朝凪《あさなぎ》家の嫁になってもう大分経《た》っていうのに、減らず口は相変わらずだね。孫二人のほうがよっぽど良く出来てるよ。さすがはウチの大地の子だ」

「私の、子供たちでもありますけど」

「「……」」

陸《りく》さんと雫《しずく》さんはこの三日でしっかりと誤解を解いてわだかまりを解消したけれど、こちらの雪解けはまだまだ先らしい。

まあ、お互いに言いたいことを遠慮なくぶつけ合っているので、そういう意味では仲は決して悪くないのかも。

ニコニコ顔でバチバチと視線を戦わせている嫁姑《よめしゆうとめ》の横で、陸さんと海の二人が『まだやってんのか』とばかりにため息をついている。

「そんなことより婆《ばあ》さん。さっき話した通り、多分、またこっちのほうでお世話になると思う。引っ越しの準備ができたら連絡するから、その間に俺の部屋、きちんと元に戻しておいてくれよ」

「わかってるよ。……まったく、この歳《とし》になって孫と二人で暮らす時が来るとはねえ。しかし陸、次また雫ちゃんのこと泣かしたら、今度は私が許さないからね。あんないい子、今時探しても中々見つかるもんじゃないんだから」

「ああ。肝に銘じておくよ」

今後、形式的に面接などを経ることになるが、まず間違いなく採用になるだろう（というか、絶対にする）と雫さんが約束してくれたので、陸さんもそのつもりでこれから準備していくそうだ。

一家の大黒柱である大地さんの最終的な許可取りなどは残っているけれど、みぞれさんや空《そら》さんも納得している以上、今の部屋から陸さんが出ていくことは確実だろう。

賑《にぎ》やかだった朝凪家も、これで少しだけ寂しくなってしまう。

「それじゃあお婆ちゃん、またね。ほら、真樹《まき》もご挨拶」

「うん。……みぞれさん、次は海と二人でお邪魔します」

「ああ。アンタたちのことはいつでも歓迎してあげるから、暇な時はいつでもおいで」

お土産で果物やお菓子なども沢山いただいて、俺たちは車の窓から顔を出して、もう一度みぞれさんに向かって頭を下げた。

次がいつになるかはわからないけれど、みぞれさんが元気なうちに、必ず顔を出しておきたいところだ。

そこから後の帰り道の車内は、運転する陸さんを除いて、ほぼ無言だった。

助手席の空さんも、後部座席の俺と海も、出発して数分であっという間に、まるで糸が切れたかのように眠りに落ちた。思えば、早朝に陸さんに起こされて相談に乗ったこともあり、睡眠時間もあまりとれていない。

帰るまでが旅行とはよく言ったものだが、個人的にはもうお腹《なか》いっぱいである。

その後、来た時と同じように休憩を挟み、ゆっくりと時間をかけて、俺たちが住む、いつもの日常の景色へと戻ってきた。

明日から、またいつものように学校が始まる。三連休ですっかりお休みモードの頭に、いきなりの通常授業……憂鬱なことこの上ないが、楽しみなことがないわけではない。

大好きな海はいつも俺の側《そば》にいてくれるし、学校に行けば、天海《あまみ》さんや新田《にった》さん、望《のぞむ》たち友人が出迎えてくれるはず。

この旅行であったことを、皆にも話したいと思った。もちろん中には言えないこともあるけれど、きっと興味を持って耳を傾けてくれるはずだ。

俺たちの話に、天海さんは一つ一つ素直なリアクションをとってくれるだろう。詮索好きの新田さんは『言えないこと』に対して探りを入れてくるだろうし、望はそんな新田さんに呆《あき》れてツッコミを入れてくれると思う。

そのことを想像すると、憂鬱な気分も、ちょっとだけマシになった気がした。

こんな気持ちになるのは、いつ振りのことだろう。

そうして、車から伝わる振動を揺りかご替わりにすやすやと寝息を立てること数時間。

「――き、真樹、起きろ。家の前に着いたぞ」

「ふぁい……？」

陸さんの大きな手に体を揺さぶられて目を覚ますと、車のほうはすでに俺の自宅マンションの前に到着している。

ずっと寝ていたせいもあるが、行きと較《くら》べて、帰りは随分とあっさりしたものだった。

行きの荷物は出来るだけコンパクトにまとめたものの、みぞれさんからのお土産や天海さんたちに渡す分のお土産などもあって、両手で抱えきれないほどに膨れ上がっている。

自宅玄関まであと少しというところで、これはなかなかの重労働だ。

「じゃあまたね、真樹君。真咲《まさき》さんに『また今度飲みにいきましょう』って伝えておいて。久しぶりにお話ししたいことがいっぱいできたから、絶対に約束よ？」

「はは……まあ、わかりましたけど、あまり飲み過ぎないように注意してくださいね」

この三日間、空さんとしては心が休まる時間が少なかっただろうから、母さんにもそれとなく朝凪家の嫁姑問題については伝えておこう。

母さんもその点についてはきっと苦労しただろうから、空さんの話し相手にはぴったりのはずだ。

「真樹、今回のこと、本当に世話になった。一回り近く年下のお前に頭を下げるなんて格好悪いこともしたけど、おかげで雫とちゃんと仲直りできた。……ありがとう」

「そういってくれると、俺も嬉しいです。……雫さんに言った最後の言葉、すごく格好良かったですよ」

「お、思い出させるなよ……とにかく、お前には大きな借りを作っちまったな。もし何かあれば協力してやるから、勉強でもなんでも、困ったことがあればいつでも連絡しろよ。妹がウザいとか、そういう簡単なやつでも全然構わないから」

「……○ね、クソ兄貴」

「こ、こら海……えっと、今のところは特にないですけど、今後何かあれば、必ず相談させてもらいますね」

特に陸さんと絆《きずな》を深めることができたのは、個人的にもかなりの収穫である。

少し歳は離れているけれど、望に続いて男同士の話ができる貴重な存在だし、何より海のお兄さんなので、雫さんや零次《れいじ》君も含めて良好な関係を築いておきたいところだ。

陸さんと空さんの二人にもしっかりと何度も頭を下げてお礼を言い、朝凪家へと帰っていく車を見送る。

……そして最後に、ずっと楽しい時間を共にした彼女の海だが。

「あのさ、海」

「ん？　なに？」

「どうして海も一緒に車を降りてるの？　帰らなくていいの？」

「夕ご飯までには帰るよ。それに、その荷物じゃ一人で持っていくの大変でしょ。お婆ちゃん、真樹のこと随分気に入ったみたいだから、お土産もこんなにいっぱいあげちゃって」

海の言う通り、両手に抱えることはかろうじてできるものの、ここから歩いて自宅の部屋まで持っていくのはきつい。なので、海が残ってくれたのは正直なところとてもありがたかったり。

「……それに、ね」

「海？」

二人で荷物を持ってエレベーターに乗り込んだ瞬間、海が甘えるようにして俺の体にすり寄ってきて、囁《ささや》く。

「もうちょっとだけ、その……真樹とイチャイチャしたいかな……って。兄貴と雫さんが幸せそうに抱き合ってるのを見て、なんかスイッチが入っちゃった、っていうか」

それについては、俺も同じ気持ちだった。

長年の想《おも》いがようやく通じ合った瞬間の陸さんと雫さんのことを見た時、素直に素敵だなと思った。

俺たちも、いつまでもこんなふうに求め合っていきたいと思った。

つまり、俺たちのバカップルモードにも火がついてしまったというわけである。

帰り道はぐっすりと寝ていたけれど、その時は、行き以上にべったりとくっついていたのだ。空さんと陸さんは何も言わなかったけれど、後部座席で俺たちはずっと抱きしめ合っていた。

他のカップルがいちゃついているのを見て、俺たちのほうがずっと仲がいいと張り合うようなことをして……今さらながら、どうしようもないバカップルである。

ひとまずエレベーターを降りて三日ぶりの自宅へと戻った俺は、久しぶりの自宅の匂いを嗅いで、ふうとひと息ついた。土日を空けていたので、母さんがいつもの調子で散らかしていないか心配ではあったものの、灰皿に数本のタバコの吸い殻が出しっぱなしになっている以外は、出発前とそれほど変わりはない。

俺がいなくても、ひとまずはきちんとしていたようだ。冷蔵庫に作り置きしておいたおかずも、綺麗《きれい》に平らげてくれている。

「真樹、果物類は野菜室でいい？」

「うん。ゼリーとかはすぐに食べちゃうから、冷蔵庫に適当に入れておいて」

「ん。了解」

日持ちするお菓子類は食器棚の下の収納スペースに、賞味期限が早いものは冷蔵庫の中に詰めるか、この後すぐにオヤツとして食べるようにして、紙袋パンパンに詰まったみぞれさんからのお土産を全て整理する。

旅行で使った洋服やタオルなどを洗濯機の中に入れ、その他の荷物を自分の部屋に置いて……そうして、ようやくソファに座ってくつろぐことができた。

「……ふう、疲れた」

「ね。でも、すごく楽しかった。途中のサービスエリアでおっきなソフトクリームを二人で食べて、あっちでも美味《おい》しいものいっぱい食べて。夜もコンビニで買ってきたお菓子とかジュースを飲み食いして」

「なんか、俺たち食べ物ばっかりだな」

「ふふ、体重も増えちゃっただろうから、これから節制しないとね。……あとはまあ、二人きりの時に色々あったけど、ね？」

「まあ、うん……」

旅行で開放的になっていたのだろうか、普段ならヘタレてしまうようなことも、それなりにやってしまった気がする。

初日の山道でのことや、露天風呂での混浴など……川遊びが本来のメインだったはずだけれど、それをあっさりと越えてしまうほどのことをやらかした気がする。

……そして、今だって。

「ね、真樹。改めて聞くけどさ」

「……うん」

「真樹は、その、私と……したい？」

「……えっと、」

少し言葉に詰まりつつも、俺ははっきりと言った。

「……したいよ。すごく」

率直に言わせてもらえば、割と我慢の限界に近付いていると思う。

　全て未遂に終わったとはいえ、体に残った感触は、今でもばっちり思い出せる。

　初めてまともに触った海の胸はとても柔らかかったし、首筋にキスをした時の汗の味も覚えている。そして、一糸まとわぬ姿で温泉に浸《つ》かる海の上気した肌のことも。

　帰りの道でぐっすり寝たこともあって体力も回復したし、あとは、この三日間、出番のなかったアレを使ってみたいというのも。

「でも、その割には落ち着いてる感じだね。ドキドキはしてるけど、初日の未遂だった時よりも音は大きくないし」

「やっぱり海には隠せないか……うん、正直なところ、ちょっと迷ってる。……いや、どっちかというと迷い始めたって感じかな」

　海と性行為的なことをしたい気持ちは変わらないけれど、今回の旅行を通して——いや、陸さんと雫さんの二人を見て、思い直したのだ。

　もう少し、ゆっくりでもいいのではないか、と。

「多分だけど、俺、結構焦ってたんだと思う。海と早いうちに恋人になれて、それなりにバカップルっぽいこともやってるけど、ここ二、三か月はそこまでやること自体変わったわけじゃないし」

「それって、マンネリ……みたいなこと？」

「かもしれない。最後の一線以外は、俺たちって、わりと駆け足でここまで来たでしょ？

だから、これだけ仲がいいんなら、さっさと済ませたほうが普通なんじゃないかって、心と体が勘違いした……というか」

経験がないから、ひとまず身の回りの人の話やネット等で見聞きした話を参考にしてきた。その時々で友人や家族のアドバイスもあり、クリスマスやバレンタイン、彼女の誕生日などは自分なりに試行錯誤して頑張ってきたけれど、性的な話は中々相談しにくい。友人や家族はもちろん、彼女にも。

なので、最近は一人で悶々《もんもん》と考えることが多かった。付き合って半年だから……他の人たちはもっと早いケースもあるから……そして、こういうのは彼氏である自分が考えないと、と妙な義務感にも駆られて。

海は優しいし俺には甘いから、そんな状態でも俺のことを慮《おもんぱか》ってくれたけれど、本来はそういうのも含めてきちんと話し合うほうがいいと思うのだ。

恥ずかしくても、恋人同士なら、そして将来のことを見据えるのであれば。

陸さんたちのように、遠回りにならないように。

二人が昔のような関係に戻ったのは素敵なことだが、自分たちは同じようになりたいとは思わないし、なってはいけないと思う。

「今さら何もしないなんてきっとヘタレなんだろうけど……でも、今みたいな勢いでやるんじゃなくて、ちゃんと考えたいんだ。好きな人との『初めて』なんだから、もっと大切にしたいっていうか」

「なるほど。でも、恋愛は勢いとも聞くよ？　実際ウチのお父さんとお母さんは、それがきっかけですぐに結婚までしたし。苦労はしたみたいだけど」

「それも一理ある……けど、だからこそ俺たち二人ですり合わせたい……って、なんかいつの間にか立場が逆転してない？　大丈夫？」

「私のはあくまで物のたとえだから。……まあ、私としては、その、」

恥ずかしそうに俯《うつむ》きつつも、海はしっかりと自分の気持ちを俺に打ち明けてくれる。

「私は、その、もういつでもいいかなって。真樹以外の人と付き合うつもりなんてないし、それにほら、その、……もするわけだし」

「な、なるほど……まあ、確かにね。親の言う『常識の範囲内』って多分それのことだし」

肝心な所だけゴニョゴニョされてしまったけれど、基本的には伝わったので、最初としてはこのぐらいで十分だろう。

「と、とにかくっ。私は真樹とそういうことするの、全然嫌じゃないから。……この前の時みたいに、上手《うま》くその気にしてくれてたら、私は、その、いいから」

「う、うん。わかった。不慣れだけど、その時は頑張ってみるよ」

あの時の光景が浮かんで、頰《ほお》が一気に熱を帯びるのを感じる。

旅行初日で特にテンションがおかしかったとはいえ、よくあそこまで大胆なことをやったものだ。

……これだけはちょっと、他の人には話せそうにない。

二人だけの、内緒の秘密だ。

「とにかく、エッチなことはもうちょっとゆっくりってことね。じゃあ、今から真樹の前で着てあげようと思ってたもう一つの水着のほうもお預けね」

「……えっと、」

「こら真樹っ、せっかく二人で話し合ったのに、初《しょ》っ端《ぱな》から揺らがないの」

「ごめん……でも、その、海の水着姿、ずっと楽しみにしてたから」

「もう。真樹のバカ、エッチ。……でも、仕方ないから、ちょっとだけだよ？　今回だけ特別。いい？」

「……ありがとうございます」

すでに自宅に戻って一段落したところだが、俺と海の『旅行』は、あともうちょっとだけ延長することになりそうだ。

エピローグ2　アンタはそれでいいの？

「——ああ〜、あっつ〜……」

七月になって、最初の土日休みの朝。部屋の蒸し暑さにいよいよ耐え切れなくなった私はベッドから体を起こす。

いつもならここでぱぱっと身支度を済ませて学校へ向かうぐらいの時間だが、さっきも言った通り、今日は休みである。なので、特に何も用事が無い場合は昼前まで寝ていることが多いのだが、さすがにこの蒸し暑さは耐えられない。

夏は嫌いではないが、暑さだけはどうにも苦手だ。汗ですぐ化粧が落ちるし、日焼け止めや制汗スプレーなど、常にエチケットに気を付けておかなければならない。

汗でじめっとしたTシャツを脱いで、エアコンのある一階のリビングへ。ウチの家のエアコンは、一階のリビングと二階の姉の部屋にしかないので、涼みたいのなら必然的に家族の共用スペースへ行くしかない。

姉との仲は悪くないけれど、そのためにずっと姉の部屋に入り浸るのも気を遣ってしまう。一つ年上の姉は、大事な受験勉強の真っ只中《まただなか》なのだ。

「由奈《ゆな》姉、おはよ」

「おはよ、新奈《にな》」

エアコンのスイッチを入れつつ、私たち姉妹は軽い挨拶を交わす。

私、新田《にった》新奈と、姉の新田由奈。新田家の狭い一軒家でつつましく暮らす二人姉妹だ。

「ってアンタ、家にいるからってまたそんなだらしない格好……この前母さんにも怒られてなかった？」

「うっさいなあ……母さんたちももう仕事でいないし、すぐ着替えるんだからいいでしょ。それより、由奈姉はこれから予備校？」

「まあね。自習室のほうが集中できるし、家と違ってエアコンの温度でうるさく言われないからね。そういうアンタは用事？　はい、朝ご飯」

「どうも。まあ、ちょっとね」

ブーメランのように投げられた食パンをひょいっと受け取って、一口。ものすごく雑な朝食だが、休みの私はだいたいいつもこうだ。

「ちょっと……？　なによ新奈、アンタにしては妙にはぐらかして。あ、もしかして彼氏とデート？　ったく、ガキのくせに色気づきやがって」

「んなわけないでしょ。今日は友達……いや、友達の知り合いが部活の大会の初戦だっていうから、私も一緒に応援に行くってだけ」

「部活……って何部の？」

「……野球部」

「やっぱりオトコじゃん」

「だぁから、違うっての。友達っ。一応ね」

自分が受験勉強でなかなか遊べていないからか、いつにもまして詮索してくる姉がうっとうしい。

自分のことははぐらかすくせに、妹のことは何でも知ろうとしてきて……受験のストレスも多少はあるのだろうが、もう少しだけそっとしておいてほしい。

とはいえ、中学時代はそれなりに遊んでいた私も、高校に入ってからはそういう機会が減りつつある。

絶賛彼氏募集中ではあるし、常にチャンスを窺《うかが》ってはいるけれど、以前よりも手当たり次第という感じではなくなった。

外見だけでなく、普段の行動や言動、常識などにも目を配るようになったというか……そのせいでより高望みになったし、友達にも『もうちょっとレベルを下げたら？』と常々言われているのだが……たった数か月で、筋金入りの面食いである私の意識が変わるかと言われると、まあ、これがなかなか難しい。

「新奈、最近は仲のいい男の子とかいないの？　もしいるんなら、私にも紹介してよ」

「はあ？　……一応、彼女持ち一人と暑苦しい野球バカがいるけど、どっちがいい？」

「……それなら結構」

「なら訊《き》いてくんなし」

姉妹ということもあり、私たちの男性の好みはものすごく似通っている。

どちらも友達としてはそれなりだが、恋愛対象かどうかと言われると……まあ、相手側も同じような印象だろう。

学校でも指折りの美少女が二人もいると、ちょっと顔がいいだけの私なんて、きっと眼中にないだろう。

……特に、そのうちの一人は彼女大好き人間だし。そしてもう一人の野球バカは高嶺《たかね》の花《はな》を一途《いちず》に思う純情少年ときた。

まあ、だからこそ、異性を意識することなくあの二人とは遠慮なく接することができているのだが。

誰それが狙っているから、とか、誰それがアンタのこと好きみたいだよ、とか。

ダルくてしょうがなかった男女グループにいるより、今のほうがよっぽど心地いい。

いいんちょ……じゃなくて、前原真樹《まえはらまき》と朝凪海《あさなぎうみ》のバカップルを中心として、私、天海夕《あまみゆう》、関望《せきのぞむ》の五人組は、出来れば高校を卒業しても、緩く長く付き合い続けたいところだ。

勉強のために予備校へと向かう姉のことを見送ってから、私の方もお出かけのための身支度を始める。

今日はあくまで関の試合の応援という名目なので、そこまで身だしなみに気を遣う必要はないだろう。ただ、屋外かつ炎天下の中での試合なので、日焼け対策だけはしっかりとしておきたい。

「……まあ、こんなもんでいいかな」

休日ということで、気分転換も兼ねていつもと違うシュシュで髪をまとめて、他はTシャツと七分丈のスキニージーンズをチョイスし、ネイルのほうは面倒くさいのでやめた。市の中心部などへ遊びにいくのならもう少し気合を入れるけれど、ただの部活の応援程度でそこそこ気合を入れるのも恥ずかしい。

それに、どう頑張ってもあの二人の側《そば》では霞《かす》んでしまうし。


女子高生らしい最低限の身だしなみを整えて家を出た私は、集合場所である夕ちんの自宅へと向かった。当初の予定だと自転車で試合会場のある球場まで行くつもりだったが、夕ちんのお母さんである絵里《えり》おばさんが車を出してくれるとのことで、お言葉に甘えさせてもらった形である。

約束の時間の十分以上前に天海家へ着くと、ちょうど庭のほうから番犬（一応は）のロッキーの嬉《うれ》しそうな鳴き声が聞こえてきた。

　どうやら、あのバカップルも同じタイミングで来ていたらしい。

「――よっす、朝凪」

「よっ、新奈。いつも時間ギリギリなのに、今日は珍しく早いね」

「早く目が覚めたから、退屈でね。で、あそこで我らが委員長サンは何をやらかしたん？」

「いや、特に何もしたつもりはないんだけど……あの子、最近は真樹のことがお気に入りらしくて」

　――ワウッ、ワフッ！

「ひいっ……ちょ、ちょっとそんなにベロベロ顔舐《な》めないで……！」

　見ると、嬉しそうに尻尾をブンブンと振り回したロッキーが、前原に覆いかぶさるような形で顔を中心に全身を舐めまわしている。

　誰にでも人懐っこいロッキーだが、あそこまで喜ぶなんてそうそうなかったはず。

　こいつは弱そうだから、いっぱいイジメて遊んでやろうとでも思っているのかも……そう考えた瞬間、思わず吹き出してしまった。

　あまりにもほのぼのとした光景すぎで、おかしくなってしまう。

「……新奈、今日はなんか機嫌いいじゃん」

「そう？　私はいつもこんなもんでしょ。……なに？　もしかして、委員長のこと見て私が和んでたからって、嫉妬でもしたん？」

「そっ、そんなわけないじゃん。新奈が真樹のこと異性として見てないことなんてわかってるし、それに、真樹は私一筋だからもしそうなっても残念でしたというか……」

「……ぷふっ」

「なにがおかしいんじゃこら」

「あははっ。だってさ～、あまりにもわかりやすいリアクションだから」

恋人一筋なのはどっちだ、と突っ込みたくなってしまう。

いつもは何事に対しても冷静な朝凪が、彼氏である前原のことになると途端にわかりやすい性格に変貌する。本人も頭ではわかっているのだろうが、私や夕ちん、その他だと最近仲良くなった中村《なかむら》さんたちクラスメイトとでさえも、自分を置いて話していると、嫉妬で不機嫌になってしまう。

どう考えても前原が朝凪のことしか眼中にないのは知っているくせに、そのたびに前原に沢山慰めてもらって、自分が前原にとっての一番だと毎回確認するのだ。

そういう朝凪も含めて、私は内心おかしくてしょうがない。

……まあ、あくまで私が前原と親しくしていた場合は、だけど。

「ねえ、朝凪」

「……なによ」

「あのさ、もしだよ？　万が一、本当に万が一だよ？　仮に私が『委員長のこと好きになっちゃった』って、アンタか委員長に告白したとしたら、どうする？」

「……は？　新奈、もしかして本当に真樹のこと好きなの？　絶対あげないよ？　真樹は私のものだよ？」

「いやいや、物のたとえだからそんな怖い顔しないでよ……ほら、最近の委員長って、結構他の女の子とも話すようになってきてんじゃん？　中村さんとか荒江《あらえ》っちに、後は、二取《に》《とり》さんとか北条《ほうじょう》さんとかも……だから中にはほんのり『いいかも』って思ってる子も出てくるんじゃないかって。私は絶対ないけど」

「絶対て。それはそれでちょっとムカつくような……まあ、確かに可能性はゼロじゃないかもね。真樹が他の女の子のことを好きになる可能性はゼロだけど」

「はいはい。お惚気《のろけ》ご馳走《ちそう》様。で、どうなん？　そうなった時に、朝凪はどうする？」

「ん～……」

少し考える素振りを見せて、朝凪はぼそりと答えた。

「――絶交、とか」

「……え？」

「なんて、それはさすがに冗談だけどね。でも、もしそうなったら嫌だな……何の関わりのない子ならともかく、友達でしょ？　絶対に気まずくなっちゃうし」

「ま、まあ、確かにね。私も中学時代は似たような経験あるし」

すぐにいつもの柔和な表情に戻ってくれたけど、一瞬だけ、さすがの私もびっくりしてしまった。

絶交、と言った時の朝凪は決して『冗談』をいう時の顔と声色ではなかったから。

ちょっと気になることがあったので、軽い感じで訊いてしまったけれど。

それだけ、朝凪海にとって、前原真樹という男の子の存在がかけがえのないものになっているのだろう。

……今までの友人関係を無しにしてしまってもいい、と一瞬でも考えさせてしまうほどには。

久しぶりに気まずい空気にしてしまい、どう話題を変えようか迷っていると、

「あ！　みんなおはようっ、ようこそいらっしゃいませ〜！」

いいタイミングで助けがやってきた。

夕ちんが、満面の笑みで私たちのことを出迎えてくれたのだ。

「おはよ、夕ちん」

「おはよ、夕」

「うんっ、おはよ〜！　あと、真樹君もおはよ」

「ど、どうもお邪魔してます……」

ようやくロッキーから解放されたのか、前原がこちらのほうにやってくる。

犬にベロベロ顔を舐められたせいで、顔はいつも以上に冴《さ》えないように見えるけれど、服装のほうはわりときちんとしている。サマーニットに、下はベージュのハーフパンツと、サンダルに帽子——おそらく、朝凪が見繕ったのを着ているのだろう。

「あ、真樹ってば顔ベタベタ……はい、拭いてあげるからこっちおいで」

「あ、うん……ありがとう、海」

「どういたしまして。ふふ、ほら、ちゃんとじっとして」

かいがいしく彼氏の身の回りのお世話をする朝凪と、そんな彼女の献身を嬉しそうに受け入れている前原。

もともと仲睦《なかむつ》まじい二人だったけれど、さらにもう一歩、二人の仲が深くなったように感じる。

恋人……ではなく、まるで夫婦のように。

「ふふっ、海も真樹君も相変わらずだね。でも、ハンカチで拭くだけじゃ臭うだろうから、洗面所できちんと涎《よだれ》を洗い流さなきゃ。ほら、二人とも早く早くっ！」

「ちょっ……夕、そんなぐいぐい押さなくてもわかってるから」

「えっと、それじゃあお邪魔いたします……」

「はい、いらっしゃい。あ、ニナちも早くおいでよ」

「はいよ～」

パワフルな夕ちゃんに押される形で、私たちは久しぶりの天海家の中へ。相変わらず、綺《き》麗《れい》で広くて清潔感のあるリビングだ。庭が無く、リビングには常に部屋干し状態の洗濯物がかけられて散らかっている私の家とは何もかも違う。

育ちが良くて、性格も明るくて、友達思いで……そしてなによりびっくりするぐらいの美少女。

私が今まで出会った中で、もっとも人間的にできた女の子――それが、私の思う『天海夕』である。現実離れしすぎていて、劣等感を抱く気すら起きない。

「夕、それじゃあちょっと使わせてもらうね」

「うん、どうぞ。洗顔とかハンドソープとか、ある物は全部使っていいから」

バカップルが洗面所へと消えていき、リビングには私と夕ちゃんの二人だけになる。

そういえば、こうして彼女と二人になるのも、二年生に進級してからは初めてだ。

「ねえニナち、あの二人さ、なんか今まで以上に仲良くなってる感じしない？　イチャイチャしてるのは相変わらずだけど、雰囲気が変わったっていうか」

「それわかる。というか、これはあくまで私の予想だけど、あの二人、多分旅行中にヤったね。間違いない」

「？　やった……って、何を？」

「……ん？」

ついわかってる前提で喋《しゃべ》ってしまったけれど、どうやら今の言葉では伝わらなかったらしい。夕ちんも『そっち』の知識はゼロではないはずだが……こういう所でも、彼女は綺麗まっさらな乙女であると。

「あ〜……っとですね、私が言いたいのは、つまり……」

「――――」

「！　あ、な、なるほど……そういうこと……」

私が夕ちんの耳元でゴニョゴニョとすると、彼女は顔だけでなく、耳の先までトマトのように真っ赤になって、恥ずかしそうに俯《うつむ》く。

……私の友達、いくらなんでも可愛《かわい》すぎか。

「ま、まあ詳しく訊《き》いたわけじゃないから、実際は違うかもしれないけど……でも、何らかの進展があったのは間違いないと思うよ。一応、探りは入れてみたけど、朝凪も委員長も結局は『ノーコメント』だったし」

「そ、そうだよね……でも、私は二人がそうなったとしても、すごく嬉しいよ。その、エッチ……なことをするってことは、それだけ二人がもっと仲良くなったっていう証拠なわけだから」

「二人の幸せは、夕ちんの幸せでもある、みたいな？」

「うん。ちゃんと考えたことはないけど、多分、そんな感じかな」

「……そっか。それならまあ、私も」

このグループの中心はあの二人だと思うから、私的にも、夕ちんの意見には同意だ。

あの二人がいるからこそ、私たちはこうして集まっている。どちらかが欠けると、あっという間にバラバラになる気がするから、喧嘩《けんか》するよりは、エッチするほど仲がいい（本当にしたかどうかは知らないが）ほうが安心ではある。

……でも。

「ねえ、夕ちん」

「なに？」

「……さっきの話、聞いてた？」

「っ……え、えっと、何の話？　私がお出迎えする前に、他の皆で何か話してたの？」

「……ああ、うん。関の応援に何かもっていってあげたらどうかって。ほら、野球の応援っていったらメガホンとか、色々あるでしょ？」

「あ、そういうこと。それならお父さんの部屋にあるから持って行こっか。そっちのほうが、アイツもやる気出るだろうし」

「うん、きっとそうだよ。じゃあ、私、今から適当に持ってくるから」

「よろしく」

席を立って、二階の天海家夫婦の部屋へと向かう夕ちんの背中を眺めて、私は一人、ぼそりと呟《つぶや》いた。

「……夕ちん、アンタ、とぼけるのが下手すぎるよ」

普段から周りの空気を読む癖があるせいで、朝凪と話しつつも、私には見えていた。

私と朝凪の二人での話が終わるまで、半開きの玄関前でじっと待っていたこと。

そして、朝凪が『絶交』だと言った時、思い切りびくりと体を震わせたこと。

異変を感じたのは、クラスマッチが終わった直後の打ち上げ終わりのこと。

遠くだったからきちんとはわからなかったけれど、寝ている前原の頭を撫《な》でている時の夕ちんは、私にも、そしてもちろん朝凪にも見せたことがないような表情をしていた。

愛《いと》おしいものを見るような、熱っぽい視線と優しい手つき——今まで異性として好きな人がいない、と言っていた本人に自覚があるかはわからないけれど、その後の挙動不審な様子から考えても、ほぼ芽生えたといって間違いないだろう。

「二人の幸せは、私の幸せ……確かに、それが一番平和ではあるんだろうけどさ」

……でもさ、夕ちん。

——アンタはそれで、本当にいいの？

誰もいないリビングで、私は、これまでで最も大事な友達に向けて、そんな言葉を投げかけていた。

あとがき

4巻あとがきの文末で予告しておりました通り、5巻も無事、発売することができました。

読者の皆様、いつもお世話になっております。作者です。

さて、まずはなんといっても、こちらのお話をしなければならないでしょう。

9月24日のスニーカー文庫35周年記念生配信でもお知らせがありました通り、『クラスで2番目に可愛《かわい》い女の子と友だちになった　テレビアニメ化企画進行中！』となっております。

2021年の12月末に第1巻が出版されてから、もうすぐ2年というこのタイミングでのお知らせですが、最初に担当さんからアニメについてのお話をいただいた時のことは、今でも鮮明に覚えています。作品を出版する上で、著作のアニメ化は、ライトノベル作家であれば一度は目標にすることだと思いますが、まさか自分の作品にお声がけいただけるとは……今でも実感があまり湧いていないというのが、正直なところです。

ただ、今回の発表はあくまで『企画進行中』であり、『アニメ化決定』したわけではありません。企画についてはこれから少しずつ形になっていくかと思いますし、情報についても都度公開されていくかとは思いますが、読者の皆様にきちんとした形で発表出来るのは、まだ先になりますので、読者の皆様におかれましては、引き続き変わらぬご声援をお願いできればと思います。

書籍については、今のところの予定ですと、ちょうど折り返しを過ぎたあたりになるのではと思います。自分の中に芽生えた気持ちを徐々に自覚していく夕《ゆう》に、その様子を心配そうに見つめる新奈《にな》と、巻末でそれぞれの心の内にさざ波が起こり始めておりますが、ひとまずは、海《うみ》と真樹《まき》の二人の様子とあわせて、ゆっくりと見守っていただければと思います。

5巻についても、引き続き多くの方のご協力、感謝いたします。

スニーカー文庫編集部および担当様。アニメ企画もあり、今後さらにお世話になるかと思いますが、引き続き力になっていただけると嬉《うれ》しいです。

日向《ひゅうが》先生、今巻も大変お世話になりました。挿絵の他、記念イラストなど、可愛い海をいっぱい見ることが出来、作者としても嬉《うれ》しい気持ちでいっぱいです。

コミカライズの尾野《おの》先生及びアライブ編集部の皆様、校正担当の皆様、それにアニメ化企画関係者様に、そして読者の皆様。

『クラにか』シリーズは、こうした多くの方々に支えられて、今がございます。

書籍、コミカライズ、そしてアニメ。

これからも一緒にシリーズを盛り上げていきましょう。ありがとうございました。

クラスで2番目《ばんめ》に可愛《かわい》い女《おんな》の子《こ》と友《とも》だちになった5

著　たかた

角川スニーカー文庫　23874

2023年11月1日　初版発行
2024年7月25日　4版発行

発行者　山下直久

発　行　株式会社KADOKAWA
〒102-8177 東京都千代田区富士見2-13-3
電話　0570-002-301（ナビダイヤル）

印刷所　株式会社暁印刷
製本所　本間製本株式会社

Printed in Japan　ISBN 978-4-04-113732-1　C0193

★ご意見、ご感想をお送りください★

〒102-8177 東京都千代田区富士見 2-13-3
株式会社KADOKAWA　角川スニーカー文庫編集部気付
「たかた」先生
「日向あずり」先生

[スニーカー文庫公式サイト] ザ・スニーカーWEB　https://sneakerbunko.jp/

角川文庫発刊に際して

角川源義

第二次世界大戦の敗北は、軍事力の敗北であった以上に、私たちの若い文化力の敗退であった。私たちの文化が戦争に対して如何に無力であり、単なるあだ花に過ぎなかったかを、私たちは身を以て体験し痛感した。西洋近代文化の摂取にとって、明治以後八十年の歳月は決して短かすぎたとは言えない。にもかかわらず、近代文化の伝統を確立し、自由な批判と柔軟な良識に富む文化層として自らを形成することに私たちは失敗して来た。そしてこれは、各層への文化の普及滲透を任務とする出版人の責任でもあった。

一九四五年以来、私たちは再び振出しに戻り、第一歩から踏み出すことを余儀なくされた。これは大きな不幸ではあるが、反面、これまでの混沌・未熟・歪曲の中にあった我が国の文化に秩序と確たる基礎を齎らすためには絶好の機会でもある。角川書店は、このような祖国の文化的危機にあたり、微力をも顧みず再建の礎石たるべき抱負と決意とをもって出発したが、ここに創立以来の念願を果すべく角川文庫を発刊する。これまで刊行されたあらゆる全集叢書文庫類の長所と短所とを検討し、古今東西の不朽の典籍を、良心的編集のもとに、廉価に、そして書架にふさわしい美本として、多くのひとびとに提供しようとする。しかし私たちは徒らに百科全書的な知識のジレッタントを作ることを目的とせず、あくまで祖国の文化に秩序と再建への道を示し、この文庫を角川書店の栄ある事業として、今後永久に継続発展せしめ、学芸と教養との殿堂として大成せんことを期したい。多くの読書子の愛情ある忠言と支持とによって、この希望と抱負とを完遂せしめられんことを願う。

一九四九年五月三日

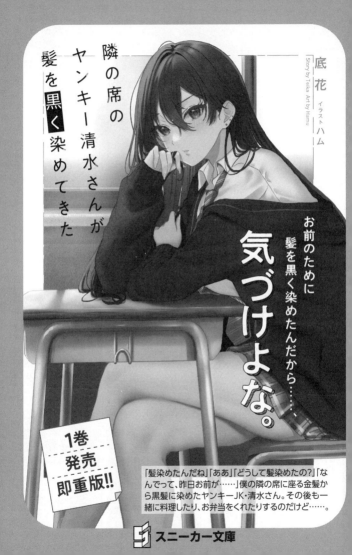

きみの紡ぐ物語で
世界を変えよう。
第30回
スニーカー大賞
作品募集中!
大賞 300万円
+コミカライズ確約
金賞 100万円
銀賞 50万円
特別賞 10万円
締切必達!
前期締切
2024年3月末日
後期締切
2024年9月末日
詳細は
ザスニWEBへ
イラスト／カカオ・ランタン
https://kdq.jp/s-award